叶兆言

不坏那么多，只坏一点点

人民文学出版社

图书在版编目(CIP)数据

不坏那么多,只坏一点点/叶兆言著.—北京:人民文学出版社,2015
(叶兆言中篇小说)
ISBN 978-7-02-011130-5

Ⅰ.①不… Ⅱ.①叶… Ⅲ.①中篇小说-小说集-中国-当代 Ⅳ.①I247.5

中国版本图书馆 CIP 数据核字(2015)第 208411 号

特约策划 杜 晗
责任编辑 宋 强
封面插画 阮筠庭
封面设计 高静芳

出版发行 人民文学出版社
社 址 北京市朝内大街 166 号
邮政编码 100705
网 址 http://www.rw-cn.com
印 制 山东临沂新华印刷物流集团
经 销 全国新华书店等
字 数 250 千字
开 本 890×1240 毫米 1/32
印 张 11.25
版 次 2015 年 10 月北京第 1 版
印 次 2015 年 10 月第 1 次印刷
书 号 978-7-02-011130-5
定 价 39.00 元

目录

人类的起源

暴跳如雷的晋玉玲从床上竖起来，一把抢过枕头，往陶路头上抡过去。陶路双手抱头，想笑，还没笑出来，枕头已经抡到了他头上。他伸手抢那枕头，晋玉玲恶狠狠地举高了，又一次抡下来。

“都深更半夜了，你怎么了，我的姑奶奶？”

“你个不要脸的！”晋玉玲抡了几下，把枕头扔向远处，翻身下床。她是个很矮小的小美人，穿着一条已有些破的乡镇企业加工的棉毛三角裤，上身是一件又长又肥的大衬衫，她光着脚丫站在地上，用力去掀被子。

陶路有些恼怒地按住被子：“好好的，你又怎么了？”

“怎么了，你说我怎么了？”

晋玉玲用力拉，陶路猛地一使劲，把她拉跌在床上。他尴尬地笑着，息事宁人地想去搂她，晋玉玲挣脱开，继续要掀被子。两人僵持了好一会儿，陶路说：“你掀什么被子，我裤子都脱了。”

“你脱就是了，你光屁股的样子，我又不是没见过。不要脸的东西，除了会脱裤子，还能干什么有出息的事。”

“都深更半夜了，你睡不睡觉？”

“不睡，姑奶奶我今天不睡了。”晋玉玲说着，冷不防一用劲，将被子掀掉了。穿着那种款式极小的三角裤的陶路暴露在床上。

陶路无可奈何地叹了口气。

晋玉玲说：“你叹鸟的气。”

陶路的手在自己光溜溜的大腿上捋着，摇了摇头：“好了吧，我是只能叹鸟的气，喂，你说，你究竟想干什么？”

“我让你把话说说清楚。”

“什么话说清楚？”

“什么话，你自己心里有数。”

时间已是第二天上午九点钟，陶路和晋玉玲头靠头地正呼呼大睡。陶路上半身赤裸着露出来一大截，晋玉玲显然也没有穿衣服，她的一个手钩着陶路的脖子。睡梦中的陶路觉得脖子卡得难受，伸手拉了拉，没拉开，继续睡。

咚咚咚有人敲门。敲门的是陶路的同事小李，敲了一会儿，没人应，小李有些急了，用力再捶，停下来，大声喊道：“喂，陶路，你到底是在不在？”

陶路从梦中惊醒过来，大声说：“谁？”

小李听到了陶路的声音，气不服地说：“好家伙，都几点了，你还要不要上班？还没起床是不是？”

衣衫不整的陶路将门隙开一道缝：“有什么事，小李？”

小李想推门进去，从门缝里看见晋玉玲还焐在床上，笑着轻声说：“就算是老婆来了，你也不能到现在还不去上班吧？”

“我洗一洗，马上就去。”

“你快一点，人家印刷厂八点钟没到，人就来了，就等着你那校样，人家还要赶今天的火车呢。”

晋玉玲坐在床上开始穿衣服，敷衍说：“谁啊，干嘛在门口站着，进来坐坐就是了。”

小李又一次往门里偷看一眼，摆摆手，对陶路说："我就在这儿等你，你小子快一点，高原这一次可是真火了，一定要我亲自来把你押过去。"

陶路在卫生间里手忙脚乱，他胡乱刷着牙，满口白沫地对门外的小李叫道："小李，我马上就好。"他仰起脖子漱口，然后捞过毛巾洗脸，洗完脸，往脸上抹珍珠霜，一边抹，一边打量镜子里的自己，随手拿了一把梳子，对镜子梳起头来。头上有一绺头发老是不屈地翘在那儿，刚梳过，又翘了起来。晋玉玲已穿好衣服，站在陶路身后看着他。陶路继续打量镜子里的自己，高声对门外的小李说："喂，头儿真火了？"

小李正在门口走神，没听见。晋玉玲眼睛睁得挺大，不是很乐意地看陶路打扮，懒洋洋问："谁火了？"

"我们领导。"

"领导，哪个领导？"

"高原。"

晋玉玲酸溜溜地说："就那个你想和她睡觉的？"

"你瞎说什么？"

"我瞎说，是我瞎说吗？"陶路害怕这话让门外的小李听见，吓得连连摆手，晋玉玲追在他后面警告说，"这可是你自己招认的。"

陶路和小李走进《计划生育》编辑部，印刷厂的张师傅仿佛见了救星，向陶路迎过来："哎哟哟，陶同志，你总算来了，你知道，我火车票都买好了。就等你了。你这三校样上，有几处我们实在有些不明白。”

《计划生育》编辑部的总编高原，正和一位编辑说着话，她三十岁刚出头，衣着时髦，更重要的是有风度，一眼看上去就是位女强人。陶路偷眼看她，正好遇上了她犀利的目光，连忙把眼睛转向别处。他的眼睛溜溜地在办公室转了一圈，又回到高原脸上。高原正在教训那位编辑。陶路对她看了一会儿，侧过头来，傲气十足地看着那位印刷厂来的张师傅："你们照着三校样改不就行了，有什么不明白的？"

"哎哟，陶同志，你看这儿，你看这儿。"

"这怎么了？"陶路接过校样，粗粗地浏览，"有什么不对的？"

"这，你看这儿。"张师傅指着校样的错误。

"噢，"陶路不当回事地说，"是划错了地方，"他从旁边的一张桌子上拿了一支圆珠笔，在校样上修改，那支圆珠笔写不出来，他又跑到自己的办公桌上去找，找了好一会儿，找不到，"喂，谁借支笔我用用。"

张师傅从上衣口袋上拔了一支钢笔出来："用我的。"

陶路将校样搁桌上，大大咧咧地修改："其实就这样，也行，改不改都一样。喂，看好了，就这样。"

"只要你标清楚了，保证就不会出错，"张师傅从包里摸出一包没拆封的香烟，打开，先递了一支给陶路，然后挨个地给办公室里的男人发烟，"不瞒你说了，现在这第一线的年轻人，你不写清楚了，任你是个最简单的错，你就是错到了天上去，也不会替你改过来。你们只要标清楚了，他们敢不改，我照扣他们的奖金。"他说着，抬起手腕，看了看手表，把校样往包里一塞，笑容可掬地打招呼告辞。临出门，又想起什么似的，特地回过头来，和高原招呼：“高总编，以后多关照。”

高原一怔，毫无表情地点点头，说：“你走好。”

陶路懒洋洋回到自己办公桌前，自言自语地说：“就这么屁大的一点事，真他妈烦人。”他丝毫也没注意高原已走到了他身后，肆无忌惮地对坐他前面的小李说，“我看头儿那样子，不像发火。你小子吓唬我是不是？”

小李笑着回头，说：“我吓唬你干什么——”一眼瞥见了站陶路身后的高原，把后面的话缩了回去。

陶路继续肆无忌惮地轻声往下说：“我看她今天够花枝招展的，说什么也不像个会生气的样子，你看没看见她身上那套衣服，式样真不错，你信不信，肯定是进口货，不过呢，肯定也不是什么名牌，八成是打包的，跳蚤市场上买了……”

小李的眼睛不敢看陶路，也不敢看站在他身后的高原，忍不住吹了一声口哨。陶路也感到一些异样，回过身，高原板着脸，正对着他冷笑，不由得吓了一大跳。

快到下班的时候，办公室的人开始陆续打算溜，高原终于忍不住，喊住了正准备往外走的陶路：“你等一等，我问你，这几天里，你怎么天天那么迟才来？”

陶路嬉皮笑脸地说：“天天？哪是天天？”

“今天你总迟到了吧？”

“今天那当然。”

“那么昨天怎么样，还有昨天的昨天，还可以再往前数。”

一位同事笑着插嘴：“喂，陶路，老婆这一来，弄得天天都迟到，也太那个了吧。你小子大概是实在饿狠了，你想想，你就在这楼上住着，这上班可是没几步就到了，你老是这么迟到，难怪同志们要瞎想了。”

办公室里一片哄笑，反正快下班了，也没人再干活，都凑了过来，拿陶路开玩笑。住陶路楼下的梁英一本正经地问道：“陶路，昨天夜里，你们又吵架了是不是？”

“没吵架。”

“还没吵架，深更半夜的，乒乒乓乓地把我们都吵醒了。”

陶路还想抵赖，爱开玩笑的同事又在一旁敲起边鼓：“你看看，陶路，说你是饿狠了是不是，深更半夜的，你就是办事，也轻一点呀，好歹也得为同志们想一想，这第二天，大家可都得为社会主义干活，为社会主义加砖添瓦，你说是不是？”

办公室里笑得更厉害，高原依然板着脸，看了看墙上的壁钟，挥挥手说：“好了好了，时间差不多，该干什么，干什么去。陶路，你待会儿走，我先打个电话，然后有话跟你说。”

同事们锁抽屉的锁抽屉，整理包的整理包，开始有说有笑地往外走。高原拨通了电话，哇哇地和对方说着话：“好，就这样。对，对，不，这不行，我跟你说，不管怎么说，这个月的二十六号，是最后限期。对，就这么定了，我跟你说……”

办公室里就剩下陶路和高原。陶路坐在那东张西望，突然很有兴致地看高原打电话。高原的电话给人的感觉是马上就快结束，可就是老不结束。陶路的眼光落在高原裙子下面穿着肉色丝袜的腿上，情不自禁地做了个鬼脸。

高原放下电话，向陶路走过来。陶路拎了拎气，做出正襟危坐的样子。高原走到陶路面前，说："事情是这样，这几天我一直在想，为了把我们的刊物搞得更活跃一些，上次你提的那个建议，我看可以考虑。不过你说的那个名字不好，什么'人类的起源'，这有些不明不白，主要读者未必喜欢。我看就叫'人类性爱史话'，怎么样？"

"这名字人家早用过了。"

"那就想一个别的名字，反正我觉得'人类的起源'，不好。"

"不好，那就换一个吧，"陶路没想到高原把他留下来就是为这事，显得非常轻松，"再找个名字还不容易，喂，每期你能给我多少字？"

"一千字。"

"就一千字？"陶路按捺不住失望。

高原很严肃而且没任何商量余地又说了一遍："就一千字。"

高原和陶路一起往外走，她奇怪陶路不是上楼回自己家，而是和她一起下楼。陶路向高原解释自己上街去买些东西。两人一起下楼，高原一边往下走，一边在找挎包里的钥匙。

高原漫不经心地问了一声："陶路，你们是不是又吵架了？"

陶路笑着矢口抵赖："没有，哪能老吵架呢？"

高原笑了，不相信地又问了一句："真没吵？"

"你看像是吵架的样子吗，" 陶路装着什么事都没发生一样，"不瞒你说了，你知道我上街买什么？我这是去给老婆买卫生巾，又快到日子了，你说说看，我这做丈夫的，够意思吧？"

"这么说，这一阵还不错了，" 两个人已到了楼下，各人用钥匙开自己自行车的锁，高原随口说道，"好好地过日子，这最好了，你想想看，从你进了编辑部，你们可真是没太平过，先是你吵着要离婚，后来呢，又是你那老婆，你老婆闹起来，可真够厉害的。"

两个人在大街上骑车，一边骑，一边说。

陶路说："我当初要离婚，这哪能怨我，我们是包办婚姻，一点感情也没有，我要离婚，是为了自己的人格独立。可你们就知道用保护妇女的权力，来保护她，来吓唬我，你们就知道护着那个明摆着是不讲理的东西，死活要把我们捏在一起过。"

"你当初是不对，上了大学了，就不要农村的未婚妻了，像你这样想当陈世美的，我们当然不能答应。你别忘了，我们刊物是归妇联管。妇联是干什么的，不保护妇女，难道保护你们这些忘恩负义的男人？"

走到一个十字路口，正好遇上红灯，一位戴着红袖章的退休工人向他们用力挥舞手中的小红旗，陶路和高原不得不停下来。

"就算那次我让你们逮住理了，可是后来呢？" 陶路一脸的委屈，"后来她和别人乱搞了，给我戴上了绿帽子，还吵着和我离婚，这一次你们总该皇恩浩荡，让我离了吧，我他妈都戴了绿帽子了，你们还不让我们离。"

陶路哇哇哇的声音引起了路人的注意，高原说：“你神经病呀，大街上哇哇哇叫什么？”

“我是他妈戴了绿帽子了嘛！”

“喂，你小声点，行不行。”

绿灯亮了，浩浩荡荡的人流向前涌过去。陶路和高原又像先前那样并排骑着车。陶路还喋喋不休：“我就不明白你们为什么那么怕人离婚。我闹，你们不让离，说是保护妇女儿童，她闹，又是不让离，说这是第三者插足，可以调解。反正死活就是要让我们凑乎着过，死活就是不让离。我都戴了绿帽子了，你们——”

“你这人怎么这样，一口一个绿帽子，又不是什么光彩的事，老这么挂在嘴上，有毛病是不是？”

“我是有毛病嘛，我受了刺激了，再说，我是戴了绿帽子了嘛！”

高原已和陶路分了手，一个人在街上骑着车，她回头很匆忙地望了一下，突然拐弯，骑进了一个新村。

高原在上楼，她走到自己家门口，看见一个拎着一大包礼物的男人，正等候在那儿。当她掏出钥匙开门之际，拎礼物的男人凑上来问：“请问，张局长的家是不是在这儿？张局长，劳动局的张局长。”

高原有些不高兴，扫了一眼他手上拎着的礼物，说：“是在这儿，你找他有什么事？”

“没——什么事，”男人结结巴巴地说着，“找张局长也没什么大事。”

高原已把门打开，那男人哈着腰，也不等高原邀请，便往里面钻。高原脸色很难看地说：“以后你们要是谈什么工作，最好是到局里去找他谈。”

高原的丈夫张文翔闻声从书房开门出来，高原吃惊地说：“你在家？”

张文翔有些尴尬。

那男人也没想到会遇上这种局面，搭讪着说：“张局长，你忙。”

张文翔领着那男人往客厅走。这是一套很宽敞的住房，那男人东张西望，眼睛羡慕得瞪多大。张文翔在沙发上坐了下来，官气十足地说：“有个文件，必须赶快看完，局里面嘛，人太多，没办法，只好躲回家来看。怎么，你来了一会儿了？”

“来了一会，”男人随口接着，又连忙纠正，“噢，不，刚来，刚来。”

“你的事，我在局里面已和你说过了，问题是这样，调令嘛，是已经寄过来了，但是，事情也不是就这么简单。许多事情必须有个说法。你知道，关键是必须有个说法。有些事，合情，合理，但是不一定合法，这你明白不明白？所以，问题在于……”

高原耳朵里忍受着丈夫的高谈阔论，皱着眉头走进厨房。小保姆小丁是个一看就知道有心计的农村姑娘，白白净净有一双很活泼的眼睛，她正在炒菜，生菜倒进油锅，嚓的一声。高原情绪不太好地问：“小丁，今天吃什么？真讨厌，到这时候，还找上门来。”

小丁眼睛翻一翻说：“来找张叔叔的人，就是太多。高阿姨，你饿了吧？”

客厅里全是张文翔的声音。

高原的儿子张焰放学回来，他是一个九岁的很漂亮的小男孩子，站在门外咚咚咚地捶门，高原跑过去开门。张焰把书包往高原怀里一扔，钻进厨房，对小丁大声说："小丁阿姨，我饿死了。"

客厅里，张文翔还在喋喋不休地说："这事一定要有个说法，这说法很简单，就是要有个借口。搞人事调动，你知道，一定要有个说法。"

高原走到儿子面前，轻声对他说："跟你爸爸说，说你饿了，要吃饭了，要不然他烦死了，永远也不会有完。"

小张焰冲着客厅怪声怪气大叫："爸爸，我饿死了，我要吃饭！"

小丁忍不住扑哧一声笑了出来，高原也忍不住笑。小张焰又怪声怪气地叫了一遍。客厅里的男人再也坐不住，很尴尬地站了起来，说："哎哟，时间不早了，张局长，影响你们吃饭了。这是一点小意思——"他把那一大包礼物留了下来。张文翔连忙过去拎起来，追到客厅里："这不行，我的规矩是从来不收东西。你赶快给我带走。"

"哎呀，这实在是点小意思，张局长你无论如何给个面子。"

"不行，不行，"张文翔十分严肃地要正准备溜的男人站住，"你把东西带走，这不好。"

男人坚决不肯将礼物收回去。

高原走到丈夫面前，一把抓过礼物，往男人怀里一放："这是犯错误的，你知道不知道，要是不收你的礼，那就是公事公办，如果收了，这就有了开后门的嫌疑。你放心，你的事，张局长会给你放心上的。"

"哎哟哟，叫你这么一说，我实在有些不好意思了，"男人不知是福是祸地苦笑着，“你这么一说，可真叫我为难了，其实就这点小意思——”

高原很开朗地笑着，对他摆摆手，让他放心去。

“那张局长，我的事，就拜托了。”男人忐忑不安地往门口走。

“没问题，你放心好了。”高原把他送到门口，敷衍说，“那走好，不送了。”

“真讨厌，”张文翔坐下来准备吃饭，“这些人也是的，动不动就找上门来，我早就关照过的，不许把我的住处告诉别人，不知道又是谁说出去了，真正岂有此理。”

小张焰迫不及待地扒了一口饭在嘴里，老气横秋地说：“好了，别烦了，吃饭吧。”

晋玉玲在厕所里哇哇地叫着什么。

陶路正埋头看一本《人体摄影艺术》画册。他听见了晋玉玲的声音，怔了怔，决定不理睬她。晋玉玲继续大声叫，陶路侧过头，冲卫生间喊了一声：“怎么了，有什么好叫的？”

正坐在马桶上的晋玉玲恨得咬牙切齿：“我这么叫，你装死是不是？”

“谁装死了？”陶路放下手中的书，懒洋洋地向她走去，“有什么不能待会儿说的，坐马桶上乱叫。”

“我痔疮犯了。”

“你痔疮犯了也怨我？”

“你凶什么，帮我把痔疮膏拿来。”

陶路很不乐意地冲着卫生间的门问道："你搁哪儿了？"

"我也不知道，你好好找找就是了，能搁哪儿，还不就是那么几个地方。"

陶路回到桌子面前继续看《人体摄影艺术》，胡乱翻了几页，大声说："对不起，我找不到。你擦擦屁股，自己来找吧。"

"真他妈没用，叫你找个东西，就犯死相了，你到底找了没有？"

陶路的眼睛还盯在《人体摄影艺术》上："找了，没找着。"

晋玉玲拎着裤子怒气冲冲地走出来，走到陶路身边，伸手就要去抢他那本《人体摄影艺术》："不要脸的东西，眼睛都看直了，成天地捧在手里，能当饭吃！不就是光屁股的女人吗，你有完没完？"

陶路像护什么宝贝似的，高举着那本《人体摄影艺术》："这是我借来的，弄坏了，要赔的。"

"赔个屁，你看我敢不敢撕。"

"你敢，你敢，好了吧，我的姑奶奶。"

晋玉玲跳起来要去够那本《人体摄影艺术》，她的裤子没系好，一蹦，便往下掉，连忙用手去抓住。陶路忍不住笑起来。

吃饭时间，陶路吃完了一碗，将空碗递给晋玉玲。晋玉玲给他盛了饭，在递给他的时候说："还嫌我这老婆不好，你看天天烧现成的让你吃，大老爷一样地伺候着，还想怎么样？"

"你不在，我吃食堂，也挺省事。"

"省事，娶了我，你嫌费事了，是不是？"

"跟你没办法说话，一说，就要吵架。"陶路带着些赌气地大口吃饭。

"那就不说话好了，闭起你那鸟嘴，"晋玉玲又变得怒气冲冲，"我知道，你看见我就心烦。我走，我这就买车票走，让你一个人称心如意，好了吧？"

两人不说话，埋头吃饭。吃完饭，陶路很识相地要洗碗，晋玉玲抢着不让他洗。"我真走，我让你好了，"晋玉玲一边洗碗，一边嘀咕，碗碰得乒乓直响，"你就改不了那个陈世美的本性，不得了，现在是城里人了，在机关里待着，就嫌乡下老婆了，哼，你神气什么，要不是我爹，你能上屁的大学。"

"我忘恩负义，我对不起你们晋家，好了吧？"

"你就是忘恩负义！"

晋玉玲和陶路坐在一个被窝里看《人体摄影艺术》，她一边看，一边做出嫌不像话的表情。

陶路一本正经地问道："你真的要走了？"

晋玉玲眼睛盯在画册上："嗯。"

"那到底准备什么时候？"

"我现在就走，好不好？"晋玉玲又一次发威，"你干吗这么急撵我走，是不是有什么野女人，要紧等我走了，好来是不是？"

"你这人怎么不讲理？"

"我怎么不讲理？"

"我的意思是，我要开始写东西了，你什么时候走，我心里好有个准备。"

"你写屁的东西，撵我走就撵我走，你少拿写东西来吓唬我，"

晋玉玲举起手中那本摄影画册，使劲扔出去，“我跟你说陶路，你小子少跟我来这套，姑奶奶我不怕你！”

陶路慌忙下床去捡那本《人体摄影艺术》：“姑奶奶，我怕你好了吧？我就盼着你快走，好了吧？真是神经病。”

“你说谁是神经病？”晋玉玲也跳下床，向他扑过去，“我就是神经病，我就是神经不正常，今天我跟你拼了，我让你撵我走。我让你撵！”

陶路也火了，用劲一推，晋玉玲向后一仰，朝天跌在床上。

“你敢打我？”

“我打了你，又怎么样？”陶路对她挥了挥拳头。

陶路只是想吓唬吓唬晋玉玲，她岂是那种吓唬得住的女人，她开始乱砸房间的东西，床上的被褥掀到了地上，又走到唯一的那架小书橱前，把书抽出来往地上扔。陶路拿她毫无办法，只好在一旁赌气发狠：“你就会撒泼，除了撒泼，你还会干什么？”

地上扔的到处都是书，陶路藏的全是裸体画册，要不然便是谈论“性”的著作，各种版本的《性心理学》《性心理障碍》《性的技巧》《金瓶梅词话》、一本他自己抄的《肉蒲团》，还有几盘黄色录像带。

“你这个不要脸的东西，公安局怎么不把你给抓起来？”晋玉玲一边扔，一边破口大骂，“什么玩意，当我不知道，你要写东西，你写的什么东西，一天到晚就是做爱，怎么做爱，你他妈比流氓还要流氓。我真奇怪，公安局怎么会把你给忘了！”

“公安局抓我干什么？”陶路有些狼狈，心里害怕她真会去告发他，“那两盘带子，可是你从乡下带来的，你还不是看了吗？”

“我带来的，不是你要吗？你这个不要脸的，自己心里想要，又不敢自己去弄。不要脸的东西。”

晋玉玲抱着一个大拎包，出现在编辑部，编辑部的人很好奇地看着她。

她十分不友好地对四处看了看，说：“我要找陶路的领导。”

“哎哟，怎么了嫂子，”小李和晋玉玲有些熟悉，打趣说，“陶路又欺负你了？怎么拎了这么一个大包？”

“有什么欺负不欺负的，我一个农村人，他还不是想欺负就欺负。”

“嫂子，这话就不对了，我跟你说，你真不像农村人，”小李笑着和她继续打趣，把她往里面的一个小房间引，小房间是总编室。“小夫妻嘛，有点什么事，何苦闹到单位来？是不是嫂子？”

“我找领导，管你什么事，你怎么知道我们又吵架了？狗拿耗子，多管闲事，我们吵不吵架，关你什么屁事！”

高原和编辑部主任老马正在看稿子，抬起头来，有些惊奇地看着晋玉玲。

晋玉玲气冲冲往里走，走到沙发那里，带着赌气地一坐，手里仍然捧着那个大拎包。高原看她那气势，知道来者不善，因为自己已和她打过多次交道：“怎么了，气成这样子，又打架了？”

“打架？”晋玉玲突然做出什么事也没有的样子，“没，没打架。”

小李将门带上，忍不住伸了伸舌头。他回到自己的办公桌前，笑着对办公室的其他人说："还说没打架，今天早上陶路来上班，一看那脸，我就知道，又挨打了。"

"陶路去哪儿了？"

小李头回过来，看看那边的小房间："说是去大学里搞讲座了，不过也可能陶路这小子耍滑头，他知道老婆要来闹。这陶路，摊了这么个老婆，也真他妈窝囊。"

在一所大学的课堂上，陶路脸上带着几道明显的伤痕，神气十足地正在给一群学生上课。他身后的黑板上写道：

陶路先生主讲

人类的性主题

陶路的讲座非常生动，学生一阵阵地哄笑。有一个很漂亮的女大学生，瞪着一双大眼睛看着陶路。陶路有点陶醉于自己的演说效果，绘声绘色地说着："性，的确是个永恒的主题。在过去，大家只是在私下里才谈，在床头谈，在没人的地方谈，甚至是在妓院里谈——"课堂上又是一阵哄笑，"如今，已经到了应该正经八百地，在大学的课堂上，堂而皇之地，理直气壮地可以畅所欲言地谈论性的时候了。"

课堂上有几位女学生正在那小声议论，显然是在商量什么，其中一个女学生刷地一下，从本子上撕下一张白纸，递给另一位女学生，那位接过白纸的女学生用笔在纸上飞快地写着什么。

"性爱是个不可回避的事实，因为性爱不仅仅就是为了繁衍后代，事实上我们知道，人类不是仅仅为了繁衍后代，才做爱。做爱是人类的一种欢乐，它的那种快感，那种身心的愉悦，也只有人类才享有。试验证明，我们称之为性高潮的那个玩意，事实上也只有人类才有。动物只是在繁衍后代的季节里才做爱，而人类，人类，当然这也就不用我多说了。”又是一阵哄笑。“动物的试验证明，雌的动物虽然会发情，但是它没有描述我们人类的那种性高潮。性高潮是人类的专利，女人的性高潮虽然丝毫没有生殖意义，但是，它使我们感到快乐。”一张纸条从下面递了上来，紧接着是另一张，陶路有些分心地去接纸条，他一边打开纸条，嘴里继续振振有词，“性是上帝赐给我们的福音，当然我不是基督徒，我的意思是，如果有上帝的话，那——”他的眼睛落在纸条上面，念着，“陶老师，请问你脸上的伤，是怎么一回事？是否和‘性’有关，能告诉我们吗？”

课堂上一阵笑，笑过之后，变得很安静。陶路的脸上有些尴尬，故作轻松地说：“让我看看另一张说了些什么，‘陶老师，很冒昧地问，你当过第三者吗’，没有，我没有当过第三者，起码是目前没有。”他仿佛又恢复了自信，“至于我脸上的伤呢，这很简单，是摔跤摔的。当然，如果你们不相信，那就把它想象成是我老婆抓的好了。”

课堂上又笑成一片。

晋玉玲还在和高原以及编辑部主任老马唠叨。高原和老马的脸上都显出了不耐烦的神色。

“他说他要写一本什么‘人类的起源’的破书，什么人类的起源，他的意思说穿了很简单，就是人是人睡觉睡出来的。人原来是猴子，就这么睡过来睡过去，就变成人了。”晋玉玲十分气愤地说着，“他这人怎么这么无聊？成天就想着睡觉，就想着男人和女人睡觉。”

老马迷惑不解地听着，不时地对高原看。

高原只能劝解：“陶路呢，当然是有他的毛病，不过他在大学里，学的就是这些，他读研究生不就是读的这个专业吗？”

“他读的就是男人和女人怎么睡觉？”晋玉玲不服气地追问了一句。

高原忍不住笑起来：“不是，他是研究‘性’，作为研究，当然这也没什么不可以，老马，你说是不是？”

老马说：“我们这个刊物，有好几个专栏，都和性有些关系。”

“我不是这个意思，”晋玉玲叹了口气，“我找你们领导谈，就是要让你们多管管他。他这人思想不健康，思想有问题。既然领导上过去一直不让我们离婚，希望我们好好过，那就应该管好他。我反正已买了回乡下的火车票，我知道，他就盼着我走。我找你们领导，就是希望你们领导能对他提高警惕，不让他越滑越远。”

老马想不通地问：“陶路他到底怎么了？”

“他怎么了，他真怎么了，还得了？我告诉你们，他那脑子里全是下流货色，成天就想和别的女人睡觉。”

高原觉得她说得有点太不像话：“恐怕你也不能瞎怀疑人家陶路。”

“他是什么东西，我还不知道？从他穿开裆裤的时候，我就和他在一起。我会瞎怀疑他？不信你让他自己坦白。不说和别人吧，就说你，高总编，他就想和你睡觉。”

老马想笑又不敢笑，高原的脸顿时铁板。

“真的，我要瞎说，天打五雷轰。我要是有一句胡话，天打五雷轰。这可是他亲口对我说的，不信你们问他。他说，‘别看我们头儿那么凶，其实，其实’……”

高原十分气愤地不许晋玉玲再往下说。

陶路的讲座已经结束，他的手很有力地在空中一挥，立刻一片热烈的掌声。

陶路把摊在讲台上的卡片，像扑克牌一样收拢起来，感觉良好地往课堂上看。同学们站起来，纷纷向门口走去。陶路跟同学们笑着点头打招呼。有几个同学走到讲台边，和陶路聊起来。

“陶老师，你是不是把性的作用，讲得太那个了一点？”

“怎么一点呢？”陶路似乎还未过完上课的瘾，情不自禁地弹了弹手上的卡片，“我作为老师，作为一个研究者，只是把自己的想法，把自己的发现，如实地说出来。”

“陶老师，你说得真够大胆的，”那位漂亮的女学生眼睛溜溜地瞪着陶路，“有些道理，你可能说得非常对，但是你敢在课堂上这么说，真让人想不到。”

“是呵，现实生活就是这样，”陶路和同学们一起往课堂外走，“人们常常私下里做许多让人想不到的事，可就是不敢把许多本来很正常的事，痛痛快快地说出来。”

"陶老师的思想可真够解放的。"

陶路有点飘飘然，按捺不住得意："这也谈不上什么解放不解放，我就好比安徒生童话《皇帝的新衣》中，那个说皇帝没穿衣服的男孩子。皇帝本来就没穿衣服嘛，对不对？皇帝赤裸裸光着个大屁股，可人们非要口是心非地说皇帝穿了件最好看的衣服。"

一位戴眼镜的男生对陶路的观点提出置疑："陶老师，我觉得你的有些观点，可能不一定站得住脚，你凭什么那么坚定地认为：女人丰满的乳房只是为了在性活动中，起着缓冲男人冲撞的作用？你凭什么认为乳房除了这种反弹作用外，没别的用处？"

"这当然也许有点过分，不过乳房的反弹作用，恰恰是多少年来，大家所忽视的。你只要想一想，为什么大家都喜欢女人的乳房丰满一些呢？"陶路说到这，自己先笑了起来，"丰满的乳房并不有利于哺乳，事实是，女人的乳房太丰满了，反而不利于给孩子喂奶。这也就是女人做了母亲以后，奶头为什么会垂下来的原因。丰满的乳房，乳头是翘着的，喂奶的女人呢，乳头则是朝下的。你要知道，女人的乳房丰满，除了意味这个女人性感，没别的什么意思。"

陶路得意洋洋地出现在办公室里，他显然是来早了一些，办公室里空荡荡的，一个人也没有。他走到自己的办公桌前，嘴里哼着一首不成调的曲子。

陆陆续续开始有人来了。

有人和陶路打招呼："喂，今天怎么这么早？"

"陶路，是不是老婆走了的缘故？"

“没什么缘故，我想早，就早了，”陶路看见高原匆匆忙忙进来，兴冲冲地说，“头儿，你看，我今天提早来了，这一个个就觉得奇怪，都问我怎么了，好像我就不能早来似的，那好，赶明儿我还是天天迟到最好。”

高原瞪了他一眼，怒气冲冲往里走。陶路好大的没趣，莫名其妙地坐在那儿发呆，眼睛还看着高原的背影：“这是怎么了？”

大家都明白高原为什么会不高兴。等她一走进小房间，七嘴八舌议论开了：“今天头儿有点不对劲，陶路，你老实说，你怎么招惹了头儿？”

“那是，要不然大清早的，哪来的这么大的火气。”

“陶路，你小子是不是又犯了什么事？”

“你们这是什么意思？”陶路丈二和尚摸不着头脑，苦笑着说，“青天白日的，我招谁惹谁了。你们别拿我开玩笑，好不好？”

办公室主任老马出现在编辑部，匆匆忙忙的样子：“唉，这一路上，车可真够多的。怎么，说什么呢？”

陶路说：“没什么，没什么。”

“大清早的，陶路就从头儿那里，讨了个好大的没趣。”

陶路脸上显出那种带委屈的苦笑。

老马不怀好意地看了陶路一眼，狡黠地笑了。

陶路伏在办公桌上，心不在焉地看报纸。高原推开门，喊陶路过去。

总编室里，老马皱着眉头，正用一个电子计算机算账，陶路推门进去，他站起来，捧着一大堆账据就要走，高原拦住他说：“老马，你就在这儿好了，用不着走。”

“头儿找我有什么事？”陶路鬼头鬼脑地往四处看，他瞥了一眼高原，见她的脸铁板，不由得有些心虚，“怎么了？”

“你的文章我看过了，不行，不能用。”高原很严肃地说，“我们的刊物不登这种玩意，我们这刊物是妇联办的，不是街头的小报，我们不会登你的那种下流文章。”

“下流文章？”陶路的脸上有些挂不住，“头儿，话可不能这么说吧，我的文章怎么下流了？”

“反正起码也是格调不高。”

“怎么格调不高了，就因为谈了性，说了几句真话？”

高原白了他一眼，不想和他多说，将他的稿子完璧归赵还给他。

陶路不服气地说：“格调不高，成天谈理想，谈人生奋斗，谈助人为乐，这就高了，这就有格调了？”

高原摆摆手，说：“好了，就这样，你去吧。”

陶路脸憋得通红，还想和高原理论。高原很不高兴地说：“我现在没时间跟你多说。”

“可你也不能就这么算了，是不是？这是你叫我写的，你讲理不讲理？”陶路开始犯书呆子脾气，“噢，就你了不起，高兴了，就让人写，不高兴了，就说不行，连个招呼都不打。你就算是退稿，也不能这么随随便便吧？”

高原说：“对不起，我没时间跟你说，你不走，我让你，行了吧？”她怒气冲冲推开门，出去了。

陶路想不明白高原今天怎么会这样，他发了一会儿呆，对还在那儿按电子计算机的老马说：“她今天怎么变得这么蛮横不讲理？老马你说说看，这文章是她亲口让我写的——”

“你等一等，让我这最后一点点算完。”老马手在电子计算机上飞快地按着，停下来，将数据写在纸上。

陶路还在耿耿于怀：“老马，你说——”

“我跟你说陶路，不怨人家高原，”老马回过头来，十分神秘地对门口看看，陶路也不由自主跟着他回头，“这难怪高原会发火，你知道你老婆跑来说了什么？你老婆那张嘴呀！”

“我老婆说什么了？”陶路有点忐忑不安，他知道自己老婆说不出什么好话来，晋玉玲可是什么都能说出口的女人，“她又跑来瞎说八道？”

“你老婆太可怕了，真的难怪高原要生气。”

“老马，你别绕弯子了，我老婆那张臭嘴，她到底说了什么？”

“你老婆说——”

“说什么？”

“说你成天想和别的女人睡觉。”

“她那是瞎说。”

“瞎说，你老婆指名道姓地说你想跟高原睡觉。”

陶路吓了一大跳，顿时急得直跺脚：“她这不是坑我吗？老马，真的，这绝对捏造，这——”

“你老婆可是说得有鼻子有眼。”

“老马，你说，你说，我有多大的胆子，我敢和她睡觉？”

老马扑哧笑了。

陶路气急败坏地说："你说这不是给我吃老鼠药吗？"

陶路和高原冤家路窄，在空荡荡的楼梯上相遇。高原的脸上似乎还在生气。陶路想笑，但又不敢笑，想向她解释，又有点怕。他那滑稽的样子，高原看了又好气又好笑。陶路掉过头来，和高原一起下楼。

"头儿，我老婆找过你？"他十分心虚地问着。

"找过，怎么样？"

"我老婆那脾气，你知道，她一向是要瞎说的。"

"你老婆什么脾气，我知道。"

"知道就好，"陶路偷偷地看了看高原的脸色，继续试探："她瞎说了什么？"

"她瞎说了什么，还是你瞎说了什么？"高原的脸又变得严峻。

"我没瞎说，我什么也没说。我发誓行不行？"

高原讥讽说："你可没少发过誓。"

"头儿，你误会了。"

"我误会了什么？你干吗不把话说说清楚？"

高原心情很不错地在街上骑自行车，这是下班回去的路上。她锁上车，开始上楼，摸出钥匙开门。推门进去，客厅里的电视声开得非常大。高原一边换鞋，一边大声喊："小丁，声音低一点行不行？"

小丁把电视声音拧小了，有些神色慌张地迎出来："高阿姨，都下班了？"

"饭烧了没有？"高原看了看厨房里，厨房里乱七八糟，"这电视你昨天晚上不是看过了吗？你呀，一遇到这香港电视剧，就没命了。"

"昨天晚上和今天的不一样，我就是这两个电视剧同时放，才在上午看的，真好看，真的。"

"好看，好看得饭都不烧了。"高原走进厨房，看见厨房里乱糟糟无从下手，"喂，今天吃什么？"

小丁依依不舍地看了最后一眼电视，跑进厨房："没关系，来得及的。"她乒乒乓乓地忙开了，客厅里电视还开着，男主角正在大段地抒情。"我最讨厌两个好的电视剧互相冲突了，高阿姨，你说电视台他们互相之间，干吗不能商量商量。一碰就两个好的节目一块放，好可惜是不是，叫人看了这个，又舍不得那个。"

"好了，快点做饭吧，我们家电视，就你看得多。你看我和老张，哪有什么时间看电视。"高原往油锅里倒油，待油锅热了，将小丁刚洗干净的菜倒进去，嚓的一声，等油煎声弱下去，又说，"再说香港电视剧有什么好的，拖沓得要命，说穿了，就是给你们这些没事做的人看，谁吃饱了饭，有那么多的时间去消磨在电视上？"

小丁和高原背对背，脸上不服气做着鬼脸，小嘴叽叽咕咕地说着什么。高原突然发现盐瓶里没有盐，急得抓着铲刀直埋怨小丁："你看，光顾了看电视。盐没了，也不买，菜烧到一半，这怎么办？"

张文翔和小张焰在门口相遇，张文翔掏出钥匙开门，正遇上小丁气鼓鼓地准备出去买盐。“怎么了，小丁？”

小丁头也不回地冲了出去，一路走，嘴里还在不服气。

晚上，高原和张文翔正在看电视《新闻联播》。小张焰在小房间里三心二意地做功课，小丁坐在小张焰旁边孜孜不倦看琼瑶的小说。

门铃忽然响了，小丁喊着“来了”，懒洋洋地捧着琼瑶的小说去开门。一开门，小丁兴奋地叫了起来：“妈，姐，怎么是你们？”

小丁的母亲和姐姐专程从农村来看望她，小丁很出乎意外。高原和张文翔闻声迎了出来，笑着打招呼。

小丁埋怨说：“妈，怎么冒冒失失地就来了，也不事先说一声。”

“事先说什么，来看自己的女儿，还用打招呼。”小丁的母亲属于那种能说会道的农村妇女，表情丰富地说，“我就知道你在这儿不错。我就知道这家人会待你好。”她转向高原，“娃儿小，在这儿给你们添麻烦了。”

张文翔在一边插嘴说：“不，你女儿挺好。”

“哎哟，我听娃儿说了，说你可是大官。”大家已到了客厅里，小丁的母亲东张西望，客气地说，“耽误你们看电视了。”

高原连声说没关系。

小丁不当一回事地说：“他们也就看看新闻。”

高原说：“小丁，给你妈妈和姐姐倒茶。”

“妈，你们喝茶吗？”小丁去泡茶，“跟你们说，这可是好茶，泡了就得喝，不能浪费了，听见没有？”

小张焰在客厅门口探头探脑，高原挥挥手，让他做功课去。

小丁的母亲眼睛看着张文翔，夸不绝口地说："想不到你们这么年轻，说是你在做局长，不得了，这么年轻，就当局长了。"高原忍不住笑了，张文翔也让她说得有些不好意思，连连摇头。小丁的母亲说："我早就跟娃儿说了，就在这好好做，人家是局长，赶明儿在城里找个工作还不容易？再说，我家娃儿人长得又不丑，赶明儿再找个城里的对象——"

"妈，"小丁让她说得很难为情，"你瞎说什么？"

"妈怎么是瞎说呢？"

张文翔笑着说："现在城里找工作可不容易，尤其是农村户口。"

"哎哟，有你局长，还不是一句话。我们家娃儿，以后就靠局长了。"小丁母亲像老熟人一样和张文翔聊开了，在她咄咄逼人的攻势下，张文翔疲于应付，哭笑不得。

门铃又一次响起来。这一次是高原去开门，她没想到站门口的会是陶路。陶路神情沮丧地看着高原，人有些发木。

高原说："想不到会是你。"

客厅里，小丁母亲的声音还在回荡，陶路和高原两人不得不在卧室里谈话。陶路愁眉苦脸地坐在那，大祸临头的样子。

高原不住地安慰他："你别急，慢慢说嘛！"

"我怎么知道这就叫非法出版物，"陶路慌里慌张地说着，"老实说，这本书，我早在写毕业论文的时候，就打算写了。能有机会出版，我当然求之不得。因此书商知道我手上有这么个东西，就来找我，我就给他们了。"

"就是你平时经常吹的那本书，什么'人类的起源'？"高原看得出陶路是真急了，不想再用重话刺他，“问题有你说得那么严重吗？”

“你没看昨晚的新闻，这次扫黄，查封的书中，就有这本，镜头就在我那本书上停了好半天。这都是书商干的事，说是买的书号，现在呢，出版社也不认账了，说我这书是他们的退稿。”

高原有些听不明白陶路的话：“买书号出书是可以的，出版社怎么能不认账呢？”

“唉，我跟你说，书商就是从出版社那知道我有这么一本书，最初这书是给出版社的，出版社不敢出，书商反正胆子大，说是稍稍删掉一些就行，结果你知道，我那书，根本没办法删的，我那是学术著作，我是很严肃地在探讨性，其实我的观点，根本就没什么错——”

“好了，好了，”高原觉得陶路的书呆子脾气又上来了，“没什么错，干吗要扫黄扫到它？你现在强词夺理有什么用？”

陶路感到十分窝囊地用拳头在手掌心上一捶：“我倒霉就倒在是撞到了枪口上，那书商为了赚钱，在内容简要上乱写，而且你没看到那封面，谁见了都吓一跳，封面上是一个稍稍做了些变形的女人生殖器。”

高原听了，连连摇头：“真无聊！”

张文翔推门进来，他和陶路点点头，用商量的口吻问高原：“她们今天晚上看来是准备住这儿了，怎么睡？”

高原没想到会这样：“住这儿？”

高原和陶路在办公室里谈话，这已经是第二天，高原已为陶路的书做了一些调查。“你也用不到吓成那样，我给你问过了，我们家老张有个同学就在公安局，他说这次打击的对象，主要是不法的个体书商，主要是那些黄书。你不是说你的书根本就不黄吗，你怕什么？”

陶路仍然有些惊魂不定：“可是我的书已经被查封了。”

“这你也用不到急，老张的那位同学说了，说刚开始反正也弄不清楚，那么多书，都来不及细看，你不是说你的书封面一塌糊涂吗？因此上电视镜头，说不定就是冲着那封面。你呀，以后老实一点，什么学问不能做，非要研究那个？我觉得你思想的确不太健康。”

“可我学的就是这个。”陶路经过高原的一番话，情绪已经有些稳定。

高原冷笑着说：“算了吧，就是学的这个，我问你了，是跟谁学的，你不是口口声声是你自己的天才发现吗？”

陶路不服气地说：“是一个了不起的天才发现嘛。”

“发现什么？”高原这一次是真的笑了，“恩格斯早说过了，是劳动创造了人，你倒好，非要说是那种事，才创造了人。思想解放，恐怕你也不能乱解放吧，好了，你别再阐述你的观点了，我早听腻了，整个编辑部，谁没听你说过几遍？你知道大家背后叫你什么，都叫你‘人类的起源’，你看，你又忍不住了。”

“我不管别人背后叫我什么，”陶路又开始犯起书呆子脾气，“历史将会证明我的天才发现，我和恩格斯一样，坚定地认为，猿人直立起来，是猿人向人类过渡的关键。但是猿人为什么会直立起来，我并不认为仅仅是因为劳动。我认为更重要的是猿人面对面性行为造成的，也就是说，人的直立，首先是为了更有利于做爱。”

高原看着陶路一本正经的样子，又好气，又好笑。

“我不认为这有什么好笑的。但是我相信这的确是一个天才的发现，不管人们认为这是多么可笑。当我和未婚妻第一次在麦地里做爱时，当我准备扑到她身上的时候，我突然得到了灵感，我想我已经找到了通向迷宫的钥匙，我无意之中，走进了真理。你笑什么？”

“我笑你昨天晚上吓得那腔调，怎么这会儿又神气活现起来。”

陶路仿佛被泼了一盆冷水，顿时垂头丧气。

一位衣着很时髦的女人走了进来，她很漂亮，看上去有些光彩照人，穿着一条极短的迷你裙。她是高原的老同学徐利红，进了办公室，大大咧咧坐在沙发上。陶路情不自禁地被她那两条性感的大腿迷住了，眼神有些发直。他的失态落在高原的眼里，高原暗暗摇头，拿他没办法。“喂，什么风把你吹到这儿来了？”她一边向老同学询问，一边扫了陶路一眼。陶路缓过劲来，识相地走了。

“高原，我这次可要找你们家老张帮忙了，这次老张要是不帮忙，我饶不了他，我跟你说……”

半个月以后，几位联合国妇女组织的外宾，由一名年轻的翻译小姐陪着，参观《计划生育》编辑部。外宾都是女的，有一个高高大大的黑人，有两个日本人和三个金发蓝眼的欧洲人，在编辑部里转了一圈以后，大家把办公桌拼成一张简易的大桌子，开始座谈。老马买了不少瓜子水果招待客人，笑容可掬地往每个人面前发放。

那位年纪最大的日本人显然是代表团的负责人，她说的英语可能有些不标准，翻译小姐老是语塞：“我们很高兴地、和妇女界的朋友，聚集一堂。我们很高兴、很高兴——”

编辑部的人都看着翻译小姐，翻译小姐有些着急：“山本小姐的意思是，她很高兴和大家进行女权方面的交流，她说，女性是世界性的，走到哪个角落里，都会有女人，有伟大的女性，有……”

山本小姐很激动，她似乎也明白自己的英语有些糟糕，因此说话时，不时地夹杂几句日文。翻译小姐不得不偷工减料，山本小姐情绪激昂地说了半天，她只能半猜半蒙地翻出几句。

山本小姐说了一个什么词，她的咬音大约是太不准了，连和她一起来的外宾也不知道她说什么。大家都目瞪口呆地看着她，她也明白自己的话大家都不懂，急得乱做手势。

陶路终于憋不住了，把她那话的意思翻了出来。大家的目光刷地都集中到了陶路脸上。山本小姐兴高采烈，终于找到一位能听懂她的话的人。于是，她哇哇哇对陶路说起来。

陶路有机会大显身手，他告诉山本小姐，自己的英语不行，只能看却听不懂，但是日文还能凑合着替她翻译。这正中山本小姐的下怀，她高兴得直拍手。接下来，山本小姐说几句，陶路便翻译，刚开始，他还有点紧张和不自然，很快就适应了。翻译小姐为自己得到解脱大为庆幸，坐在那悠然地剥桔子吃。高原想不到陶路的外语这么棒。

编辑部在一个很豪华的餐馆里设宴招待外宾。陶路因为发挥了出色的外语才能，被邀请坐在主席上。宴会开始前，外宾中最漂亮的那位欧洲小姐，和陶路悄悄地说着什么。欧洲小姐一字一句说得很慢，陶路很吃力地听着，不时地点点头，他说了个词，欧洲小姐不明白，又说了一遍，还是不明白。陶路没办法，只好从口袋里拔出笔来，写在餐巾纸上。欧洲小姐一看，大笑，连声说："OK，OK。"

宴会开始，每上一道菜，几位外宾都要盯着陶路追问。一桌子上就他一个男人，偏偏他是不怎么会喝酒的，高原频频向大家敬酒，大家看见高原酒量不错，也频频向她举杯。

吃得差不多了，开始娱乐活动，大家一起起哄要高原唱一段京剧。高原已喝了不少酒，脸红耳热，连连摆手，但是大家不肯放过她，纷纷鼓掌。坐在高原身边的山本小姐拍手拍得最厉害。高原站了起来，走到话筒那儿，接过话筒，先轻轻地吹了一下，然后引颈高唱，唱了一曲《苏三起解》。

高原这一唱，整个气氛大为活跃。大家一起邀请外国朋友表演节目。率先登台表演的是那位又高又大的黑人，她唱得好极了，一边唱，一边轻松自如地扭着，同时示意大家为她拍手打节拍。

陶路低着头，和那位欧洲小姐说着什么，又用笔在餐巾纸上写。

陶路、小李、老马，还有高原，同坐在编辑部的面包车里。高原连声说自己今天喝多了。老马说没事，把车窗打开，风一吹，就好了。

车窗外黑乎乎的，风哗啦啦地吹进来，吹乱了高原的头发。高原将头送在车窗外，看了一会儿野景。

“我今天真喝多了，”高原趁着酒劲，说起大话来，“你们这么多人加起来，也没有我喝得多。”

小李笑着说：“这喝酒，女子上阵，必有妖法，我们什么胆子，怎么敢和你斗酒。你那海量，还不把我们都打到桌子底下去。”

“不能喝就不能喝，”陶路仍然处于一种兴奋状态，“你说这种软话干什么，头儿的酒量，未必就能把我们大家都打倒了，怎么样，什么时候大家舍命陪君子，喝他个你死我活？”

“你小子神气起来了，喝酒的时候，你干什么了？”老马说。

“陪外国妞说话呀，”小李在陶路的肩膀上重重地拍了一记，吓了他一大跳，“你小子今天可露了脸了。”

高原将头从车窗外缩回来，用手梳了梳满脸的乱发：“陶路，看不出，你还真有一手。你在大学里学的日文？”

“我那时候上大学，也没别的事干，就只好在外语上下下功夫，反正闲着也是闲着。后来读研究生做学问，外语这玩意又特别有用，因此我也一直没敢放松，也没什么，只要能坚持住就行。外语有什么难说的，就像中国话一样，搁那合适的环境里，时间一长，自然而然地就会了。”

车子猛地拐弯，车上的人东倒西歪，高原一下子跌到了陶路身上。大家都笑，陶路也笑，高原笑着对司机喊道：“喂，你怎么搞的，好像是比我的酒喝得还多。”

车已到高原该下车的地方，车减速停稳了，老马随手帮高原拉开车门。高原大笑着和大家告别，下了车。面包车已走出去了一截，老马从车窗里探出头，对高原喊道：“噢，我想起来了，厦门会议到底谁去，对方已经来长途电话问了，还有一个名额到底给谁？”

高原站在那想了一会儿，说：“就让陶路去吧。”

高原在熄了灯的楼道里摸索，楼道里堆放着乱七八糟的东西，她的膝盖不小心撞在什么上面，嘭的一声，吓了她一跳。一个粗壮的小伙子闻声出来，一边厉声问着“谁呀”，拉开了过道上的路灯开关，高原正弯腰咧着嘴在揉自己的膝盖，她不好意思地笑了笑，一瘸一拐继续往楼上走。

高原已到了自己家门口，她掏出钥匙开门，门锁从里面上了保险，她怎么拧也拧不开。卧房的门被轻轻打开，小丁衣衫不整地跑了出来，往自己的房间溜。开不开门的高原大声喊了起来。张文翔神色紧张地从卧房出来，镇定了一下，一边过去开门，一边没事一样地说：“怎么到现在才回来？”

高原跌跌撞撞地进了门，丝毫也没察觉出什么异常，她满嘴的酒气，直往张文翔脸上喷。张文翔很严肃地说：“喝酒了？”

高原伸了伸舌头，不好意思地说：“文翔，你不知道我今天喝了多少酒。把那几个外国女人全震住了，我今天总算给中国的女人争了脸了。”

“你喝了多少？”

“你猜猜看？”高原摇摇晃晃地换鞋子，随口问道，“你把门的保险放下来干什么？这才几点，再说，我不是还没回来吗？”

张文翔神色慌张地做着解释：“小丁可能以为你已经回来了。我给你倒杯水吧，喝了酒，口最渴了。”

"我没事，没事，这会的酒劲差不多已经过去了。文翔，你不知道，今天我真喝多了，他们好几个小伙子想灌我——"张文翔到客厅里去倒水，高原追到了客厅里，张文翔手忙脚乱，一走神，水倒多了，漫出来许多，"你看你，好像是你酒喝多了似的。"她有些失态地大笑起来。

"今天请的是什么人？"张文翔终于恢复了自信，"外国人，哪个国家的？"

"哪个国家的都有，你想人家是联合国一个什么妇女组织，这联合国也真有意思，竟然也有个什么妇女组织，就跟我们的妇联似的。"高原表现出了一种难得的兴奋，恢复了自信的张文翔做出很有兴趣听她说的样子，"领头的是一个日本老太太，翻译称她是小姐，大概是老处女吧。"

"那也不一定，外国人的事，弄不清楚，也可能是离过婚的。"张文翔一本正经地说，"是不是老处女，这很难说。小姐并不一定就是处女。"

"我也没说她一定就是处女，"高原的兴奋突然有些抑制，她最不喜欢张文翔说话时，那种一本正经的官腔。

"是你说的，你说她是个老处女。"

"你这个人真没劲，我也是随口说说，你——你这是什么意思！"

"我没什么意思呀？"张文翔仍然是一本正经的腔调，"我难道有什么意思了？"

高原喝了酒的兴奋似乎一下子全没了，她有些赌气地站了起来，向儿子和小丁住的房间走过去。张文翔的面部顿时又变得紧张，他跟在高原后面，察言观色。高原走进了小房间，开了灯，小房间里有两张小床，分别睡着小丁和小张焰。小张焰的半个肩膀露在外面，高原过去给儿子盖了盖被子。小丁脸朝里睡着，很显然她一直在听动静，她的眼睛张开了一下，立刻闭上。高原关了灯出去，自言自语地说："怎么今天晚上，小丁倒不看琼瑶的小说了？"

张文翔神色紧张而又故作镇静地指了指墙上的壁钟："喂，你看看都几点了。"

壁钟的时针指着十二点。

高原换了睡衣从卫生间出来。

张文翔已经坐在了床上，很严肃地看着报纸。

高原走进卧室，准备上床，她突然想到地对丈夫说："对了，下个星期，我要去厦门出差，有个什么年会。"

"你要去厦门？"张文翔脸上按捺不住的欢欣鼓舞，他怕高原察觉到自己的兴奋，关心地问，"去几天？买飞机票没问题吧？"

高原根本没去看丈夫的脸色，她掀开被子上了床。张文翔暗笑着扔下手中的报纸，伸手关了灯。在黑暗中，他嘀咕了一句："今天，你那老同学徐利红来找过我。"

黑暗中，高原打了个硕大无比的哈欠。她对丈夫刚刚说了句什么，毫无兴趣，一翻身，裹着被子，背对张文翔闭上了眼睛。

徐利红坐在高原家的客厅里格格格笑，她已经换了一套时髦的衣服，仍然是很短的裙，和张文翔面对面坐着。张文翔正襟危坐，眼睛不时地到处看，就是不敢偷眼看徐利红向他展露的性感的大腿。

小丁和高原在厨房里，高原系着一条围裙，很像个家庭主妇的样子。小丁噘着嘴，很反感地说：“你和张叔叔好不容易有个星期天，都让你这个同学给搅了。天都这么凉了，你那老同学穿这么短的裙子，也不怕冻着。”

高原想不到她会说这些，笑着说：“要漂亮，人就得受冻，懂不懂？怎么了，好像你很不喜欢我这个老同学？”

“我干吗要喜欢她，我看她那样子，也不像正派人。”

高原有些吃惊：“小丁，今天怎么这么大的火，我的同学可没惹你呀。”

小丁背对着高原，做出非常厌恶的样子，嘴噘得更厉害。

徐利红在客厅里大叫高原，高原解下围裙，走出厨房。徐利红不满意地埋怨说：“你忙什么呀？老同学来了，也不陪人家说会儿话。别忙，我可把话说清楚了，我不在乎今天吃什么。一来，我是麻烦你们家先生，另外呢，也为了我们老同学可以聊聊天。别老是躲在厨房里，就让你先生陪着我，你不怕我把你先生勾搭走？我的脾气你高原又不是不知道，我跟你说，真遇上了好男人，我可是不愿意放过的。”

高原笑着说：“你呀，怎么一下海做生意，把个嘴皮子给练出来了？”

徐利红笑着说：“让你说对了，我呀，下了这做生意的海洋，别的一样没学会，就练出了个嘴皮。噢，还有脸皮，高原，我现在脸皮特别厚。”

高原笑着连连摇头，张文翔坐在那，也忍不住笑。

“真的，我跟你说，这脸皮厚，真得练。”

“你现在这脸皮，可真够厚的。”高原把小丁刚才在厨房里说的话，当笑话讲给徐利红听，“你知道我们家小阿姨怎么说，她说你这天穿这么短的裙，不怕冻着。”

徐利红笑着说：“哟，你们家小阿姨不错，还怕我冻着。”她说这话时，目光正对着张文翔，张文翔有些失态的脸色全落在她眼里，她不由怔了怔，回过头来看高原脸上的表情。高原什么也没注意到，还在那儿笑。

开始吃饭了，徐利红谈笑风生，同时在偷偷地观察不时端菜过来的小丁。她似乎发现了什么异常之处。

高原送徐利红出门，下楼，徐利红笑着说，“喂，再送我一截，有一阵没见面了，在你们家也没机会聊，我们一边散步，一边说会儿话，怎么样？”

徐利红一路和高原说着什么，已走到了大街上。

“高原，你们夫妻感情怎么样？”

“怎么突然想起来问这事？”高原一时不明白她这话是什么意思。

徐利红不容商量地说：“我这人就这毛病，喜欢干涉别人的私事。你说你们之间到底怎么样？你们到底和谐不和谐，平常过日子什么的，当然也包括那方面的配合。”

高原哭笑不得地说：“徐利红，你这是什么意思？喂，你究竟是来找我们家老张办事的，还是想干别的什么？你怎么干上间谍了？”

“这你别问，高原，我们是老朋友，我胡乱说一句，你们家老张有点不对劲，真的你别急。”

“你怎么知道他不对劲？”高原笑着摇头。

不远处两辆自行车撞到了一起，骑车人各不相让，吵了起来。

“高原，我跟你说，我有特异功能，男人不对劲，我看得出来。他是不是已经不像当年追你那阵那样——当年他追你，我就觉得他看中的是你的高干家庭出身，你爸那时候在人事局，他做了你丈夫，你看这才几年，不就是已经成了劳动局的副局长。他外面是不是有什么别的女人？”

高原一怔，肯定地说：“绝对没有。”

“你就那么自信？”

“你说的也许有点道理，他是一块想当官的料。就冲这一点，他恐怕也不敢搞别的什么女人。徐利红，你干吗总是把男人想得那么坏？”

“那也不一定，我可是遇到过好的男人。”徐利红十分得意地笑了，路边的风很大，骑车人相撞吵架已经吸引了一大堆观众，“你也别往心上去，我这是提醒提醒你。事实是越是不敢勾搭女人的人，心里就越这么想。你知道，有些事，越压制越厉害。这事真要有了，你拦都拦不住。”远处开来一辆出租车，徐利红举起了手，“你们家干吗找那么年轻的保姆，找个老太太不好吗？”出租车里已经有客了，从她们身边急驰而过。后面又来了一辆出租车，这一次高原和徐利红同时扬起了手，出租车速度慢了下来。徐利红临上车，匆匆忙忙地说：“高原，男人外面有点什么事，也没什么大不了的，真要是跟小保姆什么的勾搭上，这可就丢人了。好好好，算我没说，再见了高原。”

出租车开走了。高原站在大街上发怔，怔了一会儿，心里觉得徐利红的话完全不可能，暗笑着摇摇头，转身回家。

高原去厦门出差的行李已经准备好了。

是第二天一早的飞机，高原走进了儿子和小丁的房间，小张焰已脱了衣服上床。“妈妈，你什么时候能够回来？”小张焰躺在被窝里问着。

“一个多星期，也可能是半个月。”

小丁坐在床沿上看琼瑶的小说，她显然有点注意力不集中。

“张焰，你每天的牛奶可一定要吃，听见没有？”高原回过头，看着小丁，“他要是不吃，小丁，你就不让他去上学！他不是见老师怕吗？那好，他不听话，就让老师收拾他。喂，张焰，你听见没有？”

“听见了！”

“你要是听话，我就给你带一个掌上游戏机回来。”

“真的？”小张焰从被子里爬出来，在高原脸上很响地亲了一下。

卧房里，张文翔老一套地坐在被窝里看报纸。高原进了卧房，看了看自己已收拾好的行李，掀开被子上床。张文翔无动于衷地继续看报。

“喂，人家明天都要出差了，你倒好，老这么捧着一张报纸，有什么好看的，也不陪人家说会儿话。”

张文翔放下手中的报纸，却又拿起了床头柜上的一份红头文件看起来。

高原说："你存心气我是不是，这会怎么又突然想起看文件来了？"

张文翔不得已放下文件，刚要张口解释，高原拦住了他："你别多说了，我知道你是个大忙人，局长嘛！"她说着，赌着气，自顾自地钻进了被窝，不一会儿，又坐起来，冷笑着说："喂，张文翔，我也觉得你这段时候是有点不对头，你是不是外面有了什么女人，否则干吗这么对我冷冰冰的？"

"你瞎说什么？"张文翔急了。

高原笑着说："这也没什么，真要是有了，你只要告诉我就行了，我不会把你怎么样，你放心。"

高原、老马、陶路三个人坐在飞机上，陶路和老马随便说着什么，高原想着心思，看着窗外的白云。广播里报告飞机已到了厦门上空，让大家系好安全带，飞机很快就要着陆。

飞机在厦门机场着陆。高原一行三人走出飞机，向出口处走去。老马踮起脚来看，指了指一个举牌子的姑娘。那牌子上写着"'家庭和人'研讨会"。

老马奔过去，和举牌子的姑娘身边一位穿西装的中年男子热烈握手，高原和陶路走了过去，老马大声地做着介绍。穿西装的男人热情洋溢地欢迎他们。

面包车开进厦门市区，陶路和高原都是第一次来厦门，兴致勃勃地看着窗外，穿西装的中年男子指着新盖起来的楼房做介绍。面包车在一家宾馆前缓缓停下，车门拉开，穿西装的中年男子率先跳下车，把客人引进接待大厅。

电梯门打开，穿西装的中年男子手上拿着钥匙，领客人去自己的房间。他走到一扇门前，核对了一下门牌，用钥匙打开门，对高原说："你就住这儿，记住了，是617，钥匙给你。"

高原临进自己房间，忽然想到地问："你们住哪个房间？"

穿西装的中年人亮了亮手中的钥匙牌："619，就在你隔壁。"

陶路和老马走进自己的房间，房间的规格似乎不低，陶路放下包，跑过去开冰箱，怎么也拉不开门。老马笑着说："锁着呢，现在开会议都精明得不得了，就怕大家乱喝饮料，吃完了账也不结，就溜了，结果费用都算在会议上。对不起，陶路，你待一会儿，让我先上厕所，我憋坏了。"

会议室正在开会，主席台坐着几位贵宾，贵宾的上方悬着巨大的横幅：第二届"家庭和人"研讨会。

高原和陶路坐在一起，小声地议论着："我们那刊物的名字，明年一定要改，你说得对，叫《计划生育》太难听。你想想看，改什么比较好？"

陶路指着主席台上的横幅说："现成的名字，就叫'家庭和人'。"

"'家庭和人'，这恐怕不行，不行。"

"'现代生活'。"

“这名字好像有了吧？”

“那就叫‘家庭生活’。”

“这名字好像也有。”

“那干脆就叫‘人’，这名字好，或者叫‘人类’。”

高原在动脑筋想：“刊物的名字必须考虑到读者喜欢，不能太文绉绉的。”

陶路十分激动地脱口而出：“就叫‘女人’，这绝对好，你想，我们这不是妇联的刊物吗？这名字太好了。”

高原也觉得这名字很不错。

一位工作人员从外面进来，手上拿着一封电报，到处打听老马在什么地方。有人指了指高原，工作人员蹑手蹑脚走到高原面前，问她老马在哪儿。高原前后左右看，找到了老马的位置，指点给那位工作人员。

老马跟着工作人员离开会场，神色慌张往外走，高原和陶路很吃惊地看着他，不知道出了什么事。老马突然又折回会场，告诉高原他母亲突然病故，自己不得不立刻赶回去。

高原湿漉漉地从浴室里出来，用梳子梳着自己的头发。她打开电视，胡乱地揿着频道，把声音开低了，上了床，拿起电话，往家里拨。电话铃响了好一会儿，没人接。

电话铃滴铃铃地响着，张文翔和小丁睡在一张床上，脸部表情有些紧张。张文翔的手指按在嘴唇上，示意小丁千万不要作声。他拿起电话，一本正经地问：“喂，谁呀？”

“你说我是谁？”高原心不在焉地看着电视，“怎么到现在才接？”

张文翔大惊失色：“是你！”

“你怎么，已经睡觉了？”

“嗯，”刚嗯完，又连忙改口，“不，我在看报。”

“你在看报，那你怎么这么长时间才接电话？”

张文翔已开始镇定下来：“我刚从厕所出来。喂，你怎么样？”

“我挺好，家里怎么样？”

“家里也挺好。小张焰早就睡了。”张文翔越来越镇定，“喂，你什么时候能回来？”

“怎么了，你想我啦……”

小丁伏在张文翔的肩膀上，将耳朵伸过去，想听高原在说什么。张文翔向她摆摆手。小丁不高兴地噘起嘴来。“那边伙食怎么样？嗯，东西嘛，就别买了，无所谓的，好吧，就给张焰买个游戏机。给小丁买什么？我看就算了，什么，那好，你看着办吧。不，我不是这个意思，你别发火嘛！你听我说，你干吗不让我说呢，”电话的那一头，高原显然为什么事生了气，“我的意思是，好好，我不说，不说，那就这样。就这样。”

张文翔将电话挂了，头一歪，在小丁的耳朵根上亲了一下。小丁像个纯情少女那样搂着他，矫情地说：“你刚刚和我说的话，都是真的？”

张文翔把头埋在她的那一头浓密的黑发中，口齿不清地说：“当然，当然是真的。”

参加“家庭和人”研讨会的会议代表游览石狮。

高原和陶路以及新结识的会议代表在石狮的街上走，不时地有人上来兜生意。一位相貌很丑的青年妇女，拉住了陶路，问他要不要好看的录像带。

“什么录像带?”陶路兴致勃勃地问。

青年妇女立刻紧盯着陶路：“哎呀，自然是好看的了，要什么，就有什么。很原版的黄带，要不要啦？价钱绝对优惠。”

陶路摇摇手，青年妇女钉在他身后跟了一阵，看看实在没有做成生意的可能性，又去纠缠别的游客。陶路轻声对高原说：“主要是怕路上不好带，要不然，弄两盘原版的黄带回去看看，也挺好。”

“你不要发神经病好不好?”高原警告他说，“这种下流的事，你可别往自己身上沾。”

一起开会的代表听了都笑。陶路解嘲地说：“你们看，我们的头儿，对下属管得多严。其实弄两盘黄带看看，当真人就会变下流了，那没黄色录像带之前，还不是一样有坏人。”

又有人形迹可疑地迎上来，很神秘地问陶路：“全毛的大衣，三十块钱一件，要不要去看看?”

陶路笑着摇手，说：“我要全毛大衣干什么？再说三十块钱能有什么全毛大衣?”那人一定要拉陶路去看货色：“去看看好了，不中意，又不要你的钱啦，去看一看嘛!”

一起开会的代表慎重地说：“不能去，千万别跟这些人走。”等那兜生意的走了，过去来过石狮的会议代表告诉陶路和高原，说这些兜生意的，很可能就是为暗娼拉皮条的，“上次我们来，东北的一个作家，胆子特别大，被这些人拉去了，什么几十块钱一件全毛大衣，那是叫你去看姑娘。一溜站了好几个，说是二百块钱接次客。那东北的作家开玩笑说，二百块，太贵了。你知道老鸨怎么说？二百块，不多收你的。一百块，算是姑娘的辛苦钱，另一百块，要付请的保镖钱，还有万一染上了性病的医疗费。东北作家说，我几乎和童男子一样纯洁，哪来的性病？说了便要走，老鸨死活不让走，说聊了这么半天，能不花点钱吗？东北作家没办法，只好在那儿买了两盒春药。”

陶路听得津津有味，高原知道一班男人凑在一起，讲不出什么好话来，便走进一家店铺看衣服。陶路走出去一截，发现高原不在了，连忙回头找，很快便找到了她。两人在店里看了一会儿，出来又遇上了另一批会议代表，大家笑着打招呼，然后继续在街上漫无目的地乱逛。他们走到一个卖照相机的柜台，其中两个打算买照相机的会议代表，和店主砍起价来，终于谈成了一个数目，一手交钱，一手交货。高原正好也想买个相机，便问这价格到底能便宜多少。已经付了钱的会议代表说，这价格起码比北京的价格便宜一半，高原听了有些心动，犹豫着想买，陶路笑着劝她，说这地方人心不古，别上了当。

店铺前，就剩下高原和陶路，高原犹豫着打不定主意，老板悄悄地说，可以再便宜一些。陶路听了，拉了高原就走，走出去几步，陶路说：“千万别上当，是好东西，绝不会这么求着你买。”

载着会议代表的大巴士奔驰在回厦门的路上，有人正好带着一台在北京买的那种同样牌子的相机，把新买的相机和北京买的相机做比较，一比较，就可以肯定所买的相机是假货。不怕不识货，就怕货比货。种种毛病都发现了，大家立刻怀疑这相机恐怕根本不能照相，买相机的两位会议代表坐在车上懊悔不迭。

幸亏陶路的及时提醒，高原庆幸自己没有上当受骗。

高原和陶路笑着对看了一眼。

“家庭和人”研讨会的告别晚宴，这一次是西式的自助餐，气氛热闹。

高原躲在一个角落里，和家里通长途电话。

电话通得很不愉快，高原脸铁板，在忍受电话里张文翔的语调。“喂，你说完了没有？别跟我打官腔好不好？你，我说的就是你。怎么每次打电话，都是这种不阴不阳的？我什么地方得罪了你是不是？对，你说对了，你是得罪我了。我有什么错的，我打长途电话问问家里的情况，怎么，这就占用了你宝贵的时间？不是这个意思，就是这个意思。这回来买不到飞机票，我有什么办法，我又不是不知道火车得好几天。”

陶路端着盘子，嘴里一路啃着鸡大腿，向高原走过去。他看着她的严肃表情，吓得不敢走近。高原又在听电话里的唠叨解释，越听越不耐烦：“好了，就这样吧。我奇怪我们之间怎么到了这一步，谁听见了对方的声音，都烦，你不烦，那好，就算我听了烦吧，你说完了没有？”

陶路想偷偷溜走，高原已挂上电话，一脸不高兴地走过来。“什么时候了，”陶路笑着说，“早都开吃了，打什么电话。”

高原就像没听见他说什么一样，往冷餐桌那走。“嗨，跟你说，今天有烤乳猪，就那个，对，就是它。”陶路追在她后面指点着。高原往盘子里搛菜，她的情绪似乎突然好了起来，笑着问：“还有什么好吃的？”

“这个，这个也不错。虾，这可是厦门的海鲜，够了，拿多了你吃不了。”

高原有些失态地大笑，陶路不明白地看着她。

一位已经喝得差不多的男子，拎了一瓶白酒，出现在高原面前：“好，我总算找到你了，高原，你说过，你能喝，今天我不和别人喝，就跟你喝。”

“谁说我能喝酒，”高原嗔怪地看着陶路，陶路顿时发誓，说这话绝不是他说的。高原笑着说：“谁说我能喝酒，你就和谁喝。要不，你把说我能喝的人叫来，让他跟我喝。”

“有你这句话就好，不瞒你说了，这话就是我说的，是我瞎说的，行不行？快，把啤酒喝了。咱们一人半杯，你看我这腔调，已多少酒下去了？”

咕嘟咕嘟，一倒果然就是半杯。高原兴冲冲接过杯子，也不等对方祝辞，一口干了。“高原，好样的，你看，我也让它下去。不行，咱们还得喝。”

又咕嘟咕嘟倒了半杯，陶路插嘴，说少倒些，倒酒的立刻和他急：“你别急，要是心疼高原，你替她喝。”手抬高了，半杯酒已变成了大半杯。

“行，这可是最后一次了，”高原很爽快地又一次拿起杯子，“我们必须说话算话，否则我不跟你喝。”

“算话，来，干！”

这一位拎着酒瓶去了，一转眼，又有另一位拎着酒瓶来，也是喝得差不多了，一说话，舌头就打架。高原推让了一会儿，和他喝起来。几杯酒喝下去，高原自己的话也多起来，说着说着，就格格格傻笑。陶路怕她喝醉，一边劝她少喝些，她走到哪儿，他就跟到哪儿。

高原已经不知道听劝了，有几个男的成心想灌她，陶路急了，大声地和人家红起脸来。高原说：“怎么样，你们别出坏点子，我可是有保镖的，而且就是喝，我们一对一，我也不怕你们。”

高原喝醉了，在浴室里对着洗脸池呕吐，吐了半天，难过地直喘气。陶路在一旁忙。高原缓过气来，抱歉地说：“对不起，吐你一身的。”

“没事，我换件衣服，反正要洗澡。”陶路给她一杯清水，让她漱嘴。

高原接过杯子，不好意思地笑着，刚想说什么，又一阵恶心，连忙把脸转向洗脸池。

“你也是的，怎么一沾上酒，就那么兴奋？”陶路想起上一次她也是差一点喝醉，埋怨说，“你的确是能喝，可也不能往死里喝。”

“下次，再也不喝了。”高原说。

陶路又一次去倒水，高原同房住的人正斜躺在床上看电视，关心地问他高原怎么样了。“差不多了，反正吐得够呛。”陶路倒好一杯水，又匆匆进卫生间。高原的难过劲好像也过去了，正在那儿照镜子，一边照，一边对陶路说："对不起，你去吧，我洗个澡，就没事了，你放心去好了。"

陶路仍然有些不放心："你真没事？"

"没事，真没事，"高原走到房间，打开自己带的皮箱，拿替换衣服，手忙乱着，一个胸罩没抓好，抖散了开来，"我要洗澡了，这你帮不上忙，谢谢了今天，回你房间吧。"

陶路回自己房间洗澡。老马回去了，房间里就陶路一个人住。不一会，洗完澡的陶路穿着三角裤，走了出来，他随手打开电视，拿起电话，往高原房间里拨。电话接通了，高原的同房说高原还在浴室里。

"她还在浴室，你问一下，她有没有事。"陶路真有些不放心。

高原的同房走到浴室门口，对正在里面洗澡的高原大声嚷道："高原，没事吧？没事？没事就好。"她回到床上，眼睛盯着电视，抓起电话："喂，没事，挺好的。"把电话挂了。

高原湿漉漉地出来，筋疲力尽地倒在床上，越想越觉得自己好笑。"今天我真出洋相了。"

"怎么样，没事了吧？"同房的眼睛不离开电视，"你喝了多少？"

"也没喝多少，可能是喝得太快了。"高原笑着说。

"刚才在这的那男的已经来过电话，对你有些不放心，这人还挺会照顾人的，对了，你给他挂个电话，要不然，过一会儿，又有电话来。"

高原春意盎然地拿起电话，往陶路的房间拨。

列车呼啸着驶进车站。

陶路拖着大包小包，和高原在站台上匆匆奔走，一路走，一路核对列车上的号码。他们终于找到了自己的车厢，陶路急吼吼地便想上车，列车员一把拦住他们，检查他们的车票。

他们在软卧车厢的过道里挤着走，陶路手上的一个包太大，走起来很碍事。

陶路说："我们是六号，你我上下铺。"

六号厢房里，已经有一对老夫妻先到达了，一看见他们，十分客气地打招呼，老太太很自觉地站了起来："这是你们的床。"

"没关系，你坐好了，"高原让她用不着起来，"陶路，东西能放下吗？放不下，就搁床底下好了。"

老太太抱歉地说："我们带的东西太多了，要不然，我们拿点东西下来？"

"不要紧，拿上拿下的也麻烦，就搁床底下一样。老人家去什么地方？"

一直不吭声的老头子报了个地名。看得出老头子曾经是个不小的官，穿着一身笔挺的中山装，十分威严地坐在那。

列车狠狠地晃动了一下，开始踏上旅途。

"你们去哪儿？"老太太热情地反问。

"我们，到底。"陶路已经忙完了，头上直冒汗，往老头子身边一坐，示意高原也坐下来，"好家伙，这一路上时间可真不短，你说要是坐飞机多好。吭哧吭哧地坐回去，太可怕了，幸好是软卧。"

“你过去坐过软卧？”

“没有，我们哪够级别，我这可是沾你的光，开一次洋荤。”

列车飞奔，陶路和高原各人拿自己的杯子泡茶，热水瓶里没热水，陶路自告奋勇打水去了。不一会儿，水打来了，陶路又兴冲冲地问高原中饭怎么吃。高原想了想，说去餐车吃饭。

陶路和高原从餐车吃了饭回自己厢房，那对老夫妻正在那一边喝水，一边啃面包。“吃过了？”老太太笑着问，“这火车上的饭，是不是特别贵？”

“是不便宜。”高原随口答道。

“你们是出差的？”老太太又问。

高原笑着点点头。

“你们是一起的？”老太太话里有话地问，“我是说你们是一个单位？”

“是一个单位，她是我们的头儿，我嘛，是跑腿的。”陶路神头鬼脸地说。

“怎么样？”老太太对自己的老伴说，“我说他们不是夫妻吧？”

陶路和高原对看了一眼，大家都有些不自然，想笑又没笑出来，无话可说。

坐了一会儿，高原说：“反正没事，睡一会儿吧，这样，我们都睡上铺，你老太太年纪大，省得再爬上去。”

张文翔坐在床上看报纸，小丁走进卧房，轻轻地咳了一声，张文翔丢下手里的报纸，示意小丁上床。小丁有些赌气地看着他。张文翔尴尬地笑起来。

“有什么好笑的，”小丁走到一张凳子前，坐下，“她已经在路上了，你就不怕她知道？”

张文翔强作镇定地说：“知道就知道，我干吗怕她？”他翻身下床，向小丁走过去，走到她身边，弯腰亲她。台灯把他的身影投射在墙上，像一个笨拙的大熊，小丁看着墙上他的黑影子说：“你不怕，我还怕呢。”

“你干吗怕她？”

“你说我干吗怕她？”

“你不用怕，难道我们不能什么都不让她知道吗？”张文翔既像是在安慰她，更像是在安慰自己，“你放心，她什么也不会知道。”

“我知道你更怕她知道。我不管，反正她一回来，我就走，我不想再看见她。”小丁很像琼瑶小说上的人物，她的语调也像是香港电视剧上学来的，“我知道你很喜欢我，但是你绝不会因为喜欢我，而娶我。你怎么会放弃已经很有地位的高原，而娶个什么都不是的农村女孩子？”

张文翔哭笑不得地哄着她：“我比你大太多了，我娶了你别人会怎么想？别人会觉得这不道德。你不是一直叫我叔叔吗？”

“可是我们现在已经不道德了。”

列车在黑夜里奔驰，高原和陶路已经入睡。

老太太爬上去拿行李，高原和陶路全被弄醒。“怎么，你们到地方了？”

“就快到了，早点拿下来，免得待会儿来不及。”

“那好，我帮你们拿，”陶路将一个个包裹取下来，“这么多东西，到时候有人接你们？”

“哎哟，谢谢了，这种事，还非得小伙子才行，”老太太连声致谢，“不要紧，到时候老头子单位有人来接，他们单位的驾驶员会来接的。”

“谢谢，谢谢。”不怎么喜欢说话的老头也向陶路和高原致谢。

列车到站了，陶路将两位老人送下车，又从车窗那里，将高原递给他的行李一件件放在站台上，刚忙完，开车的铃声已经响了，他连跑带跳地回到火车上。厢房里就剩下他们两个人，高原看看表，是深夜一点半。陶路问高原，她要不要睡下铺，高原说：“算了，上铺下铺一样，懒得再换被子了。”

“换被子不换人呀，这真有点想不开了，你把被子抱下来，不就行了。”

高原想想也对，把上铺自己刚刚睡过的被子拿了下来，又把老太太睡过的被子往上铺一扔，上了床，脸朝里自顾自地躺下了。

列车在茫茫黑夜里穿行，高原和陶路似乎意识到厢房里就他们两个人，都有些不自在，时不时地翻个身，东方鱼肚白了，高原和陶路终于进入熟睡的梦乡。列车又一次到站。高原在梦中甜滋滋地笑了起来。

他们去餐车吃早饭已经很晚了，服务员正在收拾，高原和陶路走到一张刚收拾干净的餐桌前，坐下来，陶路问高原吃什么。高原说吃什么都行。

“就吃面条怎么样？”

“好，面条就面条。”

服务员算了账去了，临走说：“恐怕要等一会儿，下面的水已经倒了，得重新烧。”

“不着急，等一会儿好了。”

餐车里就陶路和高原两个人。两位服务员站餐车的另一头聊着天。高原突然想到地问：“喂，昨晚上睡得怎么样？”

“很好，你呢？”

“我不好。”

“怎么了，”陶路笑着问，“是不是想到当时就只有你我两个人？”

“也许吧，”高原丝毫不觉得陶路的话冒昧，她笑起来，自己也奇怪她竟然会顺着陶路的话继续玩笑，“你是有贼心没贼胆，不过我不能不防。”

“谁说我有贼心了。”

两个人毫无介意地说笑，不一会儿，服务员端来了冒着热气的面条。陶路和高原都饿了，狼吞虎咽吃起来，吃完，两人抹着嘴回自己的厢房。列车穿过一道山路，那山崖离车窗很近，好像一伸出手去就能摸到。陶路伏在车窗玻璃上，看外面的风景。他回过头来，发现高原正冲着他笑。

“你笑什么？”

“我在笑你这个人。”

“我有什么好笑的？”

“你知道，陶路，你这人刚开始给人的印象很不好，”高原说了大实话，“你想，你研究生毕业，一分到我们单位，就闹离婚，就想当陈世美，就想抛弃乡下的未婚妻，其实你还真不是那样的人。”

“我老婆的话，你们哪能相信？说我当陈世美，头儿，你说我能当得了陈世美？我老婆那张嘴，一向会胡说八道。”

“你老婆也不一定都胡说八道。”

两个人同时想起了晋玉玲曾经说过的一句话，顿时有些尴尬。晋玉玲说陶路想和高原睡觉，这话老马已经传给了陶路了，因此现在即使高原不点破，陶路也有些坐立不安：“我知道她和你瞎说了。”

“她瞎说了什么？”高原装着什么事也没有一样。

“她说我想和你睡觉，”陶路说完这句话立刻后悔，他注意到高原的脸变得通红，结结巴巴地说，“她完全是瞎说。”

“你没说，不就行了吗？”高原做出不在乎的样子，她不想让陶路太下不了台，“我知道她是瞎说。”

“事情是这样，老实说，刚开始，我对你印象也不好，”陶路弄巧成拙地解释说，“我离不离婚，管你们什么事？你们保护妇女，可谁保护我？你那时候也太神气十足了，我就对玉玲说，说你有什么了不起的，上了床还不就是个普通女人，还不是一样被男人操。我当时也急了，只是随口说的。我跟你说，男人不是动不动就喜欢把操你妈挂在嘴上吗？我要说，最多也就是那意思。”高原冷笑着看着他，陶路的思路突然出现障碍，说不下去了。

高原说：“说呀，怎么不往下说了？你们男人心里怎么那么脏？”

“我真的没说那句话，真的，你说我就是真的敢心里想，我也不敢对玉玲说，我又没吃错药，我又不是不知道她那张嘴。”陶路真急了。

高原相信他这次说的是真话。这些话多说多解释也没意思，再说，她已经早就不生气了。为什么不能谈些别的什么，漫漫长途走了刚一半路，剩下的时间还很长。高原说：“好了，别老说这无聊的事了。有一事我始终没弄明白，老实说你和你老婆，到底是怎么一回事，你干吗口口声声说你们是包办婚姻？”

列车停在一个不小的车站上，显然要停不少时间。陶路和高原下了车，在站台上休息。一位工人拿着个小锤，挨个地敲着火车轮子。陶路的话篓子被打开了，他喋喋不休对高原说着，高原心平气和地听着，不时地点一下头。“这当然是有些滑稽，我从小就没父亲，玉玲他爹就玉玲这么一个宝贝女儿，你知道，他那时是大队书记，我不能说没良心的话，他对我的确不错。没有他，也就没我的今天。”

开车的铃声响了，陶路一边上车，一边继续说：“玉玲从小就喜欢欺负我，后来我就上了大学，那时候，我在小学里代课，当然我们的事，的确早就定下来了，我从一懂事，就知道玉玲将来是我的媳妇。”

高原忍不住地笑起来，陶路也忍不住苦笑。汽笛长鸣，列车又动了起来。陶路继续说：“自从我上大学，她就没停过和我闹。刚开始是怕我毕业了不回去，后来又怀疑我会和别的女孩子好。有一回我回乡下，她把我带到了麦地里，我一时冲动，就和她有了那事。事后，她说，上有天下有地，她已经是我的人了，以后我若变心，就不得好死。我回到大学没几天，她就追了来，到处和人说，她已经和我结了婚了，说我不安好心，想甩了她。”

高原插嘴说：“你当时肯定变心了，要不然她干吗跟你闹？”

“我变什么心，她认定一个死理，只要一闹，我就是想变心也变不了。你知道，她根本不在乎把我搞臭，用她的话就是，反正你再臭，我也要。你简直想象不出她闹起来有多厉害，她一会儿说自己怀孕了，一会儿又说为我流过几次产，搞得什么人都同情她。”

高原看见陶路是真伤心了，不想让他再说下去，打断了他的话头：“不说了，陶路，你老婆的脾气，我们打过交道，多少也知道一些。现在反正已到了这一步，大家好好过日子吧。不管怎么说，她心不坏，是不是？”

“她的心是不坏，这不错，”陶路不肯就此把话打住，“就算是她给我戴了绿帽子，我也不是太恨她。”高原让他别说了，他偏要说，“她和那家伙好上的时候，你不知道我多庆幸。真的，你不知道现在的乡下是怎么一回事，我们老家，那真的是富得流油。玉玲她爹如今有多少钱，多得恐怕连他自己都绕不清，乡下人现在根本不在乎钱。我知道玉玲当初是真跟那家伙，要不然，打死她也不会主动提出和我离婚。那家伙是厂里的技术员，绝对不是个东西，先是看中她老子的钱，后来自己有钱了，也就不要她了。”

一列车呼啸着迎面而来，掩盖了陶路的声音。高原站起来倒水，自己加满了，又替陶路倒，陶路神色恍惚地说：“她闹离婚的时候，你们又不肯成全我，等到这事过了，玉玲缓过劲来，发现还是我好，这就麻烦，你们就是打死她，她也不会放过我了。她短暂地爱上别人，这是我唯一的机会，这机会不抓住，我知道我全完了。”

高原笑着，说：“你看你，神气的，好像自己是什么宝贝似的。”

列车全速前进，天又开始逐渐黑下来。厢房里仍然只有高原和陶路两个人，这一次是高原在说着什么，一边说，一边笑。

陶路早从家庭烦恼中解脱出来，他笑着听高原说话，很有兴趣的样子。他们已经吃过晚饭，一路上，该说的话，好像都说完了，漫漫旅途还有一个晚上便要结束。

“想不到，这儿竟成了我俩的包厢，我老婆要是知道了，还不知道会怎么急呢。”陶路打趣说。

“你别神经病，又去跟你老婆说，到时候你老婆跟我急，我可吃不消。陶路，我警告你，不许瞎说。”

“你放心，谁都知道我有贼心没贼胆。”

“又要瞎说了。”高原笑着再次警告他。

“不过也难说，只要有贼心，说不定哪次就有了贼胆。”

高原急了，作势要打他，陶路连连往后躲。

到他们真准备休息的时候，列车停靠在一个小站上，列车员领了一位采购员模样的人走进他们的厢房，那人把行李往空床上一扔，从兜里掏出香烟，追出去给列车员敬烟，然后两人站在过道里聊天。

高原和陶路看着床上的行李，情不自禁笑起来。陶路开玩笑地说：“完了，我就是有贼胆，也不行了。”

张文翔和小丁的事，显然已经让高原知道了，高原情绪极坏地在哄小张焰睡觉，小丁的床被铺盖卷了起来，一看就明白她已经走了。

“妈妈，小丁阿姨还会再来吗?”小张焰孩子气地问。

“不知道。”

“妈妈，你说好玩不好玩，我叫小丁阿姨，小丁阿姨叫你也叫阿姨，那你是我的阿姨的阿姨了。”

“喂，你烦死了，赶快睡觉好不好。”

小张焰终于睡着了，高原怒气冲冲地走进卧房，张文翔仍然是坐在床上，心神不定地看着报纸，见高原进去了，想放下手上的报纸，又觉得报纸抓在手上，多少也是个掩饰。高原怒气冲冲地看着他，在等他说话。他偷偷地看了一眼高原，想笑，没办法笑出来。

“你起码得把话说清楚。”高原不得不先开口。

“我，高原，我知道是我不好，”张文翔按照事先想好的话说，“是我对不起你。”

“你对不起我?”高原愤怒至极，“你有什么对不起我的?你对不起你自己。我想不到你会这么不要脸!”

张文翔认罪一样地低下头，双手抱着自己的脑袋。

“说呀，你干嘛不吭声?”

“我说什么呢?”张文翔抬起头来，“事情已经这样了，我还能说什么?反正她也走了，我们以后绝不会再来往。”

高原气愤到了头，冷笑着说：“你们只管来往，你们照样来往，别装模作样的，你不是都安排好了，连工作都给她找好了，什么现在工作难找，你是大局长，找个好单位还不容易?别人求你点事就那么难，那官腔打得——”

张文翔委屈地说：“我也是没办法，你干吗还要逼我？”

“我逼你？”

“高原，我知道事到如今，你不会原谅我，”张文翔明白这事不会轻易就蒙混过关，“我这人，你多少也总知道一点吧，你说我是不是那种见女人就喜欢的男人？我在局里又不是没机会，我，我勾搭过谁？”

“你别涂脂抹粉，你那是怕丢了乌纱帽！”

张文翔也顾不上掉身价，把责任一古脑地往已不在的小丁身上推：“你说现在农村的小女孩，说是出来当小保姆，有几个能干长的？小丁所以能到我们家来，还不就是看中我能帮她找工作？不管怎么说，我也是个男人，她钻到了我床上，我呢，就意志不坚定，明知道她用心不良，我知道我是错了。”

“是她主动钻到了你床上？”高原根本不相信他的鬼话，“这种送上门的好事，竟然让你遇到了。”

“小丫头有主意着呢，你别看她年纪还小，早就不是处女了……”

“不要脸，你真不要脸！”高原对他的解释感到恶心，随手捡起手边的一个长毛狗熊，向他狠狠地扔过去。

高原在编辑部为一点小事大发雷霆。

起因只是在新出的一期刊物上发现了几个错字，大家都觉得她没必要这么暴跳如雷。刊物上有错字这已经是老问题了。

“头儿今天又怎么了？”小李从总编室出来，想不明白地说。

“什么怎么了？”大家七嘴八舌议论。

高原板着脸从总编室走出来，大家赶紧住嘴。

“陶路，你进来一下。”她很严肃地叫陶路。

陶路不知道出了什么事，对大家做了个鬼脸，向总编室走去，一进房间，大大咧咧地说：“今天什么事这么不高兴？”自从一起去了趟厦门，他和高原之间的关系已经大为改善，“大清早的，发什么火呀！”

“没你的事，你别起哄，”高原似乎也觉得自己的情绪有些过火，“我们谈一下明年期刊改名字的事，你能不能写个材料？”

到下班时间了，大家接二连三地往外走。高原谁也不理地下楼，她气鼓鼓的，没人再敢和她说笑。她开了锁，跨上自行车。冲出了院门，差一点撞到一位老太太，老太太追在后面恶狠狠地骂了一句。

高原一边骑车，一边想着心思。一辆小吉普按着喇叭，速度很快地从小巷里钻出来，骑自行车的都放慢速度让小吉普过去，高原走着神，继续向前骑，只听见一声急刹车的声音，砰的一下，高原重重地摔了出去，自行车的后轮压在小吉普车的前轮下面。高原一动不动地躺在那儿，好多人围了过去。

陶路拎着一大包水果，愣头愣脑地出现在医院的过道上，他向一位穿白大褂的护士打听高原住在哪个房间。

高原头上缠着纱布，斜躺在病床上，她没想到陶路会来。

“头儿，这是怎么搞的？”陶路笑着说，同时向病房里高原的邻床点头敷衍。

“你怎么会来？”

“头儿病了，我们还不该来看看吗？”

“你以后别‘头儿，头儿’地乱叫，你就叫我高原。”

陶路傻笑着说：“叫顺口了，这一改，反而别扭。”

高原的邻床做出很识相的样子，离开了病房。陶路看着她离去的身影，不知道她是在干什么。“怎么样，没事吧？”

“已经拍过片子了，总算没有脑震荡。我也不好，谁叫骑车时开小差。算我活该。”高原苦笑着，“哎，你坐呀，你也是的，买什么东西。”

陶路从装水果的塑料口袋里拿出一本书：“头儿，送你一本书吧，就上次倒霉的那本书，出版社换了个封面，这次可是正式出版，还印了不少册。”他把书递给了高原。

高原不相信地接过书：“你那书，竟然还真出了？”

陶路感觉良好地耸了耸肩膀，事实证明，他的书是正式出版了。他知道高原压根就看不上他的这本书。高原拿着书随便翻着，一边翻，一边不停地笑着啧嘴：“什么呀，全是性，现在出版社，真是什么都敢出了。”

“我可是很严肃地在探讨性，性是个严肃的主题……”

高原赶紧打断他：“好了，好了，我不跟你探讨这个，一说起来就没完，我可吃不消。”

陶路依然是感觉良好地傻笑。

高原突然有了心思，事实上，陶路的出现，只是暂时使她忘却了心中的烦恼，她对陶路看了一会儿，很认真地问他："陶路，你学的是心理学是不是？我问你，是不是所有的男人，内心里都很下流，都不要脸，男人的内心世界永远是脏的，是不是？"

陶路不明白她干嘛要问这段话，他不明白应该怎么回答。

高原的表情说明她绝非是在开玩笑。她十分严肃地看着他，等待着他真诚的回答。陶路除了傻笑，没别的话可以说。这是个没办法回答的问题。

"喂，你怎么不吭声？"高原说着，看见了张文翔，他正隔着门上的玻璃，往房里看。他知道高原已经看见他了，推门进来，陶路还坐在那儿发傻发怔，他看了看陶路，笑着和他招呼。陶路连忙站起来告辞。

"没关系，没关系，"张文翔和他敷衍客气，"你坐一会儿好了。唉，开一个会，想早点走，可实在没办法。高原，对了，我忘了告诉你，中央党校办一个学习班，点名要我去，你说我都这年纪了——"

高原的脸难看得让陶路坐立不安，他不明白怎么了，觉得自己还是早走为妙。

"那好，你走好。"张文翔没事一样地笑着，送陶路出病房。

两个星期以后，早过了下班时间，高原在办公室里埋头看稿子。外面的天已经黑了，她看了看手表，准备离开编辑部。锁上门后，她没下楼，突然心血来潮地往楼上走，来到了陶路房门前。她犹豫了一下，敲门。

陶路很吃惊她会来："头儿，怎么会是你？"

高原说："我饿坏了，你这儿有什么好吃的？"

"好吃的没有，能吃饱的倒是有的，你是吃面包还是方便面？"

"面包吧，"高原第一次来到这，到处看，"你这房子小了点。"

桌上地上都是书，房间里虽然乱，却很有些做学问的气氛。陶路把面包递给她，问她要不要抹点果酱。高原爽快地说："好，要抹，就多抹一些。怎么样，又要动脑筋想写什么书？"

"头儿，今天有什么事？"陶路不得不问。

"没什么事，下班了，心里烦，不想回去，可肚子呢，偏偏不争气，饿得咕咕直叫，因此只好到你这来找点吃的。"

"干嘛上我这找吃的，我跟你说，外面去找个馆子，再弄两杯酒——"

高原一边啃面包，一边说："吃了你的面包，舍不得了，是不是？"

陶路很快活地笑了，看得出他非常高兴高原的到来："要不要给你来杯咖啡？不过这咖啡搁的日子可够长的，都一年多了，你喝不喝？不喝，怎么，不敢喝了，那就来杯茶？"

高原继续参观陶路的房间，她吃完了面包，用手绢擦了擦手，胡乱翻书看。

"头儿，到底有什么不痛快的，我怎么觉得，好像这一段你有什么心事似的。这是跟谁呀？"陶路为高原的异常举动感到奇怪。

"你怎么知道我有什么不痛快？我告诉你，我心里很痛快。"

"痛快，痛快就好。"

"我干嘛心里不痛快？"高原说这话的时候，自然是不太痛快。

“可是是你自己说的你心里很痛快。”陶路觉得她在胡搅蛮缠。高原是他的领导，他觉得她这么闹一些小别扭的样子，比一本正经地当领导可爱。

“那是因为你说我心里不痛快。”高原似乎也知道自己有些太不讲理了，她知道自己今天有些任性。陶路说得对，她心里不痛快，很不痛快。她不想回自己的家，起码是暂时不想回去。张文翔昨天起程去中央党校学习，时间是半年，她知道自己这刻即使回去，也不会再见到丈夫装腔作势的样子，但是她仍然不想很快回去。她想到自己家的那张大床就气愤。这张新买的席梦思大床，老让她想起丈夫和小丁躺在一起的情景。

高原翻了一会儿书，将书用力合上：“陶路，你和我说老实话，当年你妻子背叛你的时候，我是说当你知道她让你戴上了绿帽子的时候，你是怎么想的？”

陶路不知道她的葫芦里卖的是什么药：“你想听真话，还是听冠冕堂皇的假话？你挑一个。”

“当然是真话。”

“我很高兴，因为我早就不爱她了，既然是不爱，我就不觉得她应该是我的专利。你知道，我当时最想知道的，是她和别人做爱时的感受，我老是情不自禁地想起她会有些什么样的生理反应。”

“你这个人真无聊，”高原不相信陶路说的是真话，如果是真话，那他就不是人，不是一个正常健全的人，“鬼才相信你说的是真话。要是说你真有点高兴的话，无非是你找到了一个摆脱她的机会。你别演戏了，口口声声说自己戴了绿帽子，这并不是喜欢当王八做乌龟，你不过是借此来掩盖自己的耻辱。”

“难道你不觉得我的做法有些悲壮吗？你想，我和她的感情，都到了这一步，你们做领导的，还让我和她凑合着过。头儿，你想想，你所说的那些所谓我想掩盖的耻辱，对我来说，对一个男人来说，都算不了什么，你说，还有比这更悲壮的事？”

“反正我不相信你就一点不吃醋，你不可能像你所说的那么冷静，那么有理智。不管怎么说，我还是不相信。”

陶路想了一会，笑着说：“这是我的私事，我干嘛要你相信？你相信不相信，又和我有什么关系？那好，我告诉你，我醋意大发，我恨不得立刻到街上去找一个野女人回来睡觉，我恨不得掐死我那个使我戴上绿帽子、而我一点也不爱的老婆，好了吧？这你满意了，这你就觉得我讲的是真话。对不对？可惜我不得不告诉你，我恰恰是说了假话。”

高原发现陶路有些急了，安慰他：“好了，你说的话，我也不是全部不相信，从理论上来说，也许是这样，如果是不爱，那对于对方的是否忠诚，可能就很无所谓。换了我……”高原怔了怔，自言自语地又说：“换了我，可能也一样。”

“不。人和人，不可能都一样，而且你作为一个女人，不可能有一个男人那样的气量。这种气量，必须很好地训练才会有。”

高原和陶路的谈话至此告一段落，时间不知不觉过去，高原几次有意无意地看表。他们漫无目的地又说了些别的话。陶路看着高原心烦意乱的样子，心里七上八下，不明白她磨蹭着不肯走的本意是什么。他想问她，又不太敢问。高原在他心目中，已经越来越不像是一位领导，他觉得她越来越像一个可爱的女人。她的身上越来越有那种正常的女人味。茶越喝越淡，高原已去了好几趟卫生间。陶路问高原是不是为她换杯茶，高原说：“好吧，喝就喝。”

高原的爽快让陶路有些心猿意马，他抓住机会，说了句比较轻薄的话，高原顿时有些不高兴，瞪了他一眼。陶路并没有因为她瞪了自己一眼，吓得缩回去，他突然变得更大胆。

“喂，你是不是想勾引我？”想不到高原比他更直截了当，冷笑着问他。

“有那心，可没那个胆。”

“你也许就有那个胆了。”

高原的脸色严肃，陶路犹豫着，不知道她的严肃意味着什么。他想自己这时候再退缩，也就太不像男子汉了，他继续调情：“就算有那个胆，也是你给我的，今天——”

“今天是我自己送上门的，”高原勃然大怒，两个眼睛里冒着火，“你们男人怎么都那么没出息？都喜欢说别人送上门，真是不要脸。”她站了起来，拂袖而去。

桌子上新沏的茶还在冒热气，陶路对着那杯茶做鬼脸。高原的拂袖而去，房间里仿佛还残存着她愤怒的气息。时间已是十点半了，陶路想到高原就这么气鼓鼓一个人走了，很有些不放心。他毫无意义地追下楼，站在空旷的大街上发傻。一辆救护车车顶上闪着耀眼的蓝灯，从他身边疾驰而过。

陶路转身上楼，他掏出钥匙，打开编辑部的大门，开了灯。空旷的编辑部里东一张办公桌，西一张办公桌，显得有些荒凉。陶路走到电话机旁，查看贴在墙上写得乱糟糟的电影画报上的电话号码。他希望在那上面找到高原家的电话号码，然而他很快就失望了。他毫无意识地抓起电话，又笑着把电话挂上。

陶路开始在每一张办公桌的玻璃台板下寻找高原的电话号码，终于被他找到了，他面露喜色地奔向电话机，拨通了电话。

高原家的保姆已换成一个老太太，已上床睡觉，滴铃铃的电话铃声吵得她不能不起来接电话，她不高兴地对电话嚷道："喂，你找谁？找高原，好，你等着，张焰他妈，喂，张焰他妈，"老太太放下电话，去敲卧房门，然后又回来拿起电话，"喂，还没回来呢！"

陶路很失望挂了电话，看了看手表，随手捞起桌上的一张报纸看起来。他完全是消磨时间地浏览报纸，匆匆看了一遍，又回过头来看第二遍。报纸已经被他颠来倒去看了好几遍，他再一次看手表，再一次往高原家挂电话。

高原已经到家，正在门厅换鞋子，不间断的电话铃声，使她想到这电话很可能是自己的丈夫从北京打来的。她不想听到他的声音，有些赌气地走到电话机前，抓起电话，立刻又挂上。

陶路吃了一惊，他想高原准是真生气了，自己更有必要向她解释清楚。他毫不犹豫又拨通了电话，高原不耐烦地又一次抓起电话挂上，陶路再接再厉继续拨。高原无可奈何地把话筒搁在耳朵边。

"喂，头儿，是你吗？"

高原出乎意外地说："你是谁？"

“我？你说我是谁？”陶路害怕她又把电话挂上，可怜巴巴地说，“哎，对不起，你可千万别再把电话挂了，你听我说——”

高原忍不住笑了：“刚刚一直是你在打电话？”

“不是我，还能有谁？头儿，你听我说，我觉得我必须和你解释，我知道我惹你生气了，也知道你是真火了，当然我说话是不对，你可千万别生气，你跟我，和我这样的生气，不值得。”

“你怎么知道我生气了？”高原不住地暗自好笑，“也许我没生气呢？”

“没生气最好，头儿，你若是没生气，你就是开大恩了，真的，我呢，就是有时候说话没谱，想怎么说，就怎么说了。有时候，甚至不想怎么说，可结果呢，也就莫名其妙地说了。其实说了些什么，我连自己都忘了。”

高原说：“你忘了，我可没忘。不过，你忘了最好，喂，你是不是因为自己说了些什么，害怕了？我跟你说，你用不着怕——”

“我不是怕。”

“你就是怕。”

“我真的不是怕，好好，就算是我怕，就算我怕了行不行？我跟你说——”

“你别跟我说了，”高原尽量忍住，不让自己笑出声来，“我不想听你再说，你当然不怕，害怕的应该是我，所以我要逃走呀。”

“这真是完全没必要，你说我，我有那个胆子吗？”

“你没有，我知道你没有，喂，不早了，我告诉你，我没生气，行了吧？你也不用再怕了，别吓得觉都睡不着。好，我不管你怕还是不怕，我可要睡觉了，你知道现在是几点？”

高原和陶路就像什么事也没发生过一样在编辑部里说笑。小李坐在办公桌上，正对着几个听众说一个传闻，说得眉飞色舞，跟真的似的。

晋玉玲拎着一个很鲜艳的大包出现在编辑部门口。陶路一看见她，顿时像瘪了气的皮球。高原也感到有些不自然，尴尬地笑着，对她点点头。晋玉玲的情绪似乎还不算太坏，向陶路发出指示：“还傻站在那儿干什么，也不帮人家把这么大的一个包送上去。”

陶路垂头丧气地向她走过去：“带这么多东西干什么？”

“多又怎么样，我又没麻烦你接！”

陶路走到她面前，轻声说：“别嚷，现在是上班时间。”

“上班时间怎么样？”晋玉玲嘴里嘀咕着，跟在陶路后面出了门，“我又没要你接，要你接了，还不知道怎么不得了。再说，我偏要这么突然地来，我告诉你，我对你不放心。”

“你小声点。”

几天以后，印刷厂的张师傅，又在编辑部里丢魂失魄地找陶路。

大家都在那自顾自地谈话，没人理睬张师傅。张师傅跑到小李面前说：“这位同志，你帮忙找找陶同志，怎么样？”

“你急什么？”小李不高兴有人打断他的谈兴，“今天是不是又买好了火车票？没买？没买你急什么？人家陶同志最近老婆来了，你想想，人家是夫妻分居，老婆好不容易来一趟，稍稍迟到一些，算什么大错吗？”

张师傅示意小李看手表：“这都快十点了，事定下来，我就可以给家里挂个长途过去，这他老婆来了，跟我有什么关系？”

“跟你有关系还得了，”小李笑起来，“谁叫你这么不巧呢，你偏偏是在他老婆来的时候，才来，你说，不怨你怨谁？”

张师傅哭笑不得地摇头：“他老婆来了几天了？”

“几天？”小李转身十分严肃地问其他人，“陶路老婆来了几天了？有一星期了吧？这次好像还好，没什么动静是不是？”

话音刚落，晋玉玲一推编辑部的大门，威风凛凛地站在那儿，一看那架势，就知道又有事了。编辑部的人都看着她，她也毫无拘束地看着编辑部的诸位。

“陶路躲哪儿去了？你们叫他出来，我有话要和他当着大家的面说。”晋玉玲气呼呼地说，“我要让大家评评理。”

事情到了这一步，有人赶快到总编室里去报讯。陶路脸上好几处抓破的痕迹，苦着脸，正躲在总编室里，向高原和老马诉说情况，进去报讯的人一看见陶路，吃惊地说：“陶路，你老婆来了。”总编室里立刻一阵混乱，还没拿出主意来，怒气冲冲的晋玉玲已经破门而入：“好哇，你正好在这儿，你别走！”

老马冲过去拦住了她：“有话好说，有话好说。”

“陶路，今天你把话给我说清楚，”晋玉玲人生得矮小，胖墩墩的老马往她面前一拦，她被堵在了门口，什么也看不见，只好跳脚大骂，“你个忘恩负义的东西，如今有了那么点出息了是不是？你个狗杂种，要不是我们晋家，你也不撒泡尿照照自己，你会有今天？”

高原很严肃地提醒她：“喂，请你注意一点，这是工作单位，别在这无理取闹，有话慢慢说，不要影响别人的工作。”

老马也说："你们的家庭矛盾，不能到单位来打来闹。是人，就得讲道理，是不是？好了，大家都回去干自己的事，这儿没什么热闹可看。"

张师傅听说陶路在总编室，也顾不上吵不吵架，从晋玉玲身边便想往总编室里挤。"马主任，我找陶同志有点事，"他奋不顾身地对陶路喊着，"陶同志，对不起，我又得麻烦你了。"

晋玉玲在总编室里和诸位领导谈话，除了高原和老马，还有工会小组的负责人老李。晋玉玲眼睛瞪得多大，根本不把领导们放在眼里。

"我必须让他把话说说清楚，不能就这么不明不白算了，不是我老要提他对不起我们晋家，我也不想提，事实就是他对不起我们家嘛。你们说我的要求错不错？我说我们夫妻哪能老这么分居，要不然，就让他把我调到这来，要不然，也就干脆和我一起回家，在农村又怎么了，要钱有钱，要房有房，就他那几个臭工资，还没我爹一天挣的多呢。"

工会小组负责人是一个快退休的老太太，只要晋玉玲一停下嘴，便见缝插针地劝她不要再闹："夫妻嘛，有话好商量，怎么能动不动就打呢？看你把陶路那脸上给抓的。"

"打了他，我也心疼，"晋玉玲说的是真话，"可我一看到他那种做缩头乌龟的样子，就来火。"

"你也不想想，真要打起来，男的总比女的厉害，你哪是他的对手？"老李替她担心地说，"陶路真还是不错，换到那种凶的，有理无理揍你一顿，你也就老实多了。”

“我情愿他还手，我就看不惯他那种装老实的样子。他真要是个男人，也动手呀。读了几天书，别的没学着，酸溜溜的架势都有了，说什么好男不跟女斗，你不跟我斗，我偏跟你斗。”

高原早觉得晋玉玲太不像话，她想开口教训她几句，话到嘴边，又咽了回去。她不得不承认这样的女人，对于陶路来说，真是一场噩梦。这个女人显然是以丑化和糟蹋自己的男人为快乐。这是口袋里不缺钱的新派农村妇女，优裕的环境使她变得有些病态的畸形。她揪住了曾经对陶路有恩这一点死死不放，用忘恩负义这把钝刀子不停地在陶路身上割来割去。

“你到底想干什么呢？”高原想不通地问。

“我想干什么？”晋玉玲气势汹汹地反问道，“你说我想干什么？”

陶路和晋玉玲正襟危坐在一辆噪音震耳的机动三轮上，机动三轮车在拥挤的车道上，蛇一样地钻来钻去，晋玉玲不时回过头来，对陶路说着什么。

陶路拎着大包小包，和晋玉玲一起，挤在准备检票的人群里。他的脸上伤痕依然，心急得踮起脚往前看，晋玉玲就跟什么事也没有发生过，像孩子似地贴在陶路身边。终于到了检票口，晋玉玲慢吞吞地把票递给检票员，挤在她身后的旅客连声喊：“快一点，快一点。”

“抢死呀，好像火车不等你上去，就会开走似的。”晋玉玲嘀咕着。

“你是应该快一点。”陶路拉着她在站台上走。

晋玉玲不乐意地说：“你当然急了，你当然希望越早把我送走越好。我还不知道你的心思，这几天乖得跟猫差不多，就望着我早走早好。”陶路已找到了车厢，急匆匆爬上去，伸过手来拉晋玉玲。晋玉玲一甩手，陶路拉了个空，列车员不耐烦了，让他们快一些。

行李架上早已放满，陶路举着包站在座位前发怔。晋玉玲指了指行李架上的一个箱子，让陶路把包放在箱子上。箱子的拥有者立刻发话说不能放，晋玉玲火冒三丈地便要跟人吵架。陶路劝也不是，不劝也不是，急中生智地把包往座位底下一塞，这时候开车的警铃已经响了，广播里提醒送客的人赶快下车。陶路连招呼也顾不上打，掉头朝车门口奔去。

陶路脸上毫无表情地站在站台上，晋玉玲脸贴在车窗玻璃上向他摇手，而他似乎什么也看不见。汽笛长鸣，列车缓缓起动。看着逐渐离去的列车，陶路摇了摇头，重重舒了一口气。他有点不怀好意地笑起来，人显得十分轻松，洋洋得意走出火车站。

衣着时髦的小丁浓妆艳抹，领着一位西装笔挺然而看上去很猥琐的中年人，出现在《计划生育》编辑部。他们走进了总编室，见到高原，小丁很亲热地叫了一声：“高阿姨。”

很难用笔墨描写高原的脸部表情，她吃惊，气愤，当然也有些慌张：“怎么会是你？”

“高阿姨，我就知道你会在，”小丁的脸一下子红起来，她强作镇定地对身边的中年人说，“这就是我说的那个高阿姨，高阿姨，这是我们老板。”

中年人和高原热情敷衍，高原冷淡地问：“你们有什么事？”

“我们呢，想登一个广告，可是外面呢，要价太高。我们也不知道你们登一个广告，要多少钱。小丁说了，她和你们很熟，这年头不是有熟人就好办事吗？我们做生意的，该花的钱，不心疼，该省的钱就得省，是不是？”

“要谈广告，这样吧，你和我们的办公室主任谈，”高原一推门，把在外面的老马叫了进来，“老马，来了个想做广告的，你跟他谈吧。”她自己走到办公桌前，埋头干自己的事。老马和那位送上门的客户谈起有关广告的事项，小丁十分尴尬地偷眼看高原。高原显然是在克制自己的感情。

“高阿姨，你在这儿是不是很忙？”小丁找话跟她说。

“忙，也谈不上。噢，小丁，你现在在什么地方做事？”

“‘白鸟公司’，反正也是跑跑腿。”

“是正式工？”

“什么正式工。现在都是合同工，先凑合着干干再说。”

“我们公司可是国营的，”中年人还在那和老马摆谱，“我们是地质局办的公司，能赚钱最好，不能赚，你也知道，我们局可不是没钱的主。”

“高阿姨，张叔叔去北京了？”小丁突然这么冒冒失失问了一句。

高原的脸铁板，气得发青。小丁并不在乎她是否生气，仍然跟什么事也没有一样。看得出她是个很厉害的角色。

“你是不是想张叔叔了？”高原再也控制不住，真想把她立刻给轰出去，“你是不是想问你张叔叔什么时候回来？”

正在谈广告的老马和中年人，不知道发生了什么事，都回过头，有些吃惊地看高原，高原的脸色全白了，嘴角直哆嗦。小丁不当回事地还在那儿冷笑。

天刚黑，编辑部的人都下班回去了，陶路轻松自在，哼着小调，一个人在编辑部里看报纸。他突然将报纸一扔，起身跑到那张玻璃台板下压着高原家电话号码的办公桌前，伏在上面看了一会儿，跑到电话旁，给高原拨电话。高原心情很坏地刚到家，气鼓鼓地拿起电话。

“喂，头儿，吃了吗？”陶路问。

“陶路，又怎么了？”

“没怎么，我跟你说，今天是我的好日子，一是把老婆送走了，另外，是拿了一笔稿费。”

“老婆走了又怎么样？拿了稿费又怎么样？今天是你的好日子，可不一定就是我的好日子。怎么，是不是想请我吃饭？”高原觉得自己没必要这么酸溜溜地刺陶路，还是忍不住要说，“怎么老婆刚走，就不老实了？”

“你放心，我绝对老实，”陶路很认真地说，“你说对了，我真是想请你吃饭。一下子拿了笔稿费，不上次馆子，对不起自己。可一个人也没劲，你就赏个脸吧。”

“我不想吃你的什么饭，你还是一个人去吧。”

“头儿，别当真不赏脸好不好？我跟你说，再过三天，是我的生日。本来我想到生日那天再请客，可我也突然想通了，干嘛还等三天？”

“你真想请我吃饭？”

“当然是真的。”

“你真想请我，那我就谢谢你了。”高原推辞说，“今天我心情不好，改天行不行？真的，我真的心情不好。”

陶路说不出的遗憾：“改天当然也可以，其实你心情不好，不是正好散散心吗？对不对？那你说改到什么时候？今天正好是星期六，这日子多好。”

高原想了一会儿，很干脆地说：“好吧，今天就今天，在什么地方？”

半个小时以后，陶路和高原一起坐在离高原家不远的一家小餐馆里，环境挺优雅。漂亮的服务员小姐送来了一大罐扎啤。陶路被服务员小姐的美色所吸引，偷偷地对高原说：“这小姐真漂亮。”高原笑着摇头，不过她觉得陶路这么有话直说也没什么不好。

“我们今天不喝白酒，”陶路举杯祝辞，“你今天心情不好，别待会又喝醉了，说我存心灌你。”

高原也举起杯子，充满豪气地说：“凭你的酒量，能灌醉我？”

两人一饮而尽。

陶路又添酒，又拿起酒杯：“头儿，我知道我这人真没出息，老婆这一走了，就跟过节似的。”高原听了直笑，陶路自己也笑。“好，为我老婆走了，干，再干。”

高原好像已忘了自己的不快，笑着说：“干就干。”

两杯啤酒下肚，陶路的脸便红了，他不是能喝酒的人，率先讨饶说："头儿，这下来，你想怎么喝，就怎么喝，我没你那个量。好男不和女斗，我不是你的对手。我归我慢慢喝。"

"今天我也不想多喝，"高原刚忘了自己的不快，忽然又有了心思，"你今天是高兴喝酒，我呢，恰恰是不高兴才喝酒。我不多喝，我可不是那种借酒浇愁的人。所以今天只喝啤酒，其他什么也不喝。"

"那好，为你的不高兴，再干一杯。"

到他们两人准备离去的时候，桌子上放着两个大空啤酒罐。陶路的酒已经到量，脸红得像是正在跟人吵架。"头儿，我送你回去。"他付了账，猛地站起来，有些摇晃，口齿不清地对高原说。高原笑着要去扶他："算了，还是我送你回家吧。"

"不，哪有女的送男的这道理！"陶路坚决要送高原。

两个人站在小餐馆门前推来推去，不少行人停下来，看着他们。高原拗不过他，更不愿意让别人看热闹，便说："也好，干脆去我那儿坐坐。"

高原领着陶路，已经到了自己家门口，她掏出钥匙开门。陶路依然有些晕乎乎的。老保姆连声问高原吃了没有，高原说吃过了，让她赶快洗个杯子，替客人泡茶。"陶路，你怎么样，怎么喝点啤酒，就到了这地步？"

"没事。我这人喝酒上脸，其实离醉还有一段路。"陶路舌头都大了，他往沙发上一坐，好像什么事也没有似地说："你们家的房子，可真够规格的。”

“什么叫真够规格？”

陶路自己也说不清什么叫真够规格。老保姆沏好了茶，陶路也顾不上烫，拿起来就喝，一边喝，一边咂嘴。喝了没几口，他又大大咧咧地问高原：“头儿，真不好意思，这上头口渴，下面呢又尿急，对不起，我得上个厕所。”他站起来，跑出客厅，乱找厕所。高原在客厅里指点着，他像没头的苍蝇，在门厅里乱窜了一会儿，才摸到厕所门。从厕所里出来，他仿佛一下子清醒了许多。

“对了，头儿，我忘了告诉你，我那书，出版社通知我，说是还要再版。”

“还要再版，那说明你的破书，还真有人看。”

“什么叫破书？你不要这样损我好不好？那可是正经的学术著作，”陶路的酒劲正在逐渐过去，按捺不住地洋洋得意，“不过，你说的也对，我知道这书为什么能再版，当然不是因为它的学术性，而是因为它谈的是性，谈性有什么不好，说不定我的书正在深入人心。只要你的书有人看，这有什么不好？”

“不管你吹得如何天花乱坠，总之一句话，你那书，我可看过，反正够无聊的。你为什么不能写点别的什么？”

“别的什么？”

“‘人类的起源’和我们有什么关系？人类都发展到了今天这地步，你有什么必要去研究人类的起源？而且老实说，你的观点要我说根本就是错的。除了标新立异，你的观点没任何意义。你别说了，今天我不想听你高谈阔论，我的意思是，你为什么不能写一本书叫

‘人类的现在’？我觉得更应该写的是‘人类的现在’。”

“人类的现在不是我的研究范围，人类的现在跟我有什么关系？”

“当然有关系。那你为什么研究人类的起源？你研究人类的起源，难道不是为了人类的现在？人类的起源因为离我们太遥远，我们也许可以不予考虑，可是人类的现在却不容我们回避。”

“头儿，今天怎么了？”陶路第一次发现高原居然也会这么雄辩，“你又没多喝？干脆你写一本叫‘人类的现在’的书算了。”

“我跟你说陶路，你别以为我不能写，”高原有点被陶路的话激怒，“我上大学时，也是有名的才女。别以为就你能写书，我不过是把一个现成的好题目送给你罢了，你别狗咬吕洞宾，不识好人心。你想想看，像你这样的，老婆一走，就高兴得像过节似的，你说就凭这一点，写出来，就够有意思的。又譬如说我，丈夫是劳动局的副局长，现在又去北京中央党校镀金，明摆着升官发财的日子就在后面。可是我们的婚姻又怎么样呢？”

高原一肚子的话终于找到了发泄的机会，陶路的酒全醒了，吃惊地看着变得十分神经质的高原，看着她口若悬河地说话。

“我绝不是吃醋，我绝不是因为他和别人乱搞了，就心理失去了平衡，并不是这么一回事。恰恰相反，就像你意识到了自己戴了绿帽子一样，我首先感到的是庆幸，我庆幸他给了我一个想干什么就干什么的借口。真的，既然已经到了这一步，我可以非常坦白地向你说真话。我没感到任何被自己男人欺骗了的悲伤，也许我心里根本就不在乎他这么做。我几乎立刻就想到自己去找一个男人，我要在那张他和别的女人做爱的床上，和别的男人做爱。我首先想到的就是你。真的，我现在是在说真话，你千万别打断我。我对自己说，我必须报复我的丈夫。可是，我感到害怕了，你知道我为什么害怕？”

陶路不知道她为什么害怕，他觉得现在真正感到害怕的是自己。

“我发现自己其实并不只是想报复自己的丈夫，报复只是一个小小的借口罢了，真实的目的，是我自己非常想堕落。你也许要问，我为什么选中你，那是因为我觉得你也堕落，觉得你很下流，和我一样的下流。对不起，你让我把话说完。我觉得你是想勾引我，真的，也许你根本不这么想，也许你根本看不上我，那只是我的错觉，只是一个下流女人的错觉。我记得你曾表达过一个意思，那就是因为你恨我，所以你才对你妻子说，你要操我一下。你别急，我不管你是不是这意思，但是你如果真是这意思，也是对的，我就是那样的女人，我想我有时候太傲气了，太把自己当回事，也许我只有被那种男人不当回事地操一下，我才会变得像个真实的女人。”

这一次陶路真的感到害怕了，他从沙发上站了起来，想逃跑。高原平时给人的印象太一本正经，虽然这印象已经逐渐改变，但是他仍然感到太突然，太戏剧性。他讪笑着说：“我……还是走吧。”

“你不能走，话都说到这一步，你不能走，你走，我跟你急。”

“我不知道你今天的心情会这么不好，”陶路不知道自己现在是应该向她解释，还是安慰她更好。高原不让他走，他也不敢走。

“陶路，我把该说的话，都说完。你根本用不到怕，我只是把想说的话，痛痛快快说了出来。我今天是心情不好，是不好，所以我要痛痛快快地说。我说了，我已经说过了，现在我心情已经好了。

陶路，一个人能把想的东西说出来，这不容易。你说你敢吗？你敢当着我的面，说你想和我睡觉？”

“我不敢。”陶路在她咄咄逼人的进攻下，狼狈不堪。

“你当然不敢。也许你敢想，可是你不敢说，更不敢做。陶路，我说的对不对？你放心，我比你好不了多少，我也只是敢说说而已。我们都不是那种轻意做傻事的人，我们想放纵我们自己，可我们也许永远不会这么做。我们都是有文化的人，不是吗？可我们差一点做了傻事。”

陶路看见高原正在平静下来，说：“我们没有做傻事。”

“我们玩了一场很危险的游戏，这场游戏已结束了，这就是我们的现在。我们的未来会是什么样子呢，也许一切都结束了，也许一切刚刚开始。也许我们从此成陌生人，就好像过去什么都没发生过一样。也许我们会成为情人，会相爱，会爱得死去活来。反正我们之间还缺少一个过程，一个必要的过程，你明白吗？我们已经随随便便到了今天这一步，我们不能再随随便便地忽略了那个重要的过程。好了，你明白也好，不明白也好，今天就说到这儿，现在你去吧，我的话到此为止。如果你说我是想勾引你，我已经勾引完了。如果你还想等下去碰碰运气，那么我郑重地告诉你，你就是等到明天天亮，也不会有任何机会。你现在唯一的选择，就是立刻滚蛋。”

尾声

时间不知不觉地过去，秋去冬来，转眼又到了春天。《计划生育》编辑部的同仁，并没有察觉高原和陶路之间有任何不正常的地方。一切似乎都和过去一样。高原的丈夫已从中央党校归来，正等待着新的提升。他依然官腔十足，天天临睡觉前，正襟危坐在被窝里看报纸。晋玉玲也和过去一样，隔一段时间，便拎着大包小包，风尘仆仆地去看望陶路。打架吵架和疯狂的做爱自然是免不了的，陶路还是把晋玉玲的离去当作节日。

陶路开始写一本叫做《人类的现在》的书。这本书已被出版商看中，相信它会有很好的销路。

在一个月色明亮的夜晚，陶路扔下手中的笔，下楼去了编辑部，拨通了高原家的电话。这是他们自那天晚上分手后，第一次通话。高原好像已经料到他会去电话，毫不吃惊地问他有什么事。

"没什么事，"陶路十分平静地说，"我正在写上次你所说的那个过程。高原，你知道，我正在写。你明白我的意思。"

"我明白。"高原也十分平静。她微笑着把电话挂了。

1993年1月5日

爱情规则

学校就要放暑假了，正在开家长会，朱敏香手上拿着虎子的成绩报告单，坐在教室里听老师讲话。老师是一个精明强干的女人，快四十岁的模样，绘声绘色地介绍她学生的情况。

“我可以很高兴地告诉各位家长，这次期末考试，我们班的同学，表现得非常出色，我们不仅在学校拿了个第一名，而且就是在附近的几所小学，也是名列前茅。老实说，如果不是个别同学拖了后腿，我们班的成绩还会更好，很可能在全区……”

朱敏香又一次低下头看虎子的成绩报告单，虎子的语文不及格，是班上的最低分。今天来开家长会，虎子的老师见了她第一句话，就是让她散会后留下，老师有很严肃的话要对她说。

“我们能够取得这么好的成绩，和各位家长的配合是分不开的，在这，我再一次地向大家表示谢意。我希望在新的学年里，我们能够继续如此和谐地合作下去，我希望我们能够取得更好的成绩。”老师的话音刚落，一片热烈的鼓掌，朱敏香十分被动地跟着一起鼓掌。

“在这儿，我们也不能不痛心地指出，”老师的话锋一转，“我们所以还没有达到应该的理想高度，和班上极少数同学的拖后腿分不开。我们可以这么说吧，许多家长和我们配合得非常好，但是，但是有个别的家长，在这方面，做得就很不尽如人意。当然，我指的是极个别极个别的家长。我们班是一个完整的整体，我不赞成用留级的办法来淘汰那些落后的学生，我觉得让孩子留级，是一个很不好的消极办法，有时候除了打击孩子的自尊心之外，并没有什么效果，我是说并没有什么好的效果。”老师一边说着，眼睛直溜溜地看着朱敏香，朱敏香感到很不好意思，她知道老师的目光意味着什么。

虎子正在外面的操场上玩，这是一个胖墩墩虎头虎脑的小男孩，和他一起玩的都是低一年级的学生，有的比他矮了足足一个头，他像孩子王似的指挥着别人干这干那。其他的教室也在开家长会，他们哇哇的声音，引出了一位很凶的老太太，她是学校的副校长，压低了嗓子，用很严肃的声音，命令虎子他们轻一些，要不然就到别的地方玩去。

“不玩了。”虎子赌气地说。他掉转头，往同样是开着家长会的自己教室走去。他的班主任还在那慷慨陈词，他伏在窗台上，对着朱敏香挤眉弄眼做鬼脸。

朱敏香白了他一眼，叹气摇头。

老师的话已到了尾声，她一连串地表扬了好几位学生，然后报了几位同学家长的名字，让他们留下来继续听话。被留下的家长自然都是因为自己的子女有严重问题的，一位留着络腮胡子的粗壮男人，听着听着，不耐烦地打断了老师的话：“老师，你放心，我回去饶不了他的。”

老师说：“光靠打骂，不能解决问题。”

留着络腮胡子的粗壮男人诉说自己曾经如何教训儿子。

老师听了一会儿，笑着说：“跟你们说，打骂解决不了问题。”

教室里只剩下朱敏香和老师两个人，朱敏香向老师申诉自己的为难之处：“我不是不想管好他，你知道，我自己也是教师。可是他能听我的吗，我丈夫和他母亲，我是说虎子他妈，他们已经把他给宠坏了。我是想管的，可是我怎么管得了他呢？真的，苏老师，不瞒你说，我现在是真明白后妈不好当了。”

老师有些被朱敏香的一番真心话所打动：“这我也清楚，从二年级的时候，我就一直是潘寅他们班的班主任，这孩子不笨，心眼也不错，就是贪玩，就是胆子太大。我清楚潘寅的学习成绩这么差，不能全怪你，这和他的亲生父母有绝对关系。你丈夫好像对孩子根本不闻不问。”

“他也不是不管，可是只要话一说重，虎子便往他妈那儿跑，你知道虎子他妈那人不是太讲理的。”

“我知道，”老师立刻想起自己曾经打过的交道，“问题的确就出在这儿，过去有段时候，她也来找过我，她这人好像根本听不得意见，老觉得别人对她儿子不好，老莫名其妙地护着自己的小孩，其实你真要是那么心疼小孩，干吗还要离婚呢？”

朱敏香感到老师的话有些别扭，脸不知不觉地红起来。

谈话到此结束。

朱敏香走出教室，虎子笑着向她奔过去：“朱阿姨，怎么这么长时间？”

“你说为什么要这么长时间？还好意思问。”

阿潘和莎莎在老地方约会。这是当年他们谈恋爱时常来的地方，常坐的石椅子现在正坐着一对热恋的年轻人。石椅子旁的一株小树几年不见，如今已长大了不少。阿潘十分别扭地站在那东张西望，他来这儿已经不少时间。

莎莎就像过去一样喜欢迟到，虽然今天的约会是她主动约阿潘的，虽然她有事要麻烦阿潘，但是她仍然像过去热恋时一样，足足过了半个小时，才傲气十足赶了来。她料到阿潘会像以往一样，乖乖守候在那儿，心急如焚又无可奈何地等着她。

“怎么到现在才来？”阿潘知道她根本不会解释理由，可还是憋不住地问了一句，“我等得急死了。找我有什么事？”

在说正事以前，莎莎气喘吁吁地问：“虎子这次考试怎么样？”

“怎么样，我看是好不了。他自己感觉良好，觉得什么都答出来了，他的话，能当真？敏香今天去开家长会了，拿成绩报告单。”

“干吗她去开家长会？”莎莎的脸上顿时不好看，“她有什么资格去？”

“说好是我要去的，可这是你要约我，而且非要说好这时间，我有什么办法？”阿潘觉得莎莎对自己现在的妻子的态度欠公正，“再说，敏香去开家长会，有什么够不够资格的，她在虎子身上，可没有少花费心血。”

“她就是没有资格，”莎莎不想多提到朱敏香，“好了，你也不用赶紧护着，要心疼回家心疼去，我不想和你再说她。今天找你，有别的事。”

“什么事？”

莎莎一时语塞，说不出来。

“怎么了，”阿潘催她快说，“有什么话你直说就是了。”

莎莎很委屈的样子，咬着嘴唇，好半天才开口：“这一阵，你有没有遇到陈先木？”

阿潘想不到她会问自己这么一句，怔了怔，不太高兴地说：“遇到过，怎么样？我前几天还看到他，你们怎么了？”

“我们没怎么，我要你带个信给他，”莎莎紧咬自己的嘴唇，“本来我想把信寄给他的，可是突然又觉得，最好还是让你面交。”

“你寄多好，干吗要让我面交？”阿潘最烦莎莎让他做这些叫自己为难的事，“你们之间的事，跟我有什么关系？”

莎莎就像过去没有离婚时一样任性，立刻反唇相讥：“是没有什么关系，你一点也用不着紧张。我只让你当一次邮递员，你乐意也罢，不乐意也罢，对不起了，就委屈你这一次行不行？”

阿潘当然不乐意，不过他知道自己会像过去一样做出让步：“你到底要我带什么信？你们到底又怎么了？”

“我这一次要彻底地跟他断。”

“你又是让我送最后通牒？”阿潘差一点笑出来。

“这一次是真正的最后通牒！”

阿潘一本正经地在和儿子谈话。

“虎子，你知道不知道自己的语文分数，在全班最低，什么叫最低，你懂不懂？”阿潘绷着脸，十分严肃。

“最低就是倒数第一。”

“你好歹也是个第一，第一就是冠军，多了不起！”

虎子被逗笑了，他知道自己这次语文不及格，阿潘轻易饶不了他，但是还是忍不住要笑。

“你还笑，心里挺得意是不是？”阿潘做出要打他的样子。

虎子连忙声明：“我没得意。”

“没得意你笑什么？”阿潘在虎子头上轻轻地拍了一记，“知道不知道，你这是欠揍。”

“我本来就没得意嘛，”虎子的眼睛红了，开始流眼泪，这不是因为挨了打，而是他没得意，阿潘非要说他得意感到委屈。

阿潘索性再在他头上补上几下，这下子虎子找到由头了，犯起了倔脾气，也不哭了，抱着头往自己房间跑，阿潘追到房门口，继续教训他，虎子双手捂耳，做出坚决不听的样子。阿潘在房门口暴跳如雷，虎子依然双手捂着耳朵。

朱敏香从厨房出来，看不惯丈夫的虚张声势：“好了，好了，有话好好说，你这样子，除了吓唬你自己，谁也不会怕。”

“这小子太不像话！”阿潘余怒未息。

“你要管孩子，就真做出个管孩子的样子来，”朱敏香把阿潘拉到一边，回过头来，对虎子说：“虎子，我也不和你多说语文不及格的严重性，你多少知道一点吧。不及格会怎么样，补考，补考不及格，留级。对不起，你真落到了留级的地步，我们也没办法。到时候人家追在你后面喊留级生，你怨不了别人。我们不是不想管你，我们管不了你，这也没办法。人要是不学好，自己不想好，那只有让他自己承担后果。我们不会打你，你放心，我们不搞封建的那一套。”

虎子还在不服气，冷不丁地说：“我根本没有得意，爸爸干吗非要说人家得意，我就是没有得意嘛！”

“我说了得意怎么了，委屈了你，是不是？”阿潘像跟人干架似的和儿子对吵，眼睛瞪得老大，鼻子里冒粗气。

“反正我没得意。”虎子认定了死理。

“我不管你是不是得意，”朱敏香严肃地说，“语文不及格，你自己说怎么办，作为惩罚，这次我去黄山，肯定不会再带你去。”

“你说好了带我去的，”虎子痛苦不堪地抗议，“说好的，大人说话还能不算话？”

“我怎么说话不算话，”朱敏香跟他谈道理，“我们最初怎么说好的，说好了你必须考好，什么叫考好，我的要求并不高，起码不能有不及格。现在怎么样？语文可是主课，再说你已经五年级了，明年就要考中学。我正是因为不能说话不算话，所以不会再带你出去玩了，你必须在家好好地温习功课。”

虎子又一次捂上耳朵，气急败坏地喊道：“大人说话还不算话，说话不算话，癞皮狗！”

“你再凶？”阿潘也变得气急败坏。

夜深人静，朱敏香已经上床，正坐在那捧着一本武侠小说看，阿潘走进卧房，上床，也捧起另一本武侠小说看，嘴里随口问着：“喂，你看到哪儿？”

“过路人大战蒙面客，阿潘，这蒙面客到底是谁？”

“不能说，说了就没劲，看到后面你就知道了。”

两个人孜孜不倦地读武侠小说，读到半夜两点钟，这才把书放下睡觉。

“阿潘，今天家长会真应该你去的，”朱敏香打着哈欠说，“人家的孩子都是表扬，就你那宝贝儿子，只要提到，没一句好话。”

“虎子是有一点不像话。”

“不像话，你那儿子是太不像话了！”

阿潘打了一个特大号的哈欠：“干吗老说我的儿子，现在不也是你的儿子吗？小男孩，玩心重，我小时候读书也不好，可后来，还不是一样考上名牌大学。小时了了，大未必佳。”

“连语文都不及格，还想考什么名牌大学重点大学，虎子能考上初中就算不错了，这次弄不好就留级，你知道他们班主任怎么说？”

“虎子他们班主任不喜欢虎子，虎子也不喜欢他们班主任。”

“怎么说也不能怪班主任吧，那人家班上为什么其他人都那么好，全校就他们班考双百分的多。今天这家长会，要是你去就好了。”

阿潘又是一个大哈欠。朱敏香在他的带动下，也跟着打哈欠。

“敏香，黄山你就带虎子去吧，他都念叨了几个月，反正这一次你们可以带孩子的，你就带他去算了。”

“我不能没原则，”困意袭击着朱敏香，“我不能为了和虎子搞好关系，就牺牲原则，我和虎子说好的，他考好了，就带他去。我是准备带他去的，可我不能说话不算话。”

“你不带他去，他一急，说不定又会去找莎莎。莎莎到时候找个借口，带他出去转悠几天。我们一年的辛苦就全白搭了。”

“白搭就白搭，反正我这个后妈怎么做，也里外不是人。我跟你说，你那个什么莎莎，要是再做什么手脚，再跟虎子来个什么小恩小惠，对不起，我就请她干脆把自己儿子接了去。老实说，真这样，我也不稀罕。我自己又不是不能养。好了，睡吧，我这人就这脾气，我怎么说，就怎么做，你劝我也没用，犯不着白花力气。”

阿潘想到要和陈先木见面就心烦。他们是大学的同班同学，曾经是最要好的密友。陈先木浓眉大眼，属于那种英俊小生似的人物，有一阵他是班上的宣传委员，好多女孩子都给他写过信。在阿潘和莎莎恋爱以及后来结婚成为夫妻的日子里，陈先木充当过无数次他们之间发生冲突后的调解人。作为好朋友，陈先木是他们家的常客。

陈先木终于成为阿潘夫妇之间可耻的第三者，这是阿潘一生中，所能遭受到的最大欺骗。朋友之妻不可欺这句古训受到了彻底的玩弄。阿潘只要一想到他撞见他们的私通镜头，心口就一阵阵发痛。那是一种像刀子在心口绞一样的滋味。莎莎把一切罪名都揽到了自己的头上，她毫不含糊地告诉阿潘，说她已经义无反顾地爱上了陈先木。

阿潘变成了浪漫主义小说上的理想人物，他把自己的同意离婚，解释成为了完善莎莎和陈先木之间爱情的让道。他没有像想像中的自己那样大吵大闹。他很平静地与莎莎分了手，并且继续和莎莎、和陈先木保持着礼仪往来。陈先木也是有妇之夫，莎莎离了婚以后，他事实上一直处在想离又离不掉的尴尬之中。

陈先木和阿潘虽然都是留校，可是两人不在一个部门，阿潘是教师编制，陈先木却是校长办公室的秘书，算是行政人员。当阿潘面有难色地出现在陈先木的办公室时，还没开口，陈先木似乎就已经猜到了对方的目的。事隔多年，陈先木已经摆脱了愧对阿潘的心情，偷尝禁果的爱情，早给他带来了巨大的烦恼，因为老是在离婚问题上摇摆不定，他一直生活在失约而遭受谴责的阴影里。

“我们现在好像都在扮演对方曾经扮演过的角色，”陈先木和阿潘离开办公室，走到了室外的大草坪上，“你的出现，肯定不会给我带来什么好消息。”

“莎莎让我给你捎一封信，”阿潘把让他托带的信交给陈先木，“莎莎的脾气你知道，其实她完全可以把信寄给你。”

陈先木愁眉苦脸地打开信，匆匆浏览了一遍，叹着气对阿潘说：“她就是喜欢这么折磨人，折磨了我还不够，你们已经到了今天这一步了，她还要折磨你。当然，她如果不这么做，她也就不是莎莎了。”

“你们又闹什么别扭？”阿潘很随便地问道，因为他并不想知道他们之间在搞什么名堂。

“又闹别扭，难道还有什么时候不闹别扭？”

阿潘完全作为局外人地笑起来：“她是喜欢闹一些小别扭。”

“她太喜欢闹别扭了，”陈先木十分疲惫地纠正，“而且不是闹小别扭，要闹就是大的。阿潘，你现在是不是有些幸灾乐祸？本来这罪是应该你亲自享受的，现在却成了我的专利。”

这一次阿潘由衷地笑了，当然还有一些残存的苦涩，他注意到一向风流潇洒的陈先木显得身心交瘁，梳得油光发亮的鬓角上，已经有了不少白发。阿潘发现自己真的有些同情陈先木：“你到底准备什么时候和她结婚？”

“结婚？现在首先是得先离婚。”

“那你什么时候离婚？”

陈先木再次苦笑，他掏出那封已放进口袋的莎莎的来信，又一次很认真地读起来，一边读，一边叹气：“阿潘，我想这信的意思你也知道了，和上次一样，又是最后通牒。”

阿潘连忙声明他不知道这信是什么意思。他郑重声明，自己只是个捎信的局外人。“我不过是个免费的邮递员罢了。”

朱敏香随着暑假教师旅游团去了黄山，家里只剩下阿潘父子，吃完晚饭，父子两人为谁洗碗吵了起来。

虎子正为没和朱敏香一起去黄山憋着气，根本就不把阿潘的连哄带骗加上咋唬当回事：“我不高兴洗，就不洗。”

“虎子，你想想你多大了，十二岁，十二岁的孩子再过几年都可以找媳妇了，你他妈洗个碗都不行？”

“爸爸，是你让我早恋的，你记好了。”虎子开始和阿潘耍贫嘴。

“我什么时候让你早恋的？”

“你自己刚刚说再过几年，我就可以找媳妇。”

阿潘不得不硬着头皮洗碗，一边放水洗，一边对儿子说：“好话你是听不见的，一听说找媳妇，就往心上去。喂，你打算找几个媳妇？”

“找一个就够了。”

“你干吗找一个，不索性一口气找十个八个。”

“有一个就够了，找那么多干什么？”

阿潘洗着碗，暗自好笑。不一会儿，他洗完碗，走出来，看见虎子正坐那儿发呆。“怎么了，真想媳妇啦？打算找一个什么样的媳妇？”

“勤快的。”

“为什么？”

“好让她洗碗。”

“那你干吗不买个洗碗机？”

虎子顿了顿，反唇相讥：“你干吗当年不买个洗碗机，你不是说因为要找个人洗碗，才把朱阿姨找来的吗？现在好了，你的洗碗机已去了黄山，你干脆再去找台洗碗机回来算了。”虎子说着，笑起来。

阿潘拿儿子毫无办法，反正他知道妻子没有带虎子去黄山，小家伙心里不痛快，开开玩笑轻松轻松也好。他继续和儿子说笑：“虎子，光找一个媳妇洗碗还不行，还应该找一个媳妇陪你去黄山。”

然而虎子对于继续谈论媳妇已没兴趣，一提到去黄山他就来火：“我干吗要找个媳妇陪我去黄山，我自己去，我一个人去。去黄山有什么了不起的。”

“这怨谁，怨你自己，你朱阿姨可是说好带你去黄山的，谁叫你自己不争气。我跟你说，你们班主任说的，像你这样调皮捣蛋的孩子，暑假里除了复习和罚做功课，什么都不许干。明年就考初中了，我们再让你玩，就是害你，你知道不知道？”

虎子说：“害我就害我好了，你们要是再害我一次，多好。”

“我不跟你耍贫嘴，这样，今天晚上可以看半小时电视，然后给我复习功课，有理没理，你给我做四十道数学题，听见没有？”

“四十道？干脆让我做八十道算了。”

阿潘知道儿子说的是反话，他懒得再跟虎子浪费口舌：“就四十道，少跟我说废话，少一道，我饶不了你！”

虎子绝望到了尽头，准备扔出他的杀手锏：“我就不做。”

“你敢。”

“就敢，我明天就去找我妈去。”

“你敢。”阿潘稍稍加大了一点声音。

然而虎子的声音比他大得多，也有力得多：“我就敢，我就去。”

陈先木站在一扇门前，犹豫了一会儿，疲惫不堪地按响了门铃，他的头上全是汗。没人应门，陈先木继续按门铃。

门隙开了一道缝，露出了莎莎带怒的半张脸。陈先木很尴尬地笑着。莎莎极随便地穿着一件睡衣，一见是他，面露喜色，将门开大了，让他进去。陈先木刚进去，莎莎迫不及待地扑在了他的怀里。

两人不顾一切地搂抱在一起，陈先木手上拎着的那只上班包，扑通一声落在地上。莎莎爱怨交加地说：“你干吗还要来，你用不着再来了。”

陈先木在莎莎的脸上到处乱亲，他的手早已伸进了莎莎宽大的睡衣：“我不是来了吗，莎莎，你说我敢不来？”

“我知道你不敢不来，我知道。”莎莎高兴得几乎要流出眼泪来。

两人汗如雨下地搂着抱着往卧房去。莎莎住的房子很小，然而布置得很有情调，墙上到处挂着她自己设计的剪贴画。卧房放着一张小床，床头柜上放着一个小镜框，镜框里是虎子的照片。

莎莎腾出手，打开了吊在床上方的微风扇开关，她突然用力，将陈先木掀翻在床上，陈先木就势四脚朝天躺在那儿，一动不动喘气休息。莎莎激动无比，扑在了他身上，很动情地问他这一阵是不是老想着自己。

“我要是硬说自己老是想着你，你肯定觉得我是在骗你，”陈先木对付莎莎已经很有一套，他知道怎么才能讨莎莎喜欢，“我还有许多事要做，如果老是想着你，你说还能做事吗？”

“我知道，我知道我是个会让人心烦的女人。”

“但是，要说我不想你，莎莎，你说可能吗？”

“可能，当然可能，”莎莎心里想的是不可能，她对陈先木的怨气荡然无存，“迟早有一天会是可能的。”

“不可能。”

“可能。”

“不可能。”

“可能。”

两人近乎孩子气地玩了一会儿文字游戏，陈先木伸出手，要脱去莎莎身上的睡衣，莎莎笑着不让他脱：“等一会儿，那么多天都能等了，这一会儿还不能等？”

“不能等了。”

虎子用钥匙开门进来的时候，莎莎和陈先木完事后，正挤在小小的卫生间里洗淋浴，他们做梦也不会想到，虎子会在这个不合时宜的时刻破门而入。最狼狈的是，当虎子已经站在卫生间的门外，莎莎和陈先木发现他们的衣服还在卧房里。莎莎最先反应过来，她慌忙向陈先木做手势，让他千万不要作声。

“妈。”虎子瓮声瓮气地叫了一声。

“虎子，怎么是你？”莎莎尽量做出没事一样，然而她还是乱成一团，“你怎么啦，妈妈正在洗澡，有什么事？”

“还有谁在里面？”虎子已听见卫生间里还有男人的声音，他不高兴地问着，“你和谁在一起洗澡？”

“没人，妈妈就一个人。”莎莎不知道自己应该怎么掩饰下去。虎子早已不像过去那么容易哄了，而且现在最实际的问题，是她和陈先木赤条条的，怎么才能走出去。虎子马上就要十二岁了，就算是她一个人在浴室里洗澡，也不能大明大白一丝不挂地走出去见儿子，“虎子，你先出去一下，妈的衣服忘记拿了，你到门外去一下，让妈妈出来穿上衣服，好不好？”

“我不，我干吗要出去？”虎子不答应。

“虎子，你听话，我跟你说，妈妈没穿衣服。你已经是一个大男孩子了。”

“你出来好了，我保证不看。”

卫生间里，莎莎和陈先木相对苦笑。

僵持了一会儿，虎子愣头愣脑地跑进卧房，将莎莎和陈先木扔在地上的衣服摞在一起，抱出来，毫不客气地敲了敲卫生间的门，对莎莎说：“衣服我拿来了，你的，还有那个男人的，衣服我就搁门口了，你们自己拿吧。”他显然是非常生气，掉头跑进卧房，嘭地一声将门关上。随即又立刻把卧房门打开，气鼓鼓地走出来，搬了个小凳子正对着卫生间的门坐下来，他赌气一定要看看究竟还有谁躲在卫生间里。

莎莎无可奈何地将门隙开一道缝，伸手把那堆衣服抱进去。不一会儿，莎莎穿好了衣服，走出来。她无地自容地看着坐那生气的儿子："虎子，你怎么这样？你听我说……"

虎子双手捂耳朵，表示他坚决不想听。

"虎子，我和你爸爸已经离婚，我和他已经没关系了，也就是说，我并不在乎你把今天的事告诉你爸爸。先木，你出来吧。"衣衫不整的陈先木从卫生间里出来，他的头上全是汗，十分狼狈地对虎子点点头，虎子狠狠白了他一眼，莎莎继续说，"你看，你爸爸不是也找了个女人吗，你知道，有些事，等你再大一点，你也许就全明白了。先木，你先走吧。"心烦意乱的莎莎对陈先木使了个眼色。

陈先木搭讪着要去拎自己的上班包，虎子从小凳子上猛地站起来，嘴里说着："我让你们好了。"奋不顾身地朝门外冲去，他的眼睛通红，刚下楼梯，泪水便毫不含糊地沿着小脸流下来。

伤心的虎子在大街上，漫无目的地走着。

他走到一面贴着乱七八糟广告的墙面前，非常认真地看着。他的注意力从一张包治性病的广告，移到一则寻人启事上。寻人启事上复印着两张很模糊的小照片，写着："石莉（女，十三岁），张红红（女，十三岁），因没考上初中，思想压力太大，两人结伴出走，现在你们的家长惊恐万分，请你们立刻去找附近的派出所，让派出所的同志送你们回来。石莉的母亲已经得重病，张红红的父母也非常着急，请你们立刻回来。你们的父母保证不责怪你们。”落款是安徽农村某县某乡。

虎子的肩膀被一个和他年龄相仿佛的小男孩拍了一下，他回过头来，发现是自己的同班同学张雷。张雷的手上拿着一根冷狗，离张雷不远处是张雷的母亲，她笑着和虎子点头招呼。

“虎子，你怎么一个人在这儿玩，玩什么呀？”张雷抬起头来，也对那面贴着乱七八糟广告的墙上看。张雷的母亲赶紧拉张雷走。虎子呆呆地看着被拉走的张雷的背影。张雷走出去一截，回过头来，对虎子喊道：“虎子，放假你去哪儿玩？我妈已经跟我说好了，带我去北京，我爸爸也去。”

“我妈妈带我去香港，我爸爸也去。”虎子趾高气扬地说。

张雷和他母亲的背影已经完全消失。

虎子垂头丧气，一脸的不高兴，离他脚不远，有一个空的娃哈哈果奶瓶，他跑上前，狠狠地踢了一脚，果奶瓶飞起来，撞在迎面走来的一对恋人身上，吓得恋人中的姑娘大叫一声。

“小家伙找死呀。”恋人中的小伙子向虎子发出警告。

虎子不服气地嘟着嘴。

小伙子说：“怎么，还不服气？”

虎子当然不服气：“我又不是有意的。”

姑娘笑着拉住小伙子，两人亲亲热热继续往前走。虎子冲着他们的背影做了个鬼脸。天气很热，虎子的小脸上都是汗，他掉转身，向小巷深处走去。不一会儿，虎子来到一个见不到人影的建筑工地上。旧的建筑物刚刚拆除，虎子百无聊赖地站在废墟上东张西望。

打桩机已经拖来了，像个巨人似的躺在地上，虎子捡起一块小石头，朝打桩机扔过去。

虎子在废墟上转悠，他看见一堆红砖边上靠着一扇旧式落地窗框，上面装饰着一块块小的形状各异的磨花玻璃。虎子捡了几块小石头在手上，开始向那几块磨花玻璃进攻。并没有什么人出来干涉他。虎子十分严肃地瞄准着，然后用力将石头扔出去。离虎子几十米外是条小巷，不时有人骑着自行车走过，虎子每打碎一块玻璃，骑车人便回头看一下。

陈先木家里正在为女儿陈小丽过生日，小丽今天六岁，马上就要上小学。陈先木站在一张靠背椅子上，往墙上贴一张绘着外国儿童的装饰画，画面上是一对正在模仿大人亲吻的外国小孩，金发碧眼，天真可爱，根本不明白接吻意味着什么。陈先木的妻子李爱丽在下面看着，指点着丈夫再往右边偏一点。

“好，就这样。”李爱丽终于满意。

“那好，我按图钉了。”陈先木的手举得有些发酸，颤抖着按图钉，怎么也按不进去，再用劲，图钉落在了地上。

李爱丽跑过去为他捡图钉。

小丽在往蛋糕上插生日蜡烛。她的任务已经完成，拍着手叫爸爸妈妈赶快欣赏她的杰作。陈先木将图钉按好，从椅子上下来，走到女儿身边，弯下腰来，在她的脸颊上亲了一下。李爱丽端着椅子走过来，陈先木就势回头，在妻子的脸上也吻了一下。

开始往生日蜡烛上点火。小丽很激动，双手支撑在桌子上，做好了要吹的准备。陈先木手忙脚乱，用火柴一根接一根地点着火，一边点，一边笑着对女儿说："别忙，等我全点着了，再吹，"他的手被火苗烫了一下，疼得狼狈地直甩，"哎哟，你看，小丽，这全怪你，爸爸都烫着了。"

"自己没用，还怪别人。"李爱丽笑着拿起一支点燃的蜡烛，转眼工夫便将生日蜡烛全部点着。

"让我吹，让我吹。"小丽激动得小脸通红。

李爱丽像抢什么似的连忙捂住小丽的嘴："别急，小丽，你想想，我们还应该干什么？"

"唱歌，我们一起唱歌，"小丽拍着手叫着，"我们一起唱，爸爸也唱。"

三个人打着节拍唱起来，大家都很高兴，很快乐。唱完，小丽迫不及待地吹熄蜡烛。陈先木做出要和她抢着吹的模样。李爱丽笑着责怪女儿："你看你，口水都吹到蛋糕上了。"

接下来是切蛋糕，小丽一定要抢着由她自己来切，因为这是送给她的生日蛋糕。李爱丽犟不过她，只好抓着女儿的手，帮着她一起切。就在这时候，门铃响了起来，陈先木眼睛看着妻子女儿，站起来去开门，一开门，怔住了。

站在门口按门铃的是莎莎，陈先木做梦也没想到会是她。莎莎满脸堆笑地站在门口，手上拿着一个很大的长毛绒娃娃："怎么，不欢迎是吗？"

陈先木极度的尴尬，讪笑着："没想到会是你。"

李爱丽和小丽也来到了门口，气氛一时间变得非常紧张。陈先木不敢回头看妻子的脸色，莎莎的脸红了一阵，若无其事地向李爱丽打招呼。李爱丽板着脸，冷冰冰地问她有什么事。

“没什么事，”莎莎很镇静，笑着，“没事难道就不能来吗？”

“不能来。”李爱丽斩钉截铁。

莎莎的脸变得苍白，然而没有发作，看得出她是做好充分准备的。陈先木在一旁急得不知如何是好，他偷偷向莎莎使了个眼色，让她赶快走。莎莎镇定自若地说：“怎么，就这么不欢迎我？”

李爱丽说：“对不起，是不欢迎。而且我可以告诉你，是绝对不欢迎。”

“是吗，”莎莎的脸色由白变青，“那么先木，你是不是也绝对不欢迎我呢？我真是太不识相了。”她看着吓得躲在陈先木后面的小丽，充满挑战意味地说，“小丽，也许只有你是欢迎我的。你过去不是很喜欢莎莎阿姨的吗？你看，这是阿姨给你的生日礼物。”

莎莎跑上前，笑着将长毛绒娃娃塞在小丽手上，很戏剧性地扭转身体，咚咚咚往楼下跑。李爱丽气得直哆嗦，她再也没办法控制住自己，一把抢过小丽手中的长毛绒娃娃，奋不顾身追下楼去，陈先木急得跟在后面大声喊着，也没能喊住。

愤怒至极的李爱丽在楼下追到了几乎有些得意的莎莎，她喊住了她。莎莎回过头来，有些出乎意外地看着李爱丽。李爱丽将长毛绒娃娃扔给她，冷笑着说：“对不起，收起你的这一套。我告诉你，你的心思我全知道，你不就是想让我们过得不愉快，让我们全家生活在你的阴影里吗？我告诉你，别做梦了，我们不会上你的当，你以为你走了，我就会和先木大吵大闹……”

陈先木在楼上窗子里探出头来，叫李爱丽别吵了，赶快回来。两个女人都抬起头来看他，他在两位女人的注视下，无地自容，便把头缩了回去。

“我不会和你吵的。”莎莎冷笑着说，其实她这会已经非常心虚。

“我也不会跟你吵，你放心，”李爱丽还以冷笑，但是她的冷笑里全是锋利的刀子，“我干吗跟你吵，就因为你不要脸地勾引了我男人？我不跟你吵，你让我吃醋的日子早就过去了。我不但不会跟你吵，而且也不会跟先木吵，我们照样恩恩爱爱地过日子。为什么我们不能恩恩爱爱地过，就因为有了你，你有什么了不起的，不就是一个狐狸精，让男人玩玩解解闷而已。你以为我们家先木是真喜欢你？”

莎莎陷于全线崩溃的惨败地步，她被李爱丽的话击中了要害，现在轮到她原地哆嗦说不出话来。

李爱丽淋漓尽致地发泄她的刻骨仇恨：“你不就是因为没有男人，才感到难受吗？你真要是难受了，我可以把男人让给你一两天，但是你不能，你不能没完没了，当然，我想你在外面绝不止就先木这一个目标。我想我会管好自己的男人的，我们会恩恩爱爱过日子，我还不笨，我不会让你太称心。”

陈先木又一次从楼上的窗户里探出头来，哀求李爱丽赶快回去。李爱丽已经大获全胜，她抬起头，很温柔地对楼上的丈夫说：“没事，我马上就来了，你用不到着急，我不会上当的。先木，你想，我怎么会让她称心呢。难道她折磨你折磨得还不够？”

莎莎悲愤地抬起头，她的眼泪在眼眶里打转。她泪眼模糊地看着愁眉苦脸的陈先木，咬牙切齿。李爱丽的一番话，像子弹似的射中了她，她感到自己像一只正在空中飞着的美丽的蝴蝶，被子弹射中以后，仿佛制作好的标本那样，被死死地钉在了墙上。

虎子漫步来到一家旅行社门口，他站在旅行社张贴的广告牌面前，非常投入地看着介绍。突然，他神头鬼脸地钻进了旅行社，踮着脚，挤到了柜台前，稚声稚气地问："叔叔，什么叫七折优惠？"

柜台里的一位年轻人看了他一眼，没理他。虎子继续问道："叔叔，中学生集体旅游，七折优惠，什么叫七折优惠？"

年轻人又看了虎子一眼，他将脖子伸出柜台，看了看虎子踮起的脚："喂，小家伙，你难道已是中学生了？"

"我明年就考初中，"虎子明白对方这是小瞧他，"叔叔，优惠七折，到底是多少？"

"别人出十块钱，你出七块钱就可以了。"

"那二百块钱去黄山，出一百四十块钱就可以。"

"可以。小家伙脑筋倒不笨，怎么，想去黄山？"

"我问问还不行。"虎子立刻像泄了气的皮球。

"想去，可是兜里没钱，爸爸妈妈不给钱是不是？"年轻人闲着没事，正好和虎子逗着玩，"回去找你爸爸妈妈算账去，学校里都放假了，凭什么不让人家出去玩。我跟你说，就去黄山，黄山特别好玩。"

"黄山有什么好玩的，我去过。"

"你去过，那就去泰山，泰山绝对有意思，赶快回去跟你爸爸妈妈要钱。"

虎子神气十足地说："我干吗要钱，我自己有钱。"

"你有钱？"年轻人已看出虎子是个喜欢吹牛皮的小男孩。

虎子躲在自己的小房间里正干着什么秘密工作。他聚精会神地用一把小的塑料直尺，将聚钱罐里的钱弄出来。

阿潘从外面回来，大声喊虎子。虎子躲在房间里不答应。

"虎子，你到底在不在家？"阿潘走到虎子的门口，敲敲门。虎子连忙将聚钱罐和弄出来的钱用报纸裹住，塞到床肚底下。外面的阿潘已经听到动静，十分严肃地问他究竟在里面干什么。

虎子打开门，若无其事走出来。

"今天做了多少功课，一会儿我检查，你瞒不了我，"阿潘随口吓唬儿子，其实他晚饭以后，还有事要出门，"我跟你说，一看你这样子，今天就又出去玩过了，对不对？老实说，玩了多少时间？"

"就一会儿。"

"就一会儿，就一会儿你会心甘？"阿潘根本不相信儿子的话，但是他并不准备追究，他知道若是换了自己，也一样会出去玩的。他自己小时候就是个调皮捣蛋的孩子，知子莫若父，儿子像自己，这怨不得别人。

阿潘准备晚饭，他发现原来准备吃的菜，因为忘记放冰箱，已经馊了。他叹了口气，让虎子去抽屉里拿点钱，上街斩点鸭子回来。虎子的肚子早就饿得咕咕叫，一听说让他买鸭子，顿时有了情绪。他跑到五斗柜前，拉开那个从来就不锁的放钱的抽屉。一个大皮夹里放着很多钱，虎子的眼睛情不自禁地亮了起来。他偷偷回了一下头，看见阿潘进了厕所，便拿起那个装钱的皮夹，匆匆数了数里面的钱。

吃晚饭时，虎子埋头啃鸭子，一声不吭。阿潘不住地给儿子搛鸭子，一边搛，一边自夸："你看看，凡是有肉的，都让你吃了。我这做爹的，到哪儿去找？"他捡起了鸭头，正准备自己吃，虎子发话了，说他也要吃鸭头。阿潘无可奈何摇摇头，又将鸭头放在儿子碗里。

吃完了，虎子十分自觉地将碗洗了。阿潘注意到了儿子的异常："你小子今天肯定是闯了什么祸了，要不然你不会这么老实。"他看着虎子的脸，让他说老实话，"你乖乖地给我如实招来，又怎么了？"

"什么怎么了，我根本没闯什么祸。"

"那你小子一定是有事要求我，你的脾气，我这个做爸爸的还不知道，没有附加条件，哪会那么轻易地就洗碗了，肯定又是在算计你爸爸。"

阿潘的话正好给了虎子一个开口的机会，他豁出去地说："爸爸，给我点钱。"顿了一会儿，又说，"人家小孩，放暑假，爸爸妈妈都给钱的。"

"你要多少钱？"阿潘很高兴儿子说了实话。

"一百块。"

"一百块？"阿潘吓了一跳，"这数字，你难道不觉得对你这么大的孩子来说，太多了一些。你是不是想出国？"

"一百块出屁的国，"虎子的脸绷了起来，"一百块能出国，中国人早跑光了。"

“你要这么多钱干什么？”

“一百块是最起码的。”

“一百块，才是起码？你能不能告诉我，这钱到底打算派什么用？”

“你别管，先把钱给我了，我以后保证告诉你。”

“以后告诉我？”阿潘觉得儿子也太异想天开了，“虎子，你好好想想，这可能吗，爸爸会不明不白地给你一百块钱。我又不是那些发了财的个体户，是那些大款。”

“你给不给？”虎子很失望。

“不给，”阿潘从开始就没打算给儿子钱，一百块这个数目给了儿子，非闯祸不可，“我可以考虑给你五块钱。”

“五块钱？”虎子气急败坏地喊道，“五块钱你自己留着用吧！”

“自己用就自己用，你不要拉倒。”

虎子又一次亮出他的绝招：“你不给，我找我妈要去。”

“你去，你只管去，”阿潘看了看表，已到了不得不走的时候，“我没时间和你纠缠，你找你妈去好了。你妈如今发大财了，别说是一百，你问她要一千一万，她眼睛都不会眨一下，立刻就给你。你不用找你妈来吓唬我，我现在还有别的事，得走了，我们以后再接着聊，怎么样？”

陈先木的家里洋溢着一种紧张不安的气氛。陈先木手足无措地准备收拾房间，小丽的蛋糕原封不动还放在桌子上，蛋糕上面插着那把准备切下去的不锈钢餐刀。他围着桌子转了一圈，不知如何是好。

李爱丽在哄小丽睡觉，小丽缠着她要讲故事。李爱丽没办法，只好临时现编一个狡猾的狐狸的故事。

“妈妈，你为什么那么讨厌莎莎阿姨呢?”小丽觉得李爱丽编的故事太没意思，忽然想到了白天发生的事，“妈妈，你真的生气了，是不是?”

“不，妈妈没有生气。”

“你生气了，妈妈，莎莎阿姨是不是很坏?”

“莎莎阿姨就是狐狸变的，你知道不知道?”

“妈妈瞎说，莎莎阿姨不是狐狸，狐狸不可能变成人的。”

小丽终于睡着了。

陈先木蹑手蹑脚走进房间，轻声问：“睡着了?”

李爱丽只当作什么也没听见，气鼓鼓往外走。陈先木毫无意义地走过去看了看女儿，也往外走。李爱丽坐在餐桌边上生气，陈先木小心翼翼走到她身边，刚想开口，李爱丽一挥手说：“我不想听你解释，你用不着再编故事了，我还不傻，当然，我曾经是非常傻过。”这话一说，她的眼圈立刻红了。

“我真的很长时间没和她来往过。”

“这话也许有人会信，可是我不会信。”

“真的，真的没来往。”

“没来往，她会知道你女儿的生日，是什么时候?先木，没关系，你和她来往好了，我只求你别瞒着我。”李爱丽用手抹去正往下滚的泪珠，“你怎么哑了，你说，那她怎么会知道小丽哪天过生日?”

“要知道，也是我过去告诉她的。”

“真了不起，过去说的，一直到现在都能记住，这份情意可也真够深的。不过光记着人家小孩子的生日有什么用，我看她恐怕连自己儿子是什么时候生的，反而记不清了。这种女人，不说别的，光冲她离婚不要自己的儿子，就知道她心够狠的。我跟你说先木，我们分手，你放心好了，小丽我绝对不会给你，我让你们这一对无儿无女的人在一起称心如意好了。”

陈先木讪笑着：“你想跟我分手，可我还不跟你分呢，干吗要跟你分手？”

“这种话你不要说，我听着肉麻。”李爱丽不想今天的事轻易就算完了，事情没那么简单，尽管在理智上，她知道不应该和丈夫大吵大闹，但是从感情上来说，不痛痛快快发泄一下，她实在受不了。莎莎竟然厚着脸皮找上门来，怎么说也是欺人太甚。“你不想和我分手，可有人不是正盼星星盼月亮似的等着这一天吗？你不怕她真等得受不了，又去找别的男人？当然，也许她早已经找了别的男人。反正这对你来说无所谓，因为她本来就不是什么好东西。你们正好臭味相投。”

“我今天真是冤枉，”陈先木等李爱丽发泄得差不多，说，“你说，她这么找上门来，不是恰恰说明我们没来往吗？我们不要动不动就提分手好不好，你自己也说了，这不是称别人的心吗？”

“这是称你的心，你不是一直等着这一天吗？”

“你真是神经病，我干吗要等这一天！”陈先木知道自己反守为攻的大好时机到了，“你别趁机跟我闹，要分手，也是起码等你外面找到了别的男人，再和我提出分手才行。到那时候也不迟，要不然，我是坚决不会放过你的。”

“你算了吧，”李爱丽的气已消得差不多，她属于那种男人一哄就好的女人，真心地爱着自己的丈夫，“你真不要脸，为了自己心安理得，不惜让自己的老婆去找别的男人，你以为我找不到？”

“当然找得到。”

“你放心，我没那么贱。”

“我什么时候觉得自己的老婆贱过的？”

“贱是不一定，不过家花不及野花香，我再高贵，又有什么用？”

陈先木知道今天的危机就算蒙混过去，他重重叹了一口气，上前亲了亲李爱丽：“今天你也真够露脸的，我想不到你会这么厉害！她可是让你羞辱得够呛，真的。”

“她活该。”

虎子在旅行社门口徘徊，他站在那广告牌前，心不在焉地看着，拿不定主意。在他身边，有一个年轻的姑娘也在看广告，也是心思重重的样子，姑娘大约二十岁模样，人长得很漂亮，脸色苍白，有一双看上去非常忧郁的眼睛。

“阿姨，你是不是也想去黄山？”虎子怯声怯气地问着。

姑娘看了他一眼，没有理他。

“阿姨，你要是去黄山，我们一起去怎么样？”

姑娘说：“你怎么知道我要去黄山？”

“那你去哪儿？”虎子很失望地问。

“我去哪儿，跟你有什么关系？”姑娘看看在虎子的周围没什么别的人，觉得面前这位小男孩很有意思，“你为什么要和我一起去黄山呢？”

“我爸爸妈妈都出国了，奶奶又太老了，”虎子随口扯起谎来，“没人能陪我出去玩。我爸爸和我妈，都答应我去黄山，反正是跟着旅行社玩，你说是不是，一点事也没有。你看钱都给我了，可旅行社的人非说我这样的孩子，要有大人陪着才行，你说这不是坑我吗？”

“你瞎说，”姑娘看着虎子老气横秋的样子，忍不住笑起来，“你爸和你妈真同意了？”

“不同意我哪儿来的钱？”

黄山风景区，朱敏香和她的同事正在登山，一群孩子在一个男人的带领下，争先恐后地往山上爬。

“怎么样，小朱，没把虎子带来，现在有点后悔了，是不是？”朱敏香的同事笑着说，“其实不来就不来了，你何必老放在心上。”

“我觉得最好的办法，是我自己也不应该来。”朱敏香无心去欣赏周围优美的风景，心烦意乱地说，“我不应该先答应他，答应了，他考试考成那样，为了惩罚他，不让他来是对的，可是我也不来就好了。”

“这才小学五年级，语文就不及格，当然不能让他出来玩。小朱，你绝对没有错。至于你，辛苦了一学期，干吗不能出来放松放松。家里不是还有你丈夫吗？你们又没有把他一个人丢在家里。”

他们已经爬到了山顶上，大家站在那欣赏山下的风景。那群孩子都是朱敏香的同事带来的，指手画脚地哇哇叫着，一会儿说远处的那座山峰像什么，这座又像什么，大呼小叫，吵个不歇。朱敏香现在是真有些后悔没把虎子带出来，她从背包里掏出一个大雪碧瓶，咕嘟咕嘟喝水。“其实我真想把虎子带出来。临走的时候，我对他说，只要他认个错，从黄山回来以后呢，好好地复习，我就带他出来。可他就是不认错，一口咬定是我说话不算话。我说这怎么能怪我说话不算话。我们事先说好的，是他必须考好。我丈夫就说：正因为要说话算话，所以这一次，绝对不能带他出去。我想想我丈夫的话也对，说好不能带他出来，就不能带他出来。问题是我也不应该来，这样，虎子的心里就好受多了。其实我玩不玩，根本无所谓。”

“唉呀，你也是的，你出来玩玩，有什么错。”

“错当然是没什么错。”

“小朱，看得出你是真心喜欢小孩，”同事想不通地问道，“对不起，你千万不要多心，有一事我们一直不明白，那就是你丈夫的前妻，为什么不要小孩，对于一个女人来说，也许最舍不得的，就是自己的小孩，可她却把小孩扔给你们不闻不问，这说明这女人也太不是东西了。”

“我丈夫也不让她管。既然小孩是判给我丈夫的，我丈夫提出的条件，就是不许她再干涉小孩的事。你不知道，她有时候搞点小恩小惠，虎子一下子就给她收买过去了，我们反而难办。因此你不要看我丈夫老实巴交的，可是在这件事上，他坚持不让步，他对她说：你要管，就干脆把小孩接走。我丈夫就是这么说的。”

大家开始下山，孩子们欢快地向山下冲去，他们的家长急得追在后面大叫“当心”。不一会儿，就要准备乘坐缆车。朱敏香还在和同事喋喋不休地说着什么。朱敏香的同事是那种喜欢知道别人隐私的女人，她终于和朱敏香坐上了同一辆缆车。“小朱，这话也许我不该问，”缆车在空中走着，同事推心置腹地对朱敏香说，“像你们这样的情况，完全可以再生一个。你这么喜欢小孩，为什么不自己生一个呢？”

“我当然要生一个，”朱敏香怔了怔，话里有话地说，“不过，也不想太急着要。我那么急干什么？”

“为什么？”同事想不明白地问。

一辆开往黄山的大巴士正准备出发。虎子十分激动地将头伸出窗口，在找什么人。他终于看见王芳向大巴士走过来。王芳就是虎子上次在旅行社门口遇到的那位姑娘，他们已经讲好一起去黄山。

虎子热烈地挥着手，王芳也看见他了，摆了摆手，上了车，走到虎子早替她抢好的座位旁边：“你什么时候来的？”

“我早就来了。”虎子跪在座位上，接过王芳手中的旅行包。

大巴士开始启动，虎子兴奋得前后左右到处看。导游小姐出现在车子的前方，用一口很不标准的普通话向游客们讲解这次出门旅行的注意事项。

“从现在起，坐在这辆车上的旅客，就是一个大家庭的成员，因此我们希望大家能够团结友爱，互相帮助……”

虎子精神饱满地看着导游小姐，认真听着她说的每一句话。

王芳十分忧郁地望着窗外，看得出她有满腹心事。车窗外，是绿油油的田野，太阳已经高高地升了起来，阳光灿烂，一辆警车顶上闪着红灯，从后面追上来，超了车，飞快地向前方赶去。

车厢里已经有人开始打瞌睡。王芳依然心事重重地看着窗外。虎子几次找话跟她说，她都没有理他。

“阿姨，你是不是要晕车？”

王芳漠然地摇摇头。

“阿姨，你好像一点都不高兴？”

王芳回过头来，笑了一笑，她笑得很勉强。

“你怎么了？”虎子不明白她为什么会这样。他想她也许是后悔带自己出来，“我能照顾自己，真的。真的，我不会麻烦你。”

王芳这回是真笑了，她觉得虎子的样子很可爱：“潘寅，我不是后悔和你一起出来。”

“真的？”

“真的。”

“那我就放心了，”虎子又变得老气横秋，“阿姨，我们说会儿话，怎么样？”

“说什么？”

“说什么都行，讲故事，你给我讲，要不然，我给你讲。”

王芳被他一本正经的样子逗乐了，她暂时忘记了自己的烦恼：“那好，你给我说说，你为什么叫潘寅。”

“这太简单了，我姓潘，属老虎，老虎就是寅，你这都不知道？”

“不知道，真的不知道，”王芳不知是真不知道，还是在哄虎子，反正她现在多多少少有些高兴，“怪不得你长得虎头虎脑的。”

虎子不好意思地笑了：“阿姨，你叫什么名字？”

“我叫王芳。”

“王芳，我们班也有个女孩子叫王芳。”

“潘寅，你今年多大了？”

“十二岁。”

“十二岁，比我小七岁，这样，你不要叫我阿姨，阿姨难听死了，现在叫小保姆都这么叫，你就叫我姐姐，叫我王芳姐姐，怎么样？”

“好，我以后就叫你王芳姐姐。对了，那你以后叫我虎子，我爸爸妈妈都这么叫我。”

“好吧，虎子。”

大白天，莎莎百无聊赖地躺在床上看电视，突然，她听见熟悉的门铃声，激动了一下，继续若无其事地看电视。门铃连续不断地响着，停了一会儿，莎莎竖起耳朵听，门铃再一次响起来。

站在门口按门铃的是陈先木，他不住地回头，害怕有人看见他。他已经听见了房间里的电视声音，知道莎莎准在家里，只是赌气不肯开门。他执拗着按电铃，一遍又一遍。

莎莎很不友好地把门打开。“你来干什么，对不起，我实在不欢迎你。”莎莎气鼓鼓的，堵着门，不让陈先木进去。楼道上有人走过，陈先木很不自然地笑着，轻声说：“有话我们进去再说不好吗？”

“不好。”莎莎嘴上这么说，手上的劲已经放松。陈先木一推门，人进去了，赶紧随手把门带上。“你是不是来找我算账的？”莎莎冷冷地说着，“我知道我错了，我根本就不该去你家，真是自找没趣，我何苦呢。你老婆说得太对了，我是什么东西，不就是你养的一个外室吗。什么外室，那就是说，连小老婆也算不上。”

“莎莎，你听我说，”陈先木发现自己事先准备好的话，到了这会儿，全用不上，“你的确是不应该这么做。”

“我知道不应该这么做，可是对不起，我已经做了。”

“我不是埋怨你，我……我只是觉得，你这么做了，吃亏的是自己。我知道你很委屈。”

“我委屈什么，我活该。”陈先木不愧是哄女人的高手，莎莎被他的这几句话一说，心立刻就软了。她确实知道自己做的事有些过分。陈先木一伸手，想拥抱她，她就势滚到了他怀里。

“你呀，真是让人恨也不是，爱也不是。”陈先木在她耳朵边轻声说着。

“你老婆这次是怎么饶过你的？”莎莎的委屈已经无影无踪，她不相信李爱丽真会像她自称的那样，和陈先木不吵不闹，她知道她不是那样的人，“她没剥了你一层皮？”

“她当然不会太平。”

“怎么不太平？”莎莎很有兴趣，同时又是深表同情地问。

“我们能不能不谈这个呢？”陈先木继续亲她，用鼻子在她耳朵根拱来拱去，莎莎被他弄得直笑。“好不容易见一次面，把时间再浪费在谈论她上面，难道不太可惜了吗？”

“那我们干什么呢？”莎莎将头偎在他怀里，手钩着他的头，在他头发上抚摸着，“先木，对不起，我身上来了，昨天来的，今天正好特别多。”

“我只是来看看你，”陈先木立刻声明，做出要急的样子，“不就是为了见你一面吗？你怎么老觉得人家全是别的目的。”

“我知道，”莎莎喜欢男人的甜言蜜语，即使全是假话她也喜欢，况且她相信陈先木是真心迷恋她，“先木，真的，我真的知道不该那么冒冒失失去你们家。我承认，当时主要是想到你们全家快快活活地过什么生日，我就难过，真的，你不知道我当时有多么妒忌，你也不会不知道，事后我又是多么后悔。”

“你呀，就两个字，任性。”

“我就是任性，”莎莎很矫情地说了一声，“我就任性。”

陈先木偷偷地看了一下手表，莎莎没有察觉到。

“其实我应该满足了，就算是做你的情妇，做一辈子的情妇，又怎么了，只要你是真心地爱我就行了，”莎莎用极温柔的语调，充满爱意地说着，“只要真心相爱，我还要求什么呢？我有时候免不了要想，你老是在和我拖，先是说要等孩子生下来，小丽出生了，又说法律规定要等小孩满了周岁，小孩周岁了，又有了别的借口，我有时不能不想，你到什么时候，才能没有借口呢？借口永远会有。”

“莎莎，你听我说……”

“不，我要你听我说，当年我对阿潘说，我说我爱上先木了，我要和你离婚，先木呢，也和他老婆离婚，我对他说，我和先木不能辜负爱情，爱情是一个最伟大的东西，我们不能玷污它。我告诉阿潘，因为有了你，我已经不爱他了，即使他还像过去一样爱我，不计较我所做过的一切，但是从道义上来说，我也不能再爱他了。先木，你知道，我已经把感情全给了你。我把感情装在了一个漂亮的小箱子里，安上了锁，安上了最保险的防撬锁，然后把唯一的一把钥匙交给了你。”

陈先木又一次心神不定地看手表，这一次，他那慌张的神态落在了莎莎眼里，对于正在抒发爱情的莎莎来说，无疑是在她头上泼了一盆冷水。她的脸色立刻改变：“我说这些干什么，我把钥匙交给了你，只是给你添了一些麻烦，因为你根本不知道把钥匙往哪儿搁。先木，你是不是有什么事？”

“没事，没什么大事，”陈先木尴尬地掩饰着，“待会儿有个会。”

莎莎暗暗冷笑，她的失望已经很难不流露出来：“那你还能给我多少时间？”

“没关系，真的没关系。”陈先木知道事情不妙。

“你走吧，反正我的话已经讲完，不，我的话早就讲完，再讲那些老掉牙的话有什么意思，我干吗像捞救命草似的揪住你不放。好了，你去吧，别耽误了你的会！”

“莎莎。”

“你滚，你立刻滚，听见没有？”

黄山风景区，朱敏香曾经登过的那座山峰，虎子正拼命往上爬。不一会，他率先到达山顶，站在一块突出的石头上，神气十足地对山下挥手：“王芳姐姐，我在这儿。”

王芳气喘吁吁地走着，她停了下来，对已经到达山顶的虎子挥手示意。离王芳不远是导游小姐，她正热情洋溢地向两位男青年解说着什么。

大家都在山顶上休息。王芳从背包里掏出面包递给虎子，虎子摇摇手，说他不饿。“不饿，也得吃一点，你既然和我一起出来，就应该听我的话。”

虎子没办法，他很乐意听王芳姐姐的话，十分顺从地接过面包。“那你也吃呀，”虎子啃了一口面包，对她说，“要吃，大家都得吃。”王芳说：“我是真的不想吃。”

“我也是真的不想吃。”

王芳不愿意让虎子不高兴，也开始吃面包。

“王芳姐姐，你为什么总是不高兴？”虎子注意到她一直心事重重愁眉苦脸，好像心里有什么大委屈似的。

“我没有不高兴呀。”王芳十分悲哀地说着。

“你就是不高兴。”

“没有，我真的没有。”王芳继续掩饰，很勉强地笑了。

不一会，王芳和虎子坐在同一辆缆车上，为了安全起见，她搂着虎子，然而她很快发现真正感到害怕的，是她自己。虎子不安分地到处乱看，身子扭过来扭过去动个不歇。“王芳姐姐，你看那儿，那边！”虎子不断有惊人的发现，一声比一声高地叫着。

一阵巨大的悲哀向王芳袭来，她把头扭向虎子指的方向。远处是黄山最著名的风景点之一，缆车上所有的游客都把脑袋转了过来，引颈眺望。一串热泪从王芳的眼眶里滚了下来。

天已经黑了，阿潘气鼓鼓出现在莎莎家门口，用劲按门铃。

莎莎房间里的电视仍然开着，但是她根本不在看。门铃一阵阵地响着，莎莎无动于衷。

阿潘在外面忍不住大叫："莎莎，你开门。"

莎莎奇怪怎么会是阿潘的声音，赶过去把门打开。"你干吗不开门？"怒气冲冲的阿潘对她埋怨说，愣头愣脑就往里闯，"虎子，你给我出来！"

"你这是干什么？"莎莎被他搞得莫名其妙，她自己一肚子气还没有消，"喂，你搞错没有，这是我的家，请你客气一点，这儿恐怕还轮不到你张牙舞爪，横冲直撞。"

阿潘到处看了看，不耐烦地说："你把虎子藏哪儿去了？"

"我把虎子藏哪儿去了，你说我把他藏哪儿去了？"

"莎莎，我想我们必须遵守协议，你这样做，是害虎子！"

"我害虎子，"莎莎更加摸不着头脑，"我做什么了？"

"真的，你这样做不好，"阿潘开始平静下来，"虎子现在是越来越不像话，我们不能再这么纵容他，我跟你说，这样下去，我可管不了他了。我求求你了行不行？"

"他怎么了？"

"他怎么了，他无论怎么，你都不会觉得怎么。"

"到底怎么了？"莎莎知道虎子顽皮，一定是闯了什么祸。

"你把他藏哪儿了？"阿潘深深地叹口气。

"我没看见虎子，你儿子又不是什么东西，我哪能要藏就藏起来。"

"你别再开玩笑好不好？"阿潘又有点急了。

“我没开玩笑，真的没看见虎子。”莎莎很认真地说。

“什么？”阿潘原地跳了起来，“虎子都三天没回来了，不在你这儿，还能在哪儿？你把话说说清楚。”

莎莎也急了：“到底怎么回事，你自己把话说说清楚。”

阿潘和莎莎在派出所，一位值夜班的民警正挂电话，在等对方的回答。他回过身，对焦急万分的阿潘和莎莎说：“喂，你们怎么到现在才想到来派出所？”民警很年轻，二十岁刚出头的样子，“你们应该早一点来。哎，我听着呢，什么，没有。我跟你说，是一个十二岁的小男孩，对，是男孩……”

民警对着电话哇哇叫着。

莎莎自责地说：“都怨我，我知道虎子心里一定恨我。他心里一定看不起我，我知道这种事，小孩子最伤心了。因为他突然发现自己的妈妈，竟然这么不要脸，这么下流。”她的眼泪刷刷地流下来，“阿潘，你说他会跑哪儿去？”

“我也不好，”阿潘也跟着一起自责，“这事不能全怪你，我要是早点找你就好了。他开口问我要一百块钱，我没给他……”

“他问你要一百块钱？”

“是啊，我没给他，他还说要跟你要。”

民警向他们走过来：“对不起，都问过了，没有。十二岁了，按说一般不会出什么事，你们再好好想想，你们的宝贝儿子还可能躲到什么地方去。现在的独生子女，动不动就出走，光今天一天，我这儿就有三起，和你们的这种情况几乎完全一样，放暑假了，现在的小孩胆子都大，做家长的又舍不得打，当然打也没用，今天有一个就是打跑的。”

“民警同志，像我儿子这样的小孩，可能会跑到什么地方呢?”阿潘病急乱投医地问，“我们在这儿，没别的什么亲戚，跟你直说了，我们实在不知道到哪儿去找我儿子。”

“这的确很难说，也只能是找找试试看。譬如说，你们的儿子是不是喜欢玩游戏机，现在有些娱乐场所，都是通宵服务，我们就遇到过不少孩子逃学躲在那儿天不回去的。还有放闭路电视的地方，有的地方放录像，根本不清场，一场放完了，便将带子倒回来，继续放。十二岁的小孩，怎么说也是个孩子，半夜三更的，不可能一个人在外面，肯定是藏在人多的地方。”

阿潘和莎莎雇了一辆机动三轮车，奔驰在路灯下面，满世界没头苍蝇似的乱转。哪儿热闹，哪儿灯火通明，便往哪儿去。机动三轮车在一个规模庞大的娱乐中心门口停了下来，阿潘让莎莎坐在车上别动，他跳下车，快步跑进娱乐中心。开机动三轮的是一位一大把年纪的老人，他当然很乐意做今天揽到的生意，乐悠悠地和莎莎聊起来。他已经知道他的雇主是在找自己的宝贝儿子。

“小家伙今年多大了?”他随口问道，“不要急，总能找到的。”

“我儿子的胆子一向不大，怎么会一下子发展到了这一步，”莎莎心烦意乱，自言自语地说着，“他会跑到哪儿去呢?”

“哎呀，放心，小男孩，肯定能找到，用不到急。不比是小女孩，弄不好就给人贩卖了，如今这世界，乱得不像话，什么拐卖妇女呀，什么卖淫嫖娼，你说什么没有。喂，”老头把声音压低了，轻声说，“你看那边两位，要不是妓，你说我是什么都行。”

霓虹灯下，果然站着两位花枝招展的年轻女人，正浪声浪气地和一个中年男人打情骂俏，说着说着，那中年男人忽然伸出手，在其中一位年轻女人的脸上十分轻薄地捏了一把，被捏的女人笑着大骂起来，抬脚就要去踢他。年轻女人穿的是那种极短的超短裙，动作有些过火，自己反倒差一点摔倒。中年男人乐得拍手哈哈大笑。

阿潘一无所获地再次出现在娱乐中心门口，他对着机动三轮车上的莎莎摊开手，无可奈何地摇摇头。

黄山风景区一个靠溪水边的旅馆，黄昏时分，许多洗过澡的游客，都在清澈的溪水里洗衣服。虎子站在一块大鹅卵石上，替王芳拿着刚洗干净的衣服。

王芳和虎子回到旅馆，他们合住在一间极小的两人间里，很简陋，除了两张小钢丝床，什么设施也没有。王芳往悬挂在空中的一根塑料绳子上晾衣服，虎子在一旁帮着忙。

“虎子，今天玩了一天，够累的，你早点睡吧。”王芳对虎子说。

“我一点都不累，再说，就是要睡，也太早了，是不是？”虎子神头鬼脸地说，“王芳姐姐，我们去散步怎么样？”

睡觉的确也太早，而且小房间里实在憋得慌，王芳满腹心思，禁不住虎子的引诱，终于答应和虎子就在小旅馆周围散散步。天黑了下来，他们走到一盏路灯下面，碰到了几个喝得醉醺醺的小流氓，拦住了他们胡乱纠缠。“喂，小孩，这是你姐姐吧，”一个瘦瘦小小的家伙流里流气地说道，“你先回去，让姐姐陪我们哥几个玩一会儿，怎么样？”

王芳拉起虎子便走，但是去路已被拦住了。“别走呀，丫头，咱们认识认识，交个朋友。”

“小流氓，不要脸！”虎子虎头虎脑地骂起来。

“小杂种，你竟敢骂人？”

“我就骂你们，小流氓，不要脸！”虎子索性大声叫起来，“来人啦，抓流氓，抓小流氓！”

不远处有人赶了过来，那几个小流氓酒也醒了，灰溜溜地吓跑了。

王芳和虎子回到自己的房间里。虎子得意洋洋，仿佛打了大胜仗一样。王芳惊魂未定，脸色惨白，坐在那发呆，发了一会儿呆，扑落扑落地流起了眼泪。“王芳姐姐，你怎么了？”虎子感到非常吃惊，他想她一定是被那几个小流氓吓坏了，“你不用害怕，真的，有我，你就不要害怕。”他像一个大人似的安慰王芳。

王芳被他的话逗乐了，破涕为笑。

“又哭又笑，小猫上吊。”虎子继续引王芳笑。

王芳苦笑了一会儿，很认真地说：“虎子，你别引我笑了。你知道，我现在真想哭，真的，我好想痛痛快快地哭一场。”

王芳向虎子诉说自己的不幸，虎子目瞪口呆地听着。

“你还小，我说的许多话，你可能还不明白。可是我要告诉你，我心里很感激，我很高兴这次和你一起出来。虎子，你很勇敢，真的，你像一个真正的男子汉。你知道你不仅是吓跑了几个小流氓，而且你彻底打消了我一个可怕的念头。你做梦也不会想到，是你给了我继续活下去的勇气，是你使我完全放弃了轻生的欲望。我为什么要去死呢？我的书还没念完，我应该继续把大学读完，我应该好好地活下去。”

王芳自言自语地说着，她根本不在乎虎子是否能够听明白。

“我曾经想过，如果到一个悬崖，下面是万丈深渊，纵身一跃，人便可以像鸟似的飞向永恒的自由世界。短暂的痛苦算得了什么，换来的却是永远的宁静，永远的自由自在……”

虎子觉得王芳说这些话挺有意思，好像是电视上的人在演戏，他觉得王芳可以去当一个很不错的演员。他觉得自己现在非常喜欢她。

“我曾有过像今晚一样的遭遇，那对于我来说，是一场永远的噩梦。我有过一个很不错的男朋友，他英俊潇洒，有很多女孩子追他。可是我的男朋友不是男子汉，他是一个地地道道的懦夫和软骨头。他可耻地逃跑了，把我留给了那两个色狼。作为一个男人，他没有在关键时候保护我，却在事后怪我没有很好的反抗。他对我做的许诺就是我们从此分手，各奔东西，他呢，永远不把这件有损我名誉的事张扬出去。”

阿潘和莎莎坐在机动三轮车上，继续乱碰运气似的搜索虎子，看得出他们已经失望了，连开机动三轮车的老头也劝他们放弃尝试。这样乱找下去显然没什么意义。“我说算了，我反正无所谓，你们要找下去，我多拿钱，何乐而不为，可你们这么干，不是把钱往水里扔吗?”老头十分诚恳地说，“该没事，怎么也没事。再说你们儿子身上能有多少钱，用完了，他不想回来，也只好老老实实地回来。”

阿潘把头转向莎莎：“要不，先送你回去?”

莎莎说：“还是先去你那儿，我们看看虎子会不会留下什么条子。”

阿潘觉得莎莎的话很有道理，他也是一下子急糊涂了，很可能虎子会留下一张什么条子，告诉阿潘自己去什么地方。此外虎子也可能是躲在要好的同学家里，因为虎子的一位同学，就曾经因为自己家里大人出差，借住阿潘家两个晚上。虎子也许会编个相同的谎言，这样的事情，像虎子这样调皮捣蛋的小孩完全做得出。

时间已是深夜一点钟，阿潘将车钱付给老头，和莎莎一起回到自己家中。这儿曾经也是莎莎温馨的小窝，自从阿潘再婚以后，她就没有再来过。进了门以后，阿潘迫不及待地去搜索虎子可能留下的纸条，莎莎却带着几分感伤，打量起房间里的布置。新的格局充分体现了新女主人的趣味，在一架很大方的装饰柜上，放着各式各样的玩具娃娃，莎莎情不自禁地走了过去，拿起那把挂在狗熊娃娃脖子上的玩具冲锋枪。莎莎认识这支冲锋枪，它曾经是虎子最喜欢的玩具之一。

阿潘愁眉苦脸地从虎子房间里出来，告诉莎莎他什么也没找到。莎莎叹了一口气，和阿潘一起，又一次走进虎子的房间。虎子的小房已被翻乱，莎莎看见了扔在地上的聚钱罐：“你知道虎子聚了多少钱?”她觉得已经找到了一个线索。现在知道虎子身边有多少钱，这很重要。

“我哪儿知道他聚了多少钱？”阿潘突然想到自己没锁的五斗柜抽屉，“他小子会不会拿我的钱？”他奔出去，打开五斗柜，拿起那个放钱的大皮夹，很激动地数起钱来，“完了，肯定拿我钱了。”阿潘绝望地叫着。

“拿了多少？”莎莎问。

事情越变越严重，虎子不仅敢几天不归，而且偷了家里的钱。

“我也不知道他小子拿了多少，”阿潘做沉思状，想弄明白自己在皮夹子里到底有多少钱。他平时对于自己有多少钱，一向糊里糊涂，唯一能肯定的就是虎子已经偷了钱，并且数量还不少。

“虎子怎么会这样？他要是恨我，也用不到偷了家里钱跑出去呀。”莎莎痛苦不堪地又开始自责，“都怨我，我都干了些什么？”

“这事是有些怪你，”阿潘埋怨说，“害得平时我都不敢管他，真的，这小子动不动就扬言要往你那跑。你呢，平时根本不管他，就会在这种时候撑他的腰，动不动就说什么，他们要待你不好，来找我。找你，找你。你这哪儿是撑他的腰，你这明明是害他。”

对于虎子，无论在离婚前还是离婚以后，阿潘都比莎莎负责任得多。因此虎子的这次失踪，莎莎觉得过错毫无疑问全在自己。她觉得阿潘实在是应该残酷无情狠狠地教训她一顿。她有着不容推卸的责任，甚至虎子这种不辞而别的出走方式，也和她遗传有关。在过去的历史里，莎莎不止一次让阿潘惊慌失措地找过她。有一次，她赌气在一家高级饭店里住了三天，最后不得不打电话给阿潘，让他到饭店来结账。还有一次是在上海，她和阿潘斗了几句嘴，不声不响地买了火车票就走，害得阿潘像没头苍蝇似的在旅馆里死等她。

除了流眼泪之外，莎莎没别的办法来表示她的悔恨。她不是个称职的好妈妈，然而她毕竟深深地爱着自己的儿子。

门外传来了咚咚的敲门声，阿潘以为是虎子回来了，原地跳起来，激动无比地去开门。门打开，站在外面的却是连夜从黄山赶回来的朱敏香。她奇怪丈夫怎么到现在还没睡觉："喂，都几点了，精神还是这么好？"她笑着，突然看到神色十分慌张的莎莎，自己脸上的笑容立刻僵硬起来，仿佛是电视画面上的定格。这是一个太让她出乎意外的场面。

虎子早已熟睡，白天太辛苦了，他这会儿睡得正香，打着极响的呼噜。

从小窗户里透过来的路灯，正好照在王芳陷入深思的脸上。她翻来覆去睡不着。泪水不断地从她眼眶里滚出来，然而她脸上的悲哀正在逐渐消失。她悄悄地从床上爬起来，开门去上厕所。在去厕所的途中，她从口兜里摸出一张已经揉皱的纸，一边轻轻地从过道上走过，一边匆匆地读着。这是她事先写好的一封遗书，起草了无数遍，然而现在她已经再也用不到了，永远也不会再用到。

厕所里的龙头，滴滴答答漏着水。她站在厕所门口，情不自禁笑了起来。这是一种发自内心深处的笑，是自己战胜自己的一种表达方式。这位从农村闯出来的，完全凭借自己优异的成绩，考上大学的姑娘，终于彻底摆脱了死亡的诱惑，她随手将那张纸撕成极细的纸条，然后毅然走进厕所，把纸条扔进了蹲式的抽水马桶，又随手拉了拉绳子，哗啦啦的抽水声欢快地响起来。

阿潘和朱敏香脸上的表情十分严峻，又一次来到前一天晚上他曾和莎莎来过的派出所。派出所正在处理一场邻居间打架的民事纠纷，一位年纪不小的民警，板着脸教训肇事者："你们有本事就再打呀，来派出所干什么，像话不像话，就为这点小事，就动手，一个个都吃了火药是不是？我跟你们说，不管是有理没理，只要是动了手，就都不对。你们以为打了架就能解决问题，谁的膀子粗，谁就有了理……"

阿潘找到了昨天晚上值夜班的那民警，向他打听有没有虎子的消息。

"你放心好了，"那民警手头正忙着别的事，安慰阿潘说，"只要一有你儿子的消息，我们立刻打电话给你。"

"可是我们家的电话还没装好，"朱敏香苦着脸说，"登记了都快一年了，这怎么办呢？"

"这位是？"民警发现今天来的这位，已不是昨天晚上的那位。

朱敏香一时语塞，阿潘连忙解释："这是我爱人。"

民警点点头，忍不住又问："那昨天晚上那位？"

阿潘不得不满足民警同志的好奇心："是我前妻。"

民警恍然大悟地点点头，偷偷看了朱敏香几眼。"我爱人去黄山，昨天夜里刚回来。"阿潘纯属多余地补充着，他注意到民警同志对他的话毫无兴趣。

"这样吧，"民警急着要去办事，"你们的地址反正已留下来了，有了你们儿子的消息，我们派人通知你们。你们呢，隔几天，也可以来问一问。昨天晚上我已经跟你说过了，现在出走的小孩特别多，已经成了特别严重的社会问题，你们不知道每年在寻找失踪者上面，我们得花多少精力。”

阿潘和朱敏香灰溜溜地离开派出所。那位年纪不小的民警，还在那一声比一声高地训话。朱敏香一路走，一路想不明白地问：“阿潘，我不在的时候，到底发生了什么事？”

“真的什么事也没发生，”这话阿潘已经解释了许多遍，“你知道，我这几天也忙，不过是说了他几句，我以为他小子又是赌气去了莎莎那儿，过了好几天没回来，我没办法，只好去莎莎那儿，这才知道。”

“虎子会不会因为我没带他去黄山，生气了？”朱敏香有点心虚地问，昨天晚上，当着莎莎的面，朱敏香话到嘴边了，又咽了回去。她想莎莎一定会认为虎子的出走，和她有关。不管怎么说她是后妈，即使这事和她一点关系也没有，别人也肯定会这么想。“他会不会一个人，自作主张跑到黄山去了？”

“他没那个胆子，”阿潘心里不由得一怔，这事还真有些说不准，“他不敢，唉，等他回来，我非好好地教训教训他不可。”阿潘不想让朱敏香心里难受，转移了说话的方向，然而他的脑子里不得不考虑虎子去黄山的可能性。

“他会不会约了同学一起去呢？”朱敏香却揪住了这个话题不放，事实上在黄山的时候，她就为这事担过心，“真有像他这么大的孩子结伴而去的，我就见过，你想想，除了出去玩，他还能到哪儿去呢？”

“这小子真这样，我饶不了他。”

阿潘和朱敏香骑着自行车，到处寻找虎子的下落。他们来到曾经来过的娱乐场所，抱着希望看来看去，然后失望地离开。

他们打听到了虎子老师家的地址，愁眉苦脸地找到那儿，向老师咨询虎子可能的去处。老师借机把他们给狠狠熊了一顿："对潘寅这孩子，你们再不严加管教，这样下去，很危险。你们知道不知道？"

朱敏香无可奈何地赔着笑脸，对于这位老师的喋喋不休，她已经不是第一次领教。事到如今，不硬着头皮听又不行，除了一次一次地赔笑脸，她没有别的选择。

"你们家潘寅还得补考，这日子说到就到，潘寅是早忘到了九霄云外，你们恐怕是也忘得差不多了。"

"虎子一回来，我们就抓紧让他补课。"

"到那时候大概也就来不及了。"老师很不高兴地说。

从老师家垂头丧气地出来，阿潘和朱敏香找到了虎子的同学家，又由虎子的同学陪同，去另一位同学的家里，到处都没有关于虎子的任何消息。

朱敏香急得流起了眼泪。

虎子凯旋归来，他早做好了挨骂的准备，甚至被揍一顿也无妨。他坐在沙发上不吭声，老实得像一只猫。阿潘和莎莎正轮番向虎子进行疲劳式轰炸。

"你小子，今天要是不揍你一顿，太便宜你了，"阿潘说这话已不是仅仅吓唬吓唬他，"你知道你这一跑，我们急成什么样子。"

“我知道我错了。”虎子支支吾吾地说。

“虎子，真应该狠狠地揍你一顿。”莎莎在一旁十分严肃的样子，“不能就这么马马虎虎就算了，你说该怎么办？你自己说。”

朱敏香从厨房出来，端着一大盘刚做好的菜，笑着说：“好了好了，别没完没了地说了，孩子嘛，有什么办法。要说，也吃了饭再说，虎子，端菜去。”

虎子立刻从沙发上跳起来，就跟什么事也没发生过一样，往厨房跑。朱敏香对阿潘说：“喂，别傻站着，帮着收拾收拾桌子，准备吃饭。”莎莎十分尴尬地要走，朱敏香热情洋溢地挽留她：“有事也吃了饭走，你看这菜全做好了，吃了再走。”

虎子嘴里嚼着菜，一边大口吃着，一边端着盘子走出来：“妈，今天菜好，你不吃白不吃。”

莎莎不知如何是好：“我真的有事。”

“敏香，莎莎可能真的有事，”阿潘自己也觉得和前妻后妻坐在同一张桌子上吃饭，有些不是滋味，“要不然下次再说？”

朱敏香的豪爽脾气上来了，她早就看出莎莎是在寻找借口：“好嘛，就算有事，我们立刻吃，吃完就走，怎么样？虎子，盛饭。”

“遵命。”虎子立刻拿起饭勺，一口气盛了四碗饭。

“也好，你就随便吃一些，”阿潘偷偷地看了朱敏香一眼，做出很大方的样子对莎莎说，“敏香的手艺可比你强。”这句话刚说完他就后悔了，因为他注意到朱敏香的脸一下子红起来。

“好吧，恭敬不如从命，”莎莎豁出去地说，“那我可不客气了，就吃。”

“不吃白不吃，吃了也白吃，”虎子率先开吃，神气活现，逗得大家哭笑不得，“朱阿姨，今天的鱼，烧得真好吃。”

“好吃，你就多吃一些，”朱敏香像一位出色的家庭主妇那样，给虎子搛菜，同时又给莎莎和阿潘搛，“大家多吃些，这个得趁热吃。”

阿潘头上直冒汗，倒是莎莎完全镇定下来，不时地和朱敏香拉几句家常。虎子猛吃了一阵，开始大谈黄山：“朱阿姨，你们在迎客松那儿照了相吗？我看那松树一点劲也没有，电视上看看挺好，可是一走近，一点意思也没有，朱阿姨，你说是不是？”

朱敏香说：“迎客松是没什么意思。天都峰你上去了吗？”

“那还能不上去？”眉飞色舞的虎子立刻就这个话题深入下去，“我爬得最快，真的，我都爬到山顶了，和我一起的王芳姐姐，连一半都没爬到。哎，朱阿姨，天都峰是最高吗？我怎么觉得好像别的山，看上去更高。”

“这就叫这山看了那山高，你懂不懂？”

“朱阿姨，那你缆车坐没坐，我觉得坐缆车最没劲了，就这么坐飞机似的空中滑过去，想玩都没办法玩。说是省力气，既然出去玩，省什么力气呀！”

“谁像你似的，整天都有用不完的力气，好了，不许说了，吃饭。”朱敏香想打断虎子的叙说，可虎子的话匣子刚刚打开，也不是那么轻易就能关上，他继续大谈他的黄山感叹。看着儿子和朱敏香如此亲热地说着话，莎莎心里有种说不出的难过。她不能不承认朱敏香比她更适合做虎子的母亲。

朱敏香终于想到了不让虎子没完没了说下去的绝招。“喂，说够了没有，补考的事怎么说？”

虎子顿时泄了气。

“从今天就开始，每天四小时语文，不许偷懒，听见没有？”朱敏香就像是对自己班上的学生在说话，“我反正也放假了，我就盯着你。这次补考，绝对不能不及格，知道不知道？”

莎莎又一次约阿潘在他们当年谈恋爱的老地方见面，这一次她总算没有姗姗来迟。阿潘不知道这次是为了什么，见了莎莎，他注意到她的眼泡有些肿。“你又怎么了？”虎子已经找到，阿潘猜想莎莎找他的目的，恐怕又是为了陈先木。他打定主意，这次不能再那么屁颠颠地做邮差了。

“我心里闷得难受，因此想找个人聊聊天。”莎莎一本正经地说着。

“找我聊天？”阿潘吃了一惊，他太了解莎莎了，天知道这一次她葫芦里又卖的是什么药，“是不是又遇到了什么不顺心的事？”

“我还能遇到什么顺心的事呢，”莎莎反问道，“你是不是觉得我一直过得很顺心？”

“我不过是随便问问。”

“我也不过是随便约你来聊聊，”莎莎尖刻地说着。阿潘实在是太忠厚老实了，莎莎只要是和他在一起，就忍不住要刺他几句。“喂，我约你来，你有没有告诉你那位后妻？”

“我告诉她干什么。”阿潘很尴尬地说。

“作为一个忠实的丈夫，你不应该瞒着她，偷偷地和你的前妻约会。”

“可这是你约我来的。”

“正因为是我约你，你更应该，也完全可以告诉她嘛。阿潘，你知道，自从那天从你们家出来，从那个过去曾经是我的家出来，我很有些感叹。你知道我感叹什么？”

阿潘呆头呆脑地看着她，不知道她感叹什么。

“我想我们的分手是对的，你的重新组成家庭也是对的，我觉得她比我更适合做你的妻子，甚至比我更适合做虎子的母亲。”莎莎十分诚恳地说着。

“敏香对虎子是很不错，”阿潘觉得此时此刻，完全应该为朱敏香说句好话，“她对虎子，远比我对虎子的关心多得多。”

“好了，你就别夸她了，我已经妒忌了，你再夸她，我更受不了。真的，我可是说的真心话。”莎莎继续她诚恳的谈话，“我觉得我活在这世界上，显得特别的多余。我想我也许注定是一个当第三者的料子，不，我说的是真话，你让我把话说完行不行。你也知道，这些年来，我一直在盼着先木他能够离婚，先木的离婚，仿佛是我生活中的头一件大事。我老是这么没完没了地等待着，有时候我都怀疑，我究竟是还爱着先木，还是只想让他实现自己的诺言。阿潘，我绝对不是后悔和你离婚，我只是开始怀疑自己对先木的爱。真的，到了今天，我已经不能不怀疑了。”

“莎莎，今天怎么这么激动？”阿潘觉得由他来听这番话，有些滑稽。他已经猜到今天的问题很简单，莎莎无非是发一通牢骚，然后再让他去做工作，替她和陈先木之间继续拉皮条。莎莎从来就不会觉得麻烦他阿潘有什么不对。

“我激动吗？我一点也不激动。我是在想，我真的是这么想的，如果我已经不爱先木了，那我干吗还非要逼着他离婚，这不是仅仅只是为了报复他吗？事情都到了这一步，我何苦非要去报复他呢？既然我已经是多余，干吗不让我就干脆永远多余下去，你说对不对？”

朱敏香在教室外面等着，虎子正在教室里补考，他的老师在他身边走来走去。参加补考的有六名学生，其中一个是女孩子，很吃力地写着，脸上的表情显得非常紧张。

老师走到虎子身边，看了看他已完成的部分，满意地点点头。她看见了站在教室外的朱敏香，笑着走出教室，站在门口，和朱敏香轻声说起话来。

“你们家潘寅其实一点都不笨。”老师说。

朱敏香急忙问：“他考得怎么样？”

老师笑着摇摇头：“跟你说他一点都不笨，其实他早点好好考多好，也用不到再来补考。他呀，毛病就是太调皮，自己和自己过不去。”

“能及格吧？”

“当然能及格，喂，大家抓紧一些，不许说话，请独立完成，听见没有。时间就要到了。”老师对她的学生喊了几句，继续和朱敏香说话。

补考的女孩子就坐在虎子的后面，她急得满头是汗，眼睛看着老师，用脚尖踢了一下虎子，偷偷递了一张求援的纸条给他。虎子接过纸条，瞥了一眼老师，刷刷地在纸条上写，一边写，一边不停地翻阅自己的卷子，将答案抄在纸条上，然后不是很隐蔽地转身摔给女孩子，女孩子吓得脸刷白，因为老师严厉的目光，正好转过来。

虎子做贼心虚地笑了笑，老师狠狠地白了他一眼。也许老师已经看见他参加了作弊，只是碍于朱敏香的面子没有戳穿他；也许老师什么也没看见，不过是见了虎子神头鬼脸的样子就来气。

铃声响了，补考结束的时间到了，老师走进教室，嘴里一个劲地唠叨着，开始收卷子。

虎子大摇大摆走出来。朱敏香迎上前去，问他考得怎么样。

“绝对！”虎子得意洋洋地说着。

“你可不要太得意了，”朱敏香笑着提醒他，“自己好好想一想，你哪次考试出来，不是自认为绝对？”

“这一次是真的绝对。”

莎莎在空荡荡的办公室里，她正在给陈先木打电话：“你们机关的人说你今天没去，说你病了，请了病假，到底是怎么了？”

“没什么，没什么大病，”陈先木神色慌张地对电话说着，李爱丽这会儿正在隔壁的房间里，“有点感冒而已，我挺……好，有什么事？”

“她在家吗？”莎莎很冷静地问。

“嗯，在，在家。”陈先木支支吾吾，声音越来越低。

“先木，你不用怕，我只说几句就会把电话挂掉的，因此你不用吓成那样子，真的。我这是何苦，好端端的，又要打电话骚扰你，搞得你坐立不安。事情很简单，我们约个时间，好好地聊聊，然后痛痛快快结束我们之间的关系，你看怎么样？”有人走进了办公室，莎莎没办法继续往下说，她对来人笑着点点头，“好了，事情就这么简单，你看怎么样？”

陈先木不敢吭声，因为就在这时候，李爱丽走了进来：“谁的电话？”她随口问着。

陈先木用手捂着听筒，脸色苍白：“单位的同事。”

“同事？同事干吗要这么紧张？”

陈先木将手指按在嘴唇上，示意她不要做声。他的举动很有效地打消了李爱丽的疑虑。

“喂，时间由你定，怎么样，你说呀？”莎莎在电话里说着。

“好。”

“什么时候？”

“好。”

“什么好，我问你究竟是什么时候？”莎莎有些来火。

话筒里什么回音也没有。

莎莎突然明白是怎么一回事，酸溜溜地说：“她就在你身边，是不是？”

话筒里传来陈先木十分枯燥的声音：“好。”

莎莎气急败坏地将电话挂上。

王芳正在宿舍里看书，因为是在假期中，宿舍里就她一个人。虎子突然出现在门口，咚咚咚地擂着门。

“虎子，怎么会是你？”王芳惊奇地叫着。

“当然是我，”虎子老气横秋地走进屋子，东张西望，“怎么样，王芳姐姐，没想到吧，这就叫突然袭击。出其不意，攻敌不备，吓敌人一大跳。”

王芳笑着说：“我怎么成了敌人了？”

“宿舍里就你一个人？”

“她们都回家了，放假了嘛，谁和我似的，一个人待在学校里发呆。”

“王芳姐姐，你要是嫌闷的话，我可以经常来陪你玩玩，”虎子看见桌上有个收音机，便拿在手上玩起来，“真的，我这次补考考得绝对，我爸爸现在让我玩了。”

“对不起，我这么大的人，可不要你陪，”王芳被他的样子逗得一阵阵发笑，“不过你真要来，我还是欢迎的。你只管来好了。”

虎子突然神秘兮兮地说：“我知道你要谁陪。”

“我要谁陪？”

虎子笑而不答，忍不住又说：“你要一个和你差不多大的男朋友陪你。”

“你的意思，是我嫌你太小了？”王芳和虎子在一起，感到十分的有趣和轻松，“你知道什么叫男朋友？”

虎子做出不屑回答的样子：“男朋友谁还不知道。”

桌子上放着王芳看的一本书，虎子玩了一会儿收音机，觉得没什么意思，便去拿那本书，他大声念着书的名字：“《如何使自己更坚强》。”

天已经黑了，莎莎在一个街面上的电话亭里打电话。

陈先木家里的电话铃声响了，小丽跑过去接电话，尖声地问道：“喂，你找谁呀？”电话里没声音，小丽不明白是怎么回事，对着话筒连声喊着，“说话呀，你怎么不说话。妈妈，怎么电话里没声音？”

在一旁收拾房间的李爱丽一把接过电话，也像女儿一样地喂了几声。仍然没有回音。她好像预感到可能会是怎么回事，也不把电话挂上，很冷静地听着。

电话亭里，莎莎也是很冷静地听着。她们谁也不愿意先把电话挂上。大街上一辆接一辆的汽车开过，不时传来刺耳的喇叭声。莎莎仔细地辨别着对方沉重的呼吸声，终于感到不耐烦，猛地把电话挂上了。她走出电话亭，心里很不平静地看着大街上来往的车辆。

陈先木从外面回来，小丽迫不及待地告诉他接到了一个奇怪的电话。“奇怪的电话，谁打来的，”他不由得一怔，随口问李爱丽，“到底怎么一回事？”

“一个神经病。”李爱丽不动声色地说。

莎莎站在大街上木然地看着，来来往往的车辆从她身边一辆接一辆开过。她突然又回过身来，再一次走进电话亭，拨电话。

陈先木家里的电话铃又响了起来，小丽十分激动地抢着要去接，李爱丽拉住了女儿话里有话地说：“小丽，你别抢，让你爸爸接，是你爸爸的电话。”

陈先木很为难的样子，电话铃一阵接一阵响个不停。他犹豫了一会，走上前，无可奈何地拿起了电话："喂！"

莎莎等了半天，电话没人接，正准备放弃，突然传来了陈先木的声音，她不由得一怔："对不起，是我！"

"你是谁?"

"我是莎莎！"陈先木的语调使莎莎顿时变得愤怒，"你别演戏了。"

陈先木的确是没办法再演戏，他妻子正在一旁虎视眈眈地看着他，他有一种仿佛叫人用手枪顶在腰眼上的感觉，身不由己地说："噢，是莎莎，你有什么事?"他对李爱丽做了个无可奈何的表情，故意冷冰冰地说。

"也许我不该打这么个电话，但是我又觉得我应该打，不管这电话的后果会怎么样，哪怕会让你们夫妻吵架，我觉得我还是应该打，因为这将是我最后一次给你打电话。"莎莎似乎早就考虑好了她该说些什么。李爱丽走到丈夫身边，陈先木将电话摊开，让她也能听到电话里的声音。这无疑是一种出卖，可是事情已逼到了这一步，陈先木觉得自己不得不这么做。莎莎的声音继续从话筒里传出来："我想，你妻子现在恐怕就在你身边，这样最好，我真的希望她也能听见今天我说的话。"

"莎莎，你到底要说什么呢?"陈先木讷讷地说。

"我们不是约好再见一次面吗？先木，你再也不用为这次见面烦心，我已经想通了，是真的想通，我觉得我们已经没必要再见面了。你再也用不到信誓旦旦，你可以彻底地收起你的那一套，就和你那毫无爱情的老婆过一辈子吧。我们的事到此彻底为止……”

李爱丽忍无可忍地抢过电话：“喂，你讲完了没有？不要脸的骚货，我男人不理你，你发急了是不是？”

莎莎没想到话筒里突然会冒出李爱丽的声音，她的思路完全被打乱：“对不起，你把电话交给你男人，让我把最后的几句话说完。”

“你的屁早就该放完了，不要脸的东西，你知道不知道，你的屁真臭，臭得都沿着电话线传过来了，真臭，而且是狐狸精的骚臭味。”

“你不要太得意，别以为你男人是真喜欢你。”莎莎完全处于劣势。

“真喜欢我也好，假喜欢我也好，不管怎么说，他还是我男人，你干着急也没用。他不爱我，你以为他就真爱你？先木，你告诉她呀，你说你真爱她。”

陈先木哭笑不得地摇摇头，这是一个太荒唐的场面。

“你说呀，你快点说呀，”李爱丽歇斯底里地大声叫着，逼他表态，“你告诉这个不要脸的，你到底爱谁，你摸着自己的良心说老实话，你到底爱谁？”

“我当然爱你。”陈先木的声音低得只是在喉咙口打滚。

“你大声一点！”李爱丽恶狠狠地说，“你这样说，这骚货听不见。”

莎莎的眼泪夺眶而出，她咔的一声，将电话挂上了。

王芳出现在派出所里，她的脸上显出了一种从未有过的坚强。一位年纪大的民警接待了她，看得出这是位经验丰富的警官。另一位年轻的女民警在一旁做着记录，她的那支圆珠笔老是写不出来，写了一会，就得在旁边的一张白纸上用力划几下，然后接着写。

“很高兴你能来报案，”经验丰富的警官十分严肃地说，“我们知道，对于一个女孩子来说，这是一件很难启齿的事，因此我们首先感谢你能和警方合作。真心地感谢你，感谢你的勇气。你是个坚强的女孩子。”

“我只希望能够严惩罪犯。”王芳的眼圈红了。

“我们的目的完全一样，我们不仅要严惩罪犯，而且我们希望能够使别的女孩子不再受到这类的伤害。请你看一下我们的记录，然后再在上面签个字。”

年轻的女民警将记录稿递给王芳，王芳仔细地审阅着，她看到有一处把顺序记颠倒了，向女民警提了出来，女民警用笔重新修改，改完以后，王芳在记录稿的最后，写上自己的名字。

“对不起，请在每张纸上，都签上你的名字，”女民警指点着，“就签那儿就行了，对，那儿也行。”

经验丰富的警官领着王芳走进一个放着许多档案的房间，他从一个架子上拿出一个档案夹，从里面拿出几张照片，摊在桌子上，请王芳辨认。

王芳用惊恐的眼睛看着这些照片。显然这些照片都不是，但是这些无疑是罪犯的脸部僵硬表情让她不寒而栗。她突然有些后悔自己来派出所，也许根本就不该来，如果真找到那两个人，又能怎么样呢。判刑，然后刑满释放，然后他们会不会又找到她呢。

“这些都是些有前科的人，我们的搜索目标，自然是从这儿开始。

事实上，除了你是受害者之外，我们也收到了别人的报案。我们已经有了怀疑的对象，也就是说，我们已经掌握了嫌疑犯的材料。”

经验丰富的警官从架子上拿下另一个档案夹。档案夹摊了开来，里面同样夹着几张照片。王芳的眼色由惊恐转为愤怒，她盯着两张照片看了好半天，咬牙切齿地说：“就是他们。”

“你能肯定？”

“当然能肯定，”王芳不容置疑，胆怯已经无影无踪，“就是把他们烧成了灰，我也认识他们。”

陈先木家里刚刚吵过架，地上有一个摔碎的热水瓶，陈先木低着头，正用一把扫帚在扫地。小丽吓得像只乖巧的小猫似的，躲在沙发的角落里，瞪着两只大眼睛，不敢出声。

李爱丽怒气冲冲地看着他，继续发泄她的仇恨：“你别扫呀，扫它干什么，有本事，你再扔一个热水瓶看看。热水瓶不值钱，你要扔要砸，就把电视机给砸了，把录像机扔水池子里。”

陈先木一声不吭地继续扫地。

“今天是让我戳到了疼处，所以发急了，敢扔热水瓶了，不错，今天总算像个人，像个男子汉大丈夫！”李爱丽尽情地挖苦他，“这地你还扫它干什么？”

“她打电话来，这能怨我？”陈先木不想没完没了地把架吵下去，他感到很委屈，“我又不能通知电话局，让他们不要把电话接过来。要不然，我们家干脆把新装的电话拆了算了。”他将地上的玻璃屑扫进簸箕，然后捧出去倒掉。待他再一次进屋，看见李爱丽正在哄小丽到自己的房间里去玩。小丽执拗着不肯去，李爱丽板起了脸，一定让她去。她像押犯人似的，把女儿押进了她的小房间。

“先木，我们也应该好好地谈一谈，”李爱丽从女儿房间出来，随手将门带上，“她觉得有必要和你最后谈一次，我也觉得我们之间，实在也有这个必要，最后地谈一次。我跟你说，我已经想通了，我们的日子过到头了，拖延下去，不过是互相伤害对方罢了。其实现在你和她真断也好，假断也好，这对我已无所谓。我也犯不上再打碎了醋坛子吃醋了，我们该分手了。”

陈先木看了李爱丽一眼，很肉麻地说：“干吗要分手，你想分，我还不想分呢。”

“我可不是跟你开玩笑，我是很认真地在跟你说话，请你尊重一下别人。”

“我也是很认真的，”陈先木感到非常的疲惫，他不知道今天这场斗嘴，到什么时候才算结束。挤在两个女人之间过日子的滋味，可实在是不好受。女人是世界上最可爱同时又是最不可爱的一种动物，陈先木承认自己既爱妻子又深深地爱着莎莎，他觉得自己挤在这两种爱之间，太有些力不从心。

“现在的问题很简单，必须有一个人从这家里走开，是你，还是我，请你立刻选一个，”李爱丽完全考虑成熟地说着，“不错，当年你曾提出过要和我分手，那时候小丽还小，而且不管怎么说，我还爱着你，现在我已经完全想明白了，我们的戏演到头了。”

“我和莎莎早就断了，我们之间已没任何关系，”焦头烂额的陈先木感到妻子逼人太甚，“你还要我怎么样？”

“你们之间的关系，关我屁事，陈先木，我已经跟你说了，请你尊重一下我，我现在谈的是我们两人之间的事，你和莎莎怎么样，那是你们之间的事，请你不要硬把她扯进来好不好。我们分手以后，你想怎么样都行。我不是不相信你的话，我相信你说的全是真话，我相信你和莎莎也许已没任何关系，我甚至相信就算是你和我离了婚，莎莎也未必会真要你，所有这些，我都毫无疑义地相信。然而现在的问题是，是我们应该了解我们之间的关系已到了什么地步。废话少说，是你离开这个家，还是我？”

“爱丽，你不要这样。”

“你不走，那么立刻就是我走。”李爱丽上前将大门打开，没有任何商量余地地看着陈先木。

“要走，当然是……我走。”陈先木口齿不清地说着。

“那好，你现在就滚！”

王芳的男朋友曹宏，应该说是过去的男朋友，一个留着长发十分英俊的小伙子，敲响了王芳宿舍的房门。离开学已经很近，不少同学都来报到了，王芳的宿舍里再也不是她一个人。王芳将门打开，很有些意外。

“王芳，我们能不能谈一谈？”曹宏极度尴尬地说着。宿舍里的其他人都认识他，也知道他已和王芳吹了，这刻见他主动找来，都难免吃惊，纷纷要找借口离开，给他们谈话让地方。他连忙拦住大家，笑着说：“不，还是我们到外面去谈吧？”

“我们之间，还有什么好谈的呢？”王芳连看他一眼都不愿意。

曹宏硬着头皮说："我找你真有点事。"

王芳和曹宏来到校园的大草坪上，不少人正在那进行体育锻炼。

"公安局有两个人来找过我，他们说，你把什么都跟他们说了。"曹宏不知道怎么和王芳说才好，"你真的什么都说了？"

王芳看着远处两位打排球的女生发呆，她不愿意回答曹宏的话。

"这事，真要是传出去，怎么办？"

排球被打飞了，向草坪这头滚来，一位胖乎乎的女学生跟在后面追着球。

"我真为你有些担心，我跟那两个找我的人说了，希望他们千万不要把这事捅出去，他们必须尊重别人的隐私。"曹宏很认真地说着。

王芳突然掉转头，自顾自地走了。

被李爱丽驱逐的陈先木，在自己的办公室里搭了一张小床。天已经黑了，百无聊赖的陈先木一遍遍给李爱丽挂电话。李爱丽每次拿起电话，一听见是他的声音，立刻就把电话挂了。

李爱丽已经上床，准备睡觉。陈先木不在了，他原来睡的地方，换成了小丽。小丽早睡着了，电话铃滴铃铃响着，李爱丽怕吵醒小丽，不得不接电话。

"爱丽，我们聊聊怎么样？"陈先木求和的声音。

"对不起，我和你没什么好聊的。"

"此刻我一个人睡在办公室里，感到一种说不出的荒唐，我一直在想我究竟犯了什么错，要被老婆像撵条狗似的撵出来，"陈先木很做作地说着，他随手拿起一支笔，一边打电话，一边胡乱写着，“明天办公室的同事问我，我该作何种回答呢，就说我被撵了出来？”

“你就说你要和我离婚。”

“可是我根本不想跟你离婚。”陈先木在手边的一张报纸上，随手写了“离婚”两个字。

咔的一声，电话被李爱丽挂上。陈先木再拨过去，是嘟嘟的忙音，她显然挂了电话以后，又把话筒搁一边了。陈先木连续挂了几次，只好放弃。

到了第二天上午，陈先木利用办公室里就他一个人的机会，又往李爱丽的单位里挂电话。好容易接通了，一个男人恶狠狠的声音，说是去喊，让他耐心等着，等了半天，李爱丽终于在那边拿起话筒，大声问是谁。

“还能是谁？”陈先木觉得自己也有些太低三下四，他突然怀疑自己是否有必要花这么大的气力来哄她，“我是先木。”

电话里没声音了，李爱丽显然是在等他的下一句话，可陈先木却仿佛子弹卡了壳，竟一时想不起自己究竟打算说什么。电话太难通了，接通了以后，又过了很长时间，陈先木已忘了自己打电话前准备好的那几句话。事实上，他也没什么话要说，他知道李爱丽的脾气，早就有了对付的好办法。陈先木一生中和女人打交道从未吃过亏，他知道该让步的时候，必须让步：“我想问问，我什么时候才能从流放地，重新回到自己家里。我不能老睡在办公室里，是不是？喂，爱丽，你在不在听？”

又是咔的一声，电话再一次挂上。这一次陈先木很有些来火，他拿着已挂断的话筒发了一会儿呆，毫不犹豫地给莎莎挂电话，莎莎单位的电话必须经过总机转，总机常常会偷听，因此过去他给莎莎挂电话，一向小心翼翼，生怕秘密会传出去。现在他似乎有些不在乎了。莎莎在那边刚接上电话，他便十分亲热地直呼其名。

莎莎好像听不出他的声音似的，冷冰冰地说："喂，你是谁？"

"我是先木。"

"对不起，我不认识这个人。"

"莎莎，是我，我跟你说——"

电话被莎莎挂断了。

恼羞成怒的陈先木开始轮流给莎莎和李爱丽挂电话，他变得有些赌气，一个电话接一个电话地挂出去。

朱敏香在厨房里大显身手，今天是王芳上他们家来做客，虎子已经念叨了好几天，一定要她做几样拿手菜，好好地招待一下他的王芳姐姐。

阿潘走进厨房，奇怪朱敏香哪儿来的这么大的热情。"小孩子的话，你哪能那么当真呢？"他站在一边看她烧菜。

"虎子这次考得不错，正好趁这个机会，给他祝贺一下，"朱敏香将烧好的菜装进盘子，搛了一筷让他尝尝。阿潘吃得津津有味，还想再尝，朱敏香笑着说，"这是招待客人的，只许再吃最后一筷。"又搛了一大块喂给他吃。阿潘的动作有些夸张，连声喊好吃。朱敏香让他声音低一些，别让外面的虎子和王芳听见。

虎子正在向王芳展览他的收藏品。他有一大堆很破烂的小人书，还有各式各样缺胳膊少腿的变形金刚。他向王芳展示他收藏的一把藏刀，这是阿潘去西藏开会时，一位老朋友送的。

“这刀绝对能杀人。”虎子张牙舞爪地说着。

王芳笑着问：“你干吗要想到杀人呢？”

“这刀真的能杀人。”

“好，吃饭了，”阿潘端着菜走过来，正好听见儿子说这话，“你再瞎说八道，我先把你杀了。洗你的手去。”

虎子对着阿潘做了个刺杀动作，将刀放好了，领着王芳一起去洗手。

大家开始吃饭，桌上放着佳肴，虎子十分兴奋地说个没完，王芳不得不停下来听他说话。朱敏香笑着说：“喂，别说了，你还让不让人家吃饭？”

王芳说：“我已经吃饱了。”

阿潘不相信地说：“吃饱了，怎么就吃这一点点。你看我，吃了多少？”

“王芳，你别客气。”朱敏香又给她搛菜。

“朱老师，我真的吃饱了，”王芳端起自己的碗，用手捂着，“真吃不下了，不信，你问虎子，你问他我究竟能吃多少？”

“王芳姐姐的肚子，就我的一半大，”虎子一本正经说着，“她吃东西真不行。哎，你的肚子怎么那么小的？”

“那不叫肚子，那叫胃。”阿潘在一旁笑着纠正。

这是一次愉快的聚会。吃得差不多了，朱敏香说：“王芳，以后你经常来玩，虎子自从认识了你，读书用功得多，说是以后也要像你一样上大学。你看你的影响力多大。我和他爸爸都大学毕业，可他从来不说要像我们一样。”

王芳有些感动，不好意思地说：“朱老师，我觉得你们家的气氛特别和谐，真的，我觉得你们一定会怪我，怪我不该带虎子去黄山——”

“事情都过去了，不要再说，”朱敏香不让她往下说，“我们当时的确是急得够呛，好家伙，我们跑了多少地方，光派出所就不知道去了多少趟。不过这事不能怪你，要怪，首先得怪虎子，当然我和他爸爸也有责任。虎子是个调皮的孩子，你知道，有时候我们真管不了他。”

“那好，以后我帮着你们一起管他，”王芳笑着对正往嘴里塞菜的虎子说，“喂，你听见没有，以后你可得听我的话。”

床头柜上放着一叠武侠小说，阿潘坐在床上等朱敏香去睡觉。朱敏香穿了一件几乎透明的睡衣走进卧房。她坐在床沿上，阿潘起身去搂她。

“喂，我们说会儿话怎么样？”朱敏香说。

“说话，你想说什么？”

“说什么都可以。”

“那就说吧，”阿潘不知道她想说什么，他将手伸进她的睡衣，然后再看自己的手掌，“这衣服，穿了就跟没穿一样。要是穿着这睡衣上大街，警察非把你抓起来不可。这年头也是的，什么衣服都敢生产，女人呢，什么衣服也敢穿。敏香，你知道敢穿的本质是什么，就是跟不穿一样，或者说是接近不穿。”

朱敏香突然说：“阿潘，你觉得我这个后妈，当得怎么样？”

阿潘没想到她会突如其来地问这么一句。

“你说呀？”朱敏香让他立刻回答。

“不错，我觉得你比莎莎对他都好，”阿潘说的是真心话，但是此时此刻，即使是说真心话，他仍然觉得有些别扭，现在可不是谈这个话题的时候，“你看今天虎子这小子，就跟过节似的，前前后后，说了多少废话。”

“这么说，你对我还算满意了？”朱敏香话里有话地说，她仰起头来，看着不知所措的丈夫，“我是个很不错的妻子，是不是？”

“那当然。”

“那当然？”

“我说的是真话，你对我，起码比莎莎对我真心。”阿潘开始对朱敏香进行别有用心的爱抚，他的脑海里出现了当初如何和莎莎做爱的情景。谁让朱敏香不识相，在这时候让他想起莎莎。莎莎是个十分性感的女人，轻轻一碰，就像得了什么重病似的叫个不歇。“我现在有了个非常好的老婆，不是吗？”他压低着嗓子说道。

“像你这样的傻瓜，对你真心，实在不值得，”朱敏香很痴情地说，“我什么样的男人不能嫁，非要嫁个二婚头的你这样的傻瓜？”

“因为你也是个傻瓜。”阿潘变得有些迫不及待，他还是摆脱不了比较莎莎和朱敏香的念头。除了做爱时的种种区别之外，他还想到了些别的。朱敏香没有莎莎漂亮，没有莎莎那么任性，但是她更年轻，更温柔体贴，并且正在变得越来越成熟。朱敏香要比莎莎更爱他，也比莎莎更有心机。

“阿潘，你知道我现在在想什么？”

“想什么？”

“你猜猜看。”

“都什么时候了，你还让我猜。”

朱敏香憋了一会，说：“我不能老是当后妈，我要一个自己的孩子。”

“这，这有什么难的。”阿潘口是心非，他猛地感到了一种无名的恐惧。一个虎子就够焦头烂额，再添上一个，天知道会怎么样。朱敏香这句话说得太不是时候了，他像一部已经启动了的机器，身不由己无可奈何，他不得不去脱朱敏香身上的那件挑逗起他欲望的睡衣，饱满的欲望正从汗毛孔里向外逃亡。他意识到自己身上所有的细胞都在退缩。一场注定要失败的战火，已经被他点起，想停止或者躲避已经不可能。他只剩下硬着头皮迎接挑战这条绝路。

“我们最好有个女儿，”正在变得激动的朱敏香，用温柔而且强大的声音说着，“是个儿子也行。我们要一个我们自己的小孩，一个你和我的小孩。”

陈先木在按电铃前已打定了主意。既然自己已被妻子驱逐，他想他有那个权利和莎莎公开来往。他已经给李爱丽打了无数个电话，是李爱丽自己把他逼上了绝路，他想他现在可以大胆地对莎莎说，说她盼望已久的日子终于来了。

电铃响了半天，没人接，陈先木又不管三七二十一地叫了两声，还是没有回答。莎莎显然不在家。

陈先木十分落魄地坐在楼梯口等候莎莎归来。他想像自己现在的潦倒样子，一定能打动莎莎。女人其实只要恰到好处地哄一哄就行，女人爱上一个男人是一种注定，只要是爱上了，事情就好办。陈先木同样给莎莎挂了无数个电话，他相信莎莎在他的凌厉攻势下，最后的防线已经崩溃。她毕竟一直在痴心地等着他离婚。

莎莎出现在楼梯口，陈先木淡淡地看着她，等着她的反应。他不愧是使女人倾心的高手，对征服莎莎感到绰绰有余。他知道有时候不能太急。

莎莎说："请你走开好不好，因为我不欢迎你。"

"我给你打了那么多电话，你为什么不接？"陈先木做出十分恼火的架式，"为什么不接？"

"我不高兴接，"莎莎掏出钥匙，开大门。门打开了，陈先木堂而皇之走了进去。莎莎板着脸说："对不起，陈先木，请你出去好不好？"

"为什么我们不能好好地谈一谈？"情况不是太妙，莎莎过分的冷淡，有些出乎他的意外，"就算是你不欢迎我，也让我把话讲完了再走。"

"我和你之间的话，已经讲完。"

"莎莎，你不要耍小孩子脾气好不好。"陈先木苦笑着说。

"我已经没有小孩子的脾气了。"

"还说没有，你这不就是说的孩子话吗？"陈先木发现自己今天似乎也缺少往日的耐心，"我并不是来求你，我不过是来告诉你，郑重其事地告诉你一声，我已经从家里搬了出来。"

莎莎不相信地看着他。她对他已经整个地失去了信心，不知道他说的这话是真是假。

陈先木说："这一次真的差不多了。"

"差不多？"莎莎还是被激怒了，"差不多什么？是你和我，还是你和你老婆？"

"当然是她。你知道，这一次她把我给撵了出来。"

"所以你就来找我……"

"你听我说……"

"我不想听你说，"莎莎仿佛已经看到了陈先木的骨头里，她想到自己和他之间想断又断不了的关系，感到一阵恶心，"你老婆不要你了，所以你就跑到我这来找同情。什么时候你老婆又舍不得你了，你便再一次地带着你的同情走掉，这套把戏，老是这么玩下去，难道你就不觉得累？"

"我早就累了。"陈先木非常感伤地说，他说的完全是真心话。

"先木，你放心，她不会最后放弃你的，只要这世界上还有我这样的傻女人，她就永远不会舍得放弃，正是因为我的存在，她才会觉得你这样的男人，是个宝贝。先木，不仅你累了，你知道，我也累了。你猜猜看，你知道我现在心里想对你说什么？"莎莎气势汹汹地问着。

"你也想撵我出去，"陈先木太知道她现在心里想说什么，她想说的话已经都明白无误地写在了她脸上，一股失望像飓风似的吹了过来，他垂头丧气地看着莎莎，"可是我用不着你说，我自己会走。"

莎莎十分冲动地跑过去把门打开。其实她心里也只是一闪而过的念头，她并不希望陈先木真的会去。她不过是再一次任性发发小脾气而已。

陈先木真的生气了，头也不回地走出大门。

莎莎砰地一声将门关上，她双手捂着脸，十分伤心地哭起来。

几天以后，是一个星期天，阿潘领着虎子出现在莎莎的家门口，莎莎衣衫不整地出来开门，阿潘一看她那样子，吓得不敢进门。

“虎子，”莎莎很激动地上前抱儿子的头，虎子被她的热情搞得有些不好意思，因为他觉得自己已是个大男孩子，“阿潘，想不到会是你们两个。”

“你这儿没别的人吧？”阿潘也顾不上冒昧，唐突地问着，刚问过，他就觉得自己问得实在有些多余。

莎莎说：“你希望我这儿能有个男人，是不是，可惜没有。”

“敏香和我很认真地商量了一下，觉得不应该不让虎子来看你，你可不能怪敏香，你也知道，这是我的意见。”阿潘解释他此行的目的，“以后就这样，一个月一次，让虎子到你这来一趟，敏香说的很对，不管怎么说，你还是虎子的母亲，你有这个权利。”

莎莎听了这话，又心酸又感激。她知道自己不是个好母亲，阿潘和朱敏香刚结婚那阵，虎子动不动就往她这儿跑，她给虎子出了不少坏主意。阿潘是个老实人，他所以发急不让儿子来看她，的确也有他的道理。“那我还应该谢谢你们了？”不管有理无理，莎莎只要是和阿潘说话，话里面就一定带刺。

“不过莎莎，虎子的脾气你是知道的，你不能再瞎宠他了，要不然……”

“要不然又要剥夺我们母子见面的机会。”莎莎笑了起来，“好吧，为了能见到我的宝贝儿子，虎子，妈妈可不能什么事都再顺着你了，听见没有？”

“你儿子这一次补考的成绩很不错，虎子，你告诉你妈，考了多少。”

“考得再好，也是补考，”虎子不当回事地说，“没什么了不起的。”

“还说没什么了不起，”莎莎又去摸虎子的头，“你这得意劲，我可全看在眼里。喂，你们什么时候开学？”

虎子挣脱开莎莎的抚爱，报了一个日期。

阿潘想告辞，莎莎不让他走，虎子也不让他走，坐了一会儿，又坐了一会儿，就到吃饭的时候。阿潘再次告辞，莎莎一定让他吃了饭再走。

“敏香还在家里等着我呢。”阿潘为难地说。

“管得这么紧，就算在我这吃顿饭，又怎么了？”莎莎顿时醋意大发。她永远是任性和娇情，“我今天偏留你吃，就让她急一回。”

阿潘怕儿子把这话传给朱敏香，虎子有时候为了讨好朱阿姨，毫不含糊地就把父亲出卖：“你别在虎子面前瞎说。”阿潘一急，莎莎母子全笑了。虎子说：“爸爸，你不要怕，我就说是我一定要你留下来的。”莎莎酸溜溜地说：“你看，虎子把台阶都给你留好了，你还有什么好怕的？”

“我有什么好怕的？”阿潘苦笑笑，既然是留吃饭，他便很识相地走进厨房，看看自己可以帮忙干点什么。什么菜也没有，冰箱里就剩下三个鸡蛋，一瓶酸奶，“就请我吃鸡蛋?”

莎莎说：“我已经想好了，我请你们上馆子。”

莎莎领着阿潘父子坐在一家装潢得很漂亮的馆子里。胸前系着大红围兜的服务员小姐正在和莎莎填菜单。莎莎显然已经是这儿的老主顾，她要了三份饮料，一盘红油肚丝，三盘蔬菜，三碗牛肉面。

阿潘看着服务员小姐离去，对莎莎说：“原来就只是请我们吃牛肉面?”

莎莎笑着说：“这可是正宗的美国加州牛肉面，人家是牛肉面大王。你没看那招牌上是怎么写的。”

“随他什么大王，你知道，我最不喜欢的，就是吃面条，”阿潘无可奈何地直摇头，他从小见吃面条就头疼。和莎莎在一起的日子里，阿潘老是被动地吃面条，吃面条对他来说，意味着为爱情的折磨受难。

虎子像他母亲，喜欢吃面条，更喜欢上馆子。只要是馆里的东西，他都觉得好吃。不一会儿，面条和菜都端了上来，虎子狼吞虎咽，仿佛多少天没吃东西了，狠狠地吃了一阵，喘着气说：“真好吃，这面条绝对。”

眼前的情景让莎莎和阿潘突然都感到了伤感。这是一个太熟悉的场景，不同的是虎子已经大了许多。在过去的岁月里，他们无数次在街头的面馆里，吃过无数次面条。那一年在桂林，他们甚至站在街面上吃过，因为面馆里人太多，所有的位子都有人在吃，有人在等候。

“虎子，这面条真好吃?”莎莎语调有些异样地问虎子，“怎么样，我下次再带你来。你以后每次来，妈妈都请你吃这面条。”

虎子的眼睛亮了亮，搛了块牛肉放在嘴里嚼着，狡黠地看阿潘脸上的表情变化，说：“爸爸，我们下次和朱阿姨也来一次，好不好?”

“在这，别提你的朱阿姨，”莎莎的兴致被虎子有所破坏，“吃你的面条吧。”她蛮不讲理地白了阿潘一眼，阿潘忍不住暗自好笑。“虎子，你说，是我好，还是你朱阿姨好?”她不顾阿潘的眼神阻拦，向虎子提问，“喂，你说呀!”

虎子装聋作哑，继续津津有味地吃面条。

“什么话不能问，问小孩这种事，”阿潘说，“这不是为难他吗?”

“是为难他，还是为难你?”莎莎话里有话地刺了他一句。

“本来嘛，你叫我怎么回答，”虎子不高兴地说，“是你自己说的，‘在这儿，不许提你的朱阿姨’，那好，你也别提呀。是你要和爸爸离婚的，我又没叫你们离婚。”

虎子的声音引起了邻座的注意。阿潘感到很尴尬，莎莎一赌气，把筷子往桌上一扔，说：“我不吃了。”站起来，要往门外去，阿潘连忙拉住她，不让她出去。邻座兴趣十足地看着他们。虎子继续自顾自吃他的面条。

莎莎眼睛红了，她顾不上别人正在看笑话，气鼓鼓地说：“我知道谁都讨厌我，我现在是一个无根的女人，搁哪儿，都显得多余。现在，连虎子也讨厌我了。”她的眼泪滚了下来，阿潘心很虚地四处张望，已经吃完面条的邻座在他的目光下，不好意思地站起来走了。“包括你阿潘，也用不着假惺惺的，你对我的那份情义早就没有了，从表面上，你是个老实人，其实你一点也不老实。”

“我怎么不老实了？”阿潘非常委屈地问。

“我们既然已经离婚了，干吗还要来往？”莎莎痛苦不堪然而又是蛮不讲理地说，“你又不想和我复婚，而且你又结婚了，你就根本不应该到我这来。我又没请你来。是不是觉得我现在没男人，来了，能多多少少占点便宜。我告诉你，用不着，你和虎子其实都用不着来，用不着假惺惺地来这一套。”

“来哪一套了？”阿潘莫名其妙。

阿潘坐在陈先木放办公室里的那张小床上，和陈先木显然已经聊了一会。陈先木垂头丧气，苦着脸，正对阿潘说着什么。办公室里拉了一根绳子，上面晾着陈先木洗澡换下来的衣服。办公桌上两包方便面和一个搪瓷缸。

阿潘待陈先木说完，仍然不相信地问他：“你这一次真的下决心了？”

“什么叫真下决心假下决心，”陈先木叹着气说，“我现在是鸡飞蛋打，赔了夫人又折兵。不过，就这么睡在办公室里，也好，省得再受女人的气，一个人轻松自在，你说是不是？阿潘，你现在那老婆怎么样？”

“我？”阿潘被他问得有些不自然，从小床上站起来，又很尴尬地再一次坐下，他故作潇洒地说，“我现在的老婆对我不错，比莎莎强。”

“这么说，你还应该感谢我了。”陈先木苦笑笑说。他说这话时很诚恳，然而阿潘听了却觉得不是味。“我正在申请要一间单人宿舍，你说丑不丑，都这把年纪了，让老婆给赶了出来，只好在办公室里铺一张床，今天亏好是星期天，要不然，一早起来，就得把床给拆了——”

阿潘还是不得不问陈先木那句话：“你真下决心跟老婆离了？”

“都到了这一步，也许离婚是免不了，阿潘，你知道，过去是她不肯离，说什么也不肯离，现在可是她要和我离，问题的性质已经发生了变化。”

阿潘热心过度地在给莎莎打电话：“问题的性质已经发生了变化，莎莎，我昨天晚上在陈先木那儿待了不少时间。这一次可是动真格了，他老婆把他给撵了出去，他现在住在办公室里，真的，真住在办公室里。”莎莎在电话里不断声明她和陈先木已经没有任何关系，阿潘知道她不会真的和陈先木没关系，自顾自唠唠叨叨地继续往下说，“他这次可是真的下决心了，是他老婆要离的，他老婆已同意离婚，我干吗要骗你，你听我把话说完。陈先木现在可也狼狈的，就靠吃方便面过日子。昨天晚上，你知道他怎么说，他说他找过你。”

莎莎将电话挂了。

陈先木正在办公室里起草一个文件，他的情绪看上去并不坏，一位年轻的姑娘走到他面前，向他请教问题。他停下手上的活，笑着用笔在白纸上写给她看。姑娘恍然大悟。

“陈先木，你的电话，”同事大声地对他喊着，又神秘兮兮做了个鬼脸，轻声补了一句，“是个女的。”

陈先木扔下手中的笔，对姑娘摆了摆手，懒洋洋地去接电话。他将话筒搁在耳朵边，电话那头传来莎莎怯怯的声音：“喂，你是先木？”

“莎莎！”

“我是莎莎，”莎莎很不好意思地说着，“我想还是我先给你打个电话算了，我知道我做的有点过分……”

“莎莎，”陈先木十分感激，雨过天晴，他做出不介意的样子，“对于你来说，做点过分的事，又怎么可能避免呢。莎莎，你知道我给你打过多少电话？”

“你还在吃方便面？”

“方便面？”陈先木奇怪莎莎怎么会问这么一句，他突然想到昨天晚上阿潘来过，“当然，我都吃了几十包了，莎莎，你知道不知道，方便面里可是搁了防腐剂的，我肚子里现在全是防腐剂。”他的心情变得特别好，令人烦恼的事似乎正在过去，他生来属于那种离不开女人的人，莎莎的声音仿佛漂在水面上的稻草，他现在是一个不幸的落水者，立刻死死地抓住这根稻草不肯丢手。

“你干吗只吃方便面。”莎莎在电话里十分心疼地说着。

“这是老天爷罚我的，我有什么办法？”陈先木知道自己已经又一次将莎莎攥在手心里，美丽多情的莎莎就像是风筝，他用线把她放了出去，到时候又可以毫不费事地把她收回来。他恨不得自己立刻就赶到她那儿去。

莎莎小心翼翼地问："你今天晚上能来吗?"

"只要你不撵我走。"

"你来吃晚饭，听见没有。"

"那你得弄点菜，"陈先木表情丰富地对话筒说着，"我可是多少天没吃过一顿像样的饭了。"

"你早点来!"莎莎最后叮嘱他。

陈先木心情愉快地放下电话，哼着流行歌回到自己的办公桌前，拿起笔，继续起草文件。同事看他那兴奋的样子，忍不住问："你老婆来电话了?"

"我老婆，我老婆早就不要我了。"

"那是谁，是情人?"同事和他是开惯玩笑的。

"这是什么话，我像有情人的人吗?"陈先木得意忘形地笑了。

快下班的时候，陈先木心里正在盘算见了莎莎说些什么，同事跑来对他说："喂，陈先木，你老婆来接你回去了。"

陈先木不相信地笑了，他猜想同事准是又在跟他开玩笑。自从住进办公室以后，同事经常和他开这样的玩笑。然而这一次好像却不是玩笑，他听到了小丽熟悉的声音。小丽正在大声地喊爸爸。陈先木如同做贼叫人抓住一样，身不由己地哆嗦了一下，他无可奈何又极度心虚回过头去。李爱丽正站在门口，充满爱意地看着他。

莎莎的房间已经收拾一新，花瓶里插着刚买的鲜花，莎莎洗过头，头发上卷着几个塑料卷发器，正在厨房里忙乱。

客厅里的餐桌上，已经准备了好几样菜。莎莎端着一盘刚做好的菜，走进客厅，她有些心焦地看了看墙上的钟。时间不早了，外面的天已经黑下来。莎莎走到小阳台上，往楼底下看。街上的路灯突然亮了。

莎莎在街面上的电话亭里往陈先木的办公室挂电话。电话铃响了半天，没人接，陈先木显然已经不在了。莎莎回到家，继续站在小阳台上傻等。又是一个小时过去了，陈先木还是没有来。莎莎无望地看着黑咕隆咚的楼下，她预感到什么地方又出了差错。

莎莎又一次去街面上的电话亭挂电话。仍然没有人接，莎莎近乎赌气地一次次挂过去。不远处的人家大门敞开着，一家老小正在电风扇下，聚精会神地看着电视连续剧。电视连续剧已经结束，正在播放主题曲，看电视的老老小小纷纷站起来。

一个小伙子匆匆忙忙地赶来打电话，他站在电话亭外面，很着急的样子。莎莎不得不让他先打。小伙子手忙脚乱地拿起电话，拨通了号码："喂，出租车公司吧，对不起，我要一辆车子，我老婆就要生了。"

小伙子像匆匆忙忙赶来时一样，又匆匆忙忙离去。

莎莎脸色沉重地走进电话亭，她站在电话机面前怔了一会儿，毅然往陈先木家里挂电话，在她还没喘过气来的时候，电话已经接通了。这是陈先木女儿小丽的声音。小丽稚声稚气地问找谁。莎莎不出声，拿着电话筒，静静地听着。小丽连问了几声，有些发急，大声向她爸爸求援：

“爸爸，怎么没声音？”

莎莎似乎听到了陈先木压低了嗓子的声音，她绝望地挂上电话，眼泪直涌出来，垂头丧气走出电话亭。

学校里开学了，虎子的老师正在课堂上训话。虎子却在下面开小差，他在纸条上写了几句什么，将纸条窝成团，偷偷塞给坐他身后的一个女孩子，然后若无其事地看着老师。接到纸条的女孩子长得十分漂亮，拉开纸条看了几眼，连忙将纸条重新窝成一团，脸蛋刷地一下就红了。老师转身面对黑板，用粉笔在黑板上写了一句话。收到虎子纸条的漂亮女孩子趁机踮起脚，在虎子屁股上蹬了一下，虎子一惊，差点跌倒。老师已经回过身来：“潘寅，你又怎么了？”

“这凳子的腿不好，负过伤的。”虎子一本正经地说着，引得全班哈哈大笑。

下课了，那位曾经和虎子一起补考的女孩子跑到虎子面前，讨好地对虎子说：“潘寅，我妈从厦门带来游戏机卡，绝对好，我借给你玩怎么样？”

“好哇，”虎子油腔滑调地说，眼睛却在找他刚刚递了纸条的女孩子，“不过你最好不要借给我。”

“为什么？”

“我这人借别人东西，不太容易想到还，你借给我，就跟送给我一样。”

“你要是真喜欢，就送给你。”和虎子一起补考的女孩子显然对虎子有特殊的好感，她含情脉脉地看着他，“真的，我说话算话。”

然而虎子并不领情，甚至懒得再敷衍，他的眼睛滴溜溜到处乱转，终于找到了蹬了他一脚的女孩子，仿佛服了什么兴奋剂一样，他大叫一声，疯癫癫地向她跑过去。

1993年2月5日

捕捉心跳

第一章

1

李铭是电视台小有名气的主持人，最近花很大的气力，策划了一档《捕捉心跳》的综艺节目。该节目说穿了也没什么新意，从台湾依葫芦画瓢传过来，无非是电视征婚，直销爱情。全国很多电视台先后开播这类节目，李铭想自己起步已经晚了，要弄，就弄得邪乎一些，出奇制胜，一下子把喜欢收看这类节目的观众都抢过来。

第一期节目怕冷场，李铭担心这个城市的人太保守，说话不够大胆，必须找几个熟人做媒子，把场面弄热闹一些。他想到了自己的好友侯德义，于是打电话约他在咖啡馆见面。

侯德义带着女友方烨准时到场，在咖啡馆门前等李铭。李铭骑摩托带着一个女孩过来了，远远地对他们招手示意。咖啡馆门前不能停车，李铭东张西望，终于找到可以存车的地方。那女孩子穿了一条很短的裙子，坐在摩托上，光溜溜的两条大腿，十分引人注目。李铭存了车，带着她向这边走来，方烨笑着说："李铭，怎么每次见到你这小子，带的姑娘都不一样？"

李铭一本正经地说："别开玩笑，我和小陶只是工作关系。"

侯德义说："这年头，什么关系，都是工作关系。"

李铭说："不要瞎讲，当心人家小陶跟你急。"

大家一起进咖啡馆。李铭是这儿的常客，一进去，大声和老板娘招呼。那个被李铭称作小陶的姑娘，大大咧咧先坐下了，从口袋里摸出一包烟，问方烨要不要，然后又问侯德义。方烨看了侯德义一眼，只见他直摇手，满脸讨好地看着小陶。李铭伸手要了一根烟，点上火，又替小陶点上，说："这地方可是禁烟的，你看那儿贴着禁烟标志。"大家都回过头去，墙上果然有一个很显眼的禁烟公益广告。

演播大厅里，《捕捉心跳》节目准备正式开始拍摄。

侯德义坐在特邀嘉宾的位置上，一共有四位男嘉宾，清一色的西装，看上去侯德义的表情最自然。摄像机在他们面前推过来推过去，坐侯德义左边的那个男士满头大汗。工作人员送了一包面巾纸给他，他急忙抽出一张擦汗。大家都知道还没有正式开拍，现场气氛很轻松，观众席上议论纷纷，看到有人紧张得出汗，都觉得很有趣。

方烨坐在女嘉宾的位置上，显然有些紧张，不停地拿起面前的矿泉水瓶，做喝的样子，其实每次都没怎么喝，只不过做做样子。紧挨着她坐的那位女孩子是小陶，表情也不自然，她突然从身上摸出一个小镜子，匆匆忙忙地照着。

导演宣布正式开拍，大家开始倒计数，从十往一数。主持人李铭和特邀女主持拿着话筒就位，笑容满面，现场气氛顿时紧张起来。计数结束，时间到，导演在场外示意大家鼓掌。他是个大胖子，一头粗犷的长发，动作很夸张，气喘吁吁的样子，像个音乐指挥。大家一边热烈鼓掌，一边忍不住笑。导演做了一个收住的手势，现场立刻安静。主持人做开场白，介绍参加这次节目的八位嘉宾。

方烨是第一位被介绍的女嘉宾，当她被问到在今天的征婚活动中，准备选一位什么样的意中人的时候，她看了侯德义一眼，捂着嘴笑起来。虽然已是老熟人，李铭作为主持人这样和她说话，还是第一次，她忍不住要笑。李铭假装是第一次见到方烨，一定要她回答这问题："方小姐今天会不会找到意中人呢？"

方烨说："我也不知道，看缘分吧。"

结果她的这句话，差不多成了标准答案，所有嘉宾都用这句话回答提问。李铭最后不无幽默地说："方小姐，我看今天你不仅能找到意中人，同时，你还应该获得一笔不小的收入，这收入是什么呢，就是'看缘分吧'，你一说看缘分，其他嘉宾就都说看缘分，怎么都是跟你学的，这不行，得讲究版权，要跟他们收版权费。"

2

《捕捉心跳》这档节目，玩的就是心跳，玩的就是胆大。根据节目设置，第一个高潮是让嘉宾坦白自己的初恋。从男方开始，第一位是侯德义，因为事先有准备，轮到他说话的时候，他的表演很投入，娓娓道来，感人至深。

侯德义的故事，发生在上大学的时候，那个阶段他经济上拮据，在一个大款家做家教。大款妻子很漂亮，担心自己的儿子考不上好中学，于是聘请了侯德义。虽然年龄悬殊，侯德义还是有些爱上了她，而且他可以肯定，女主人更爱他。他们之间的关系，发乎情，止乎礼，后来小孩子如意考上了好中学，他们之间也因为并没有发生那种问心有愧的事，而不必彼此感到内疚。说到最后，侯德义很痴情地说："有一次，我们又在街上碰见，她和她丈夫在一起，她丈夫向我表示谢意，要请我吃饭，我发现差一点控制不住自己的情绪。我想，尽管我们之间的关系是纯洁的，但是，就在那一刹那间，我对什么是纯洁，产生了怀疑。于是，我找了一个借口，谢绝了这次宴请……"

侯德义带了一个很好的头，大家肆无忌惮地说着自己的初恋故事。这些故事带着或多或少的编造痕迹，有缠绵的，有刺激的，甚至还有两个故事有些雷同。接下来，在主持人的安排下，男女嘉宾互相提问。这种短兵相接的场面很热闹，唇枪舌剑，侯德义和方烨一边斗，一边必须做出根本就不认识的模样。方烨向侯德义提出一个很尖锐的问题："我可以不可以问侯先生，你是不是有些恋母情结？"

女主持人做拍手状，她是电影演员，客串做主持人，行为总是过火。她觉得这问题提得好，让侯德义如实回答。侯德义无心与方烨恋战，他不正面回答方烨的提问，却把战火引到别的女嘉宾身上。除了方烨和小陶，其他两位一个叫陈美美，还有一位叫陈冰。他一直在注意那位看上去比较沉默寡言的陈冰小姐，在八名特邀嘉宾中，一共只有三个媒子，如果他们表演得太过火，观众就可能产生怀疑。侯德义此时必须贯彻李铭的意图，把其他嘉宾的积极性调动出来，他很认真地说："我想请陈冰小姐帮我回答这个问题。"

陈冰小姐有些吃惊，她犹豫了一会儿，说："我不知道侯先生为什么要我来回答这样的问题。我想，也许他觉得我是今天到场的四位女性中，年龄最大的缘故，因为年龄最大，所以我来回答，比较合适，是不是这样？”

侯德义连声否认。

陈冰说：“如果不是这样，我就不回答。”

侯德义说：“那好，我就是这意思，你回答吧。”

陈冰说：“我觉得人有些恋母情结，一点都不奇怪。爱情是多种多样的，丰富多彩。譬如我，有时候，就喜欢比我小的男孩。我曾经喜欢过一个比我差不多小八岁的男孩。我不觉得这就有什么不对。”

观众席里叽叽喳喳，显然她的话有了反应。

主持人似乎很愿意嘉宾说一些极端的话，因为越是这样，越有观众缘，越有收视率。敢到电视屏幕前参加征婚，大都是一些有表演欲的人，只要给他们机会，就难免人来疯，就敢随心所欲乱说。说完初恋，话题又到了第三者。嘉宾们毫无羞涩地谈论着，一个比一个胆大，一个比一个肆无忌惮，语不惊人死不休，最后，话题干脆转到了婚前性关系上面。

最后，主持人也觉得必须赶快收场，要不然这节目也许通过不了审查，根本没办法和观众见面。

3

每一位特邀嘉宾背后都有一个顾问团，由嘉宾的亲友组成。顾问团也有真有假，侯德义的顾问团，全是他单位的同事，所谓父亲和妹妹，全是假的。侯德义在保险公司工作，他单位的领导把这次活动看作是做广告。公司的一位副经理扮演侯德义的父亲，他说话的时候，竟然脱口说出了我们公司，好在大多数人蒙在鼓里，虽然引起了一阵小小的混乱，但是很快就掩饰过去。这样的小错误，节目转播时，经过剪辑，不会有任何问题。

在节目的最后，是参加征婚的每位嘉宾，选择自己中意的对象。正式开始选择前，必须根据自己的心情，说一句话，如果找到对象，怎么样，找不到，又怎么样。

仍然是侯德义最先说，在四位男嘉宾中，他今天的表现最骨头轻，最玩世不恭，他用一种很平静的语调说："我的话很简单，找到了，明天就去登记结婚，找不到，下次再来，继续'捕捉心跳'。"

侯德义的话引起一阵喝彩。

男嘉宾挨个说完，接下来轮到女嘉宾。方烨仍然是模棱两可的风格："找到是缘分，找不到也是缘分，反正爱情是美好的，只要我们努力去寻找。"

接下来是小陶，也是一句口号："找得到找不到，都无所谓，不求天长地久，只愿曾经拥有。"

然后是陈美美，她是今天年龄最小的女嘉宾，丝毫不怯场："找到了，就谈下去，谈谈看，看看有没有结婚的可能，找不到，那只好再努力，对了，像侯先生说的那样，再来吧。"

最后是陈冰，她今天的话虽然不多，可是要么不说，要说就能引起喝彩。她停顿了一会儿，慢腾腾地说："首先，我是肯定不会再来，今天要是找不到意中人，就此拉倒，我再也不会来出这个丑。"

众人大笑，她似乎也意识到别人会笑，等大家的声音静下来，女主持人说：“这是指找不到，如果找到呢？”陈冰不急不慢地说，“要是找到了，我真的不指望能找到，真找到的话，就一起去喝酒。”

两位主持人做出惊讶状，女主持人很做作地问着：“一起去喝酒？”

陈冰点点头。

男主持人李铭说：“好，比酒论英雄，有气派，陈冰小姐一定是好酒量。”

观众热烈鼓掌。

女主持人显然有些轻薄地说：“现在就去喝喜酒，是不是太早了一些？”

陈冰说：“迟喝早喝，都是喝。”

大家都笑，侯德义注意到，现场一些女观众的脸上，露出了不屑神情。陈冰的这句话，显然有些撒野，太过火，她显然知道自己的话会引起什么反应。女主持人却故意把陈冰往绝路上逼，话里有话地问着：“这话也对，喜酒呢，早喝迟喝，都是喝，喝完了以后，干什么？”

陈冰说：“让他送我回家。”

主持人李铭向男嘉宾喊道：“哇，让你们送她回家！”

女主持人整个有点疯狂，她眉飞色舞，煽风点火追问着：“好，送回家，然后呢，然后干什么？”

陈冰不动声色，说：“该干什么，就干什么。”

陈冰的话掷地有声，现场气氛达到了最高潮，掌声嘘声不断。

接下来，是互相选择。很快结果出来了，主持人宣布名单，李铭的表情有些尴尬，他看着结果，怔了好一会儿，用带着些迟疑的声调说：“哇，真是天下大乱，你选我，我选她，她呢，又选了你，最后，最后只有这么一对嘉宾，互相选中，这对幸运的嘉宾是谁呢？先公布5号侯德义先生，今天看来侯先生最有人缘，因为只有他一个人，同时被两位女嘉宾看中了。现在，我们来看看，侯先生选中了谁——”

女主持人站在李铭旁边，探头探脑，迫不及待地将结果报了出来：“4号女嘉宾，陈冰小姐！”

观众席掌声雷动，陈冰有些意外，方烨整个傻了，没想到会是这样，到了节骨眼上，竟然发生了这样的戏剧变化。她已经做好了上台的准备，把可能要说的话，在肚子里刚默诵了一遍。李铭也有些不自然，但是他很快恢复镇静，向侯德义表示祝贺的时候，话里有话地点了他一句：“侯先生今天是交了桃花运，我看他已经有和陈小姐喝酒的准备，随便问一句，侯先生酒量怎么样？”

侯德义脸带微笑，说：“不怎么样。”

李铭说：“不怎么样，那你可就得小心。”

侯德义和陈冰一起登台亮相，握手，互赠礼物，他偷偷地看了方烨一眼，忍不住笑起来。方烨又羞又恼，摄像机正对着她，她只好苦笑一下。她把头撇向一边，不想再看侯德义站那儿洋洋得意的样子，也不想听他说什么，但是不一会儿，她又把头扭了过来。节目已接近尾声，根据设计，最后的镜头，是侯德义和陈冰在摄像机的跟踪下，和观众告别，众目睽睽之下，离开电视台。

4

在跨上出租车的那一刻，侯德义意识到自己今天开的玩笑有些过分。他想方烨这时候心里肯定在大骂他侯德义，想着她生气的样子，他又觉得今天这玩笑开得很有意思。这时候，方烨一定会去纠缠李铭，兴师问罪。侯德义已想好了退路，事后方烨要是追问，他可以把这一切都推到李铭身上。他就说是李铭让他这么做的，目的是为了获得更好的真实效果。这借口方烨肯定相信，李铭有说谎的恶名，想赖也赖不了。

出租司机问他们去什么地方，侯德义不动脑筋地说了一句："你随便往哪儿开。"出租司机不得要领，陈冰看他不知所措，说："他让你随便，你就随便吧，你想往哪儿开，就往哪儿开。"

接下来，应该考虑如何结束眼前的把戏。侯德义的本义，只是故意打乱李铭的安排，如果自己不按照事先的安排选择方烨，很可能结果是一对互相中意的对象都没有。他似乎没想到结局会是这样，出租司机开了一会儿车，心里总觉得不踏实，回过头来，气鼓鼓地说："喂，你们不说清楚地方，我这车没办法开，到底去哪？"

陈冰回过头来，看了一眼侯德义，等他表态。侯德义有些为难，小声地问她："我们去什么地方？"

陈冰说："你问我，我问谁？"

出租车在一家啤酒吧前停了下来。侯德义付了车钱，和陈冰一起进酒吧。里边很空，两人走向吧台，要了一升鲜啤，分着喝。这情调很浪漫，一时间，两人无话可说。两人碰杯，很英勇地喝完。

陈冰说："别跟我演戏，我知道你是个谎话连篇的家伙，从一开始，我就知道你是在说谎。"侯德义不否认她的看法，拿出死猪不怕开水烫的架势，点点头。他并不在乎别人会怎么看他。陈冰接着说："你说的那个故事，根本就是瞎编的。什么恋母情结，什么女大款家庭教师，我告诉你，这故事我在杂志上看到过，一点都不新鲜，就不怕别人揭穿你？"

侯德义笑了，这样的谈话让他感到很轻松，正好给他一个找退路的台阶。他装腔作势地说："那也不一定，没准你看的那个故事，就是我写的。"

陈冰被他的话引笑了，摇摇头，以一种赞扬的口气说："你这人脸皮真够厚的。"

"在电视上说谎，不能算说谎。"何德义发现她不明白自己的话，又补充了一句，"因为电视上成天都在说谎，你说对不对？"

陈冰又要了一升啤酒，将两个啤酒杯加满，两人再次干杯，不过这次没有一饮而尽。陈冰显然赞成他电视上成天说谎的假设，说："刚刚在电视台，你十句话中，有没有一句是真实的？也许连一句都没有，是不是？"

侯德义满不在乎地说："我承认我是说谎了，可是你呢？"

陈冰一怔，要强而且肯定地说："我，我没有。"

第二章

1

二十七岁的陈冰是一家律师事务所的女律师。她属于那种性格难以捉摸的女人，既内向，又胆大，专门喜欢做些出格的事。前几年，二十七岁绝对还不能算老姑娘，可是这些年来，女孩子谈恋爱的年龄已大大提前，有的二十刚出头，就急着谈婚论嫁。譬如今天参加《捕捉心跳》节目的小陶姑娘，才二十二岁，那个叫陈美美的更小，只有二十一岁。陈冰并不担心自己成为老姑娘，和其他几位上电视征婚寻友的年轻人一样，她只是把这种出镜亮相，当作是一次锻炼自己的机会。征婚的方法有许多种，五花八门，陈冰好走极端路线，不鸣则已，一鸣惊人，她觉得在电视上惊世骇俗地乱说一气，很好玩。

侯德义和陈冰在啤酒吧里足足泡了两个小时，在这两个小时里，他的寻呼机一直在响。侯德义每次都是掏出寻呼机看一眼，然后继续和陈冰说话。陈冰觉得他的做法有些滑稽，既然不想回电，为什么不索性把寻呼机关了。侯德义对自己的行为不做任何解释，一个动作老是重复，本身就有一种喜剧效果，很快，只要他的寻呼机一响，陈冰就忍不住要笑。

吧台上方悬挂着一台电视机，正转播一场保龄球赛，是国际大赛。侯德义和陈冰无话可说的时候，两人就看电视，为参赛者拍手鼓掌。下一步究竟该怎么样，两人似乎都没想好。侯德义已经打消了对陈冰实话实说的主意。他想自己反正是做戏，干脆一路做下去，两人在一起玩玩，然后找个借口分手，从此永不来往。他想自己既然是媒子，以一种游戏的心情参加综艺节目，陈冰未必就是死心塌地来电视台征婚。说不定，人家早就知道他的身份，既然知道，也没必要解释，如果不知道，更没有必要解释。

不知不觉地，两人已经喝了三升啤酒。于是一起去洗手间，因为都憋不住了。洗手间是那种男女合用的，两人到了那里，侯德义让陈冰先请，陈冰进去了，他守在门口，好半天才见她出来。厕所很脏，侯德义一边方便，一边漫无边际地想着，让陈冰上这种洗手间，真是委屈她了，到处都是积水，里面的臭味，熏得人眼睛都睁不开。从厕所出来，他发现陈冰已经先一步回到座位上，摇着头走过去，叹气说："这厕所实在太那个。"

陈冰的脸有些红，她对厕所没兴趣，不想就这话题谈下去，不说话又有些尴尬。于是她决定直截了当，说一些比较实在的话题："小侯，我想问你，不过这你得说老实话，不许说谎，你为什么在今天会选中我呢？"

侯德义说："选就选了，有什么为什么。"

陈冰说："凡事总得说出个道理。"

侯德义说："很多事，没道理可说。"

陈冰说："好，我先说，我说老实话。我告诉你，我所以选你，是觉得你根本就不会选我，我是觉得不会有戏，才选上你的。做节目时，你老是和我作对，而且我早就注意到，你对其他女孩的兴趣更大。"

侯德义说："你真傻，既然觉得选我没戏，还选我干什么。我恰恰和你相反，为什么，我知道选你有戏，心有灵犀一点通。"

陈冰被他说得有些脸红，情不自禁挥手，作势要打他。侯德义连忙告饶，哈哈大笑。

2

侯德义和陈冰从啤酒吧出来，时间已经是黄昏，两人上了一辆出租车。司机又问他们去哪儿，侯德义看陈冰，陈冰笑，不说话。侯德义说："现在是送你回家，你家在哪儿？"陈冰随口报了一个地址，侯德义不怀好意地笑了，她有些敏感地问他笑什么。侯德义说："笑是人类的自由，你总不能不让我笑吧。"

陈冰说："别以为我不懂，你的笑，不怀好意。"

出租车很快到达目的地。陈冰下车，侯德义跟着要下来，她阻止说："你别臭美，今天我才不会让你上我家呢。我早就看出来了，你根本就不是个正人君子。我们的戏，到现在算正式演完了，你该干什么，就干什么去吧。"

侯德义没想到结局会是这样，呆住了，出租司机等他进一步表态，不耐烦地按了一下喇叭。他不无沮丧地说："就这么完了，你好歹留个电话号码，总不能这么绝情，说完就完。"

陈冰留了一张名片给他，说："也好，以后如果要打官司，可以找我。"

陈冰说完，扬长而去。侯德义再一次钻进出租车，司机仍然是问他去哪儿，他有些发呆，不知说什么好。

天色已经黑了，侯德义在路灯下独自一人走着。他走进一个电话亭，用磁卡打电话。现在，他是给方烨打电话，电话挂到了方烨所在的医院，对方告诉他方医生这会儿不在。他挂上电话，突然想到陈冰留给他的名片，于是摸出来，给她挂电话。对方是录音电话，讯号接通了，请他留言。他感到有些意外，一时不知说什么好。他对着话筒喊起来：“喂，我是侯德义，陈冰你在不在，我要和你说话。你要是在的话，赶快跟我说话。喂，你听见吗，我是侯德义。”对方没有任何反应，他又喊了一声，正准备挂机，突然听见陈冰的声音，陈冰用一种不耐烦的语调问他有什么事。

侯德义没想到会突然听见陈冰的声音，一时很激动。他说这刻肚子很饿，希望陈冰能够赏脸，一起吃饭。陈冰说她正在吃晚饭，已经吃得差不多了，谢谢他的好意。侯德义说：“你不来，我只好一个人吃了，不过我肯定会点两个人的菜，你不来也是浪费。”

陈冰说：“你钱多，想糟蹋，不关我的事。”

侯德义说：“你这人怎么这么无情无义。”

陈冰说：“少说这种无聊的废话，我们之间还没到谈情说义的地步。”

何德义说：“总不能说话不算话。”

“怎么不算话？”

“你可是说好让我送你回家的，现在我连你家的影子都没见着。喂，你干吗要把我想得那么卑鄙。”

侯德义在一家快餐店里，他要了一份快餐，一边吃，一边看报。他的寻呼机响了，周围有寻呼的人，纷纷检查自己的呼机。侯德义无动于衷的样子，似乎懒得去看呼机。现在，他已经吃好了，将报纸换了一面，很认真地往下看，寻呼机不停地响，别人显然已经有些烦他。他终于看完报纸，摘下呼机，无意中看了一眼，显示的号码显然引起了他的兴趣，他起身去回电话。

电话接通了，陈冰在那边问他吃没吃好，点了什么菜。侯德义随口报了几道名菜，陈冰笑着说，她知道他是在吹牛。侯德义说，自己没什么毛病，就是喜欢吹牛，喜欢偶尔说说谎。陈冰问他现在想不想再和她见面，侯德义一本正经地问她是想听真话，还是想听谎话。陈冰说她想听谎话，侯德义说，那我只好说我不想见你了，我一点都不想，我要想就是个浑蛋。

陈冰被他的话引得大笑，笑了一阵，和他约好在刚刚分手的地方见面。侯德义说他不认路，已经记不清是在哪儿分的手。陈冰说你这人怎么这么糊涂。侯德义说，刚刚你像扔小孩一样，说扔就把我给扔了，我光顾着伤心，哪里还有心思认路。陈冰被他的话说得有点感动，说你在那别动了，我打的来接你，你请我喝啤酒，又象征性地请我吃过饭了，这样，我请你打保龄球。

他们从出租车上下来，走进一家人气很旺的保龄球馆。两人已办好手续，换了鞋，开始抛球。陈冰的水平略高一些，她教侯德义如何抛球，纠正他的姿势。侯德义按照陈冰的教导抛球，球连续滑出球道，得分低得可笑。他们的邻道是一对业余高手，屡屡打出高分，结果他们索性不玩了，歇下来，兴致勃勃地看别人怎么抛球。

从保龄球馆出来，他们又一次坐出租车。陈冰笑着说："看来我们真是有缘，是跟出租车有缘，你看我们老是在这车上坐来坐去的。"

侯德义有些摸不着头脑地问："现在我们又是去哪儿？"

陈冰说："我也不知道去哪儿，你想去哪儿？"

侯德义说："我想送你回家。"

3

陈冰的房子是和别人合租的，是个小中套，一人一间房子，厨房卫生间共用。侯德义进门的时候，和陈冰的邻居点了点头，那个穿睡衣的女邻居，脸上什么表情也没有。侯德义有些尴尬，他注意到在女邻居的房间里，还有一个穿着工商局制服的男人。

进了房间，陈冰用电水壶烧水，向侯德义介绍女邻居的情况，她告诉他，女邻居是一位做生意的老板，她们之间从来不说话，互不干涉。侯德义无话可说，便问陈冰租这样的房子，一个月的房租是多少。陈冰继续向他介绍她的女邻居，她告诉他，女邻居经常带些不三不四的男人回来，有一次，有一个男人酒喝多了，走错了门，竟然跑到她的房间。

侯德义笑着说："这家伙肯定不怀好意。"

陈冰说："不怀好意倒也未必，他只是想不明白是怎么回事，神情恍惚地问我是谁，他反而把我当作了客人，后来才知道原来是自己走错了房间。”

侯德义心不在焉地听着，东张西望，小桌子上放着一个精致的小镜框，里面是一张男人的照片。他感到好奇，拿起镜框研究，问陈冰这人是谁。陈冰说是她过去的男朋友，侯德义有些意外，说想不到你这么多情，过去男朋友的照片，还供在这当摆设。陈冰说，他把我甩了，我得不到他的人，只好放张照片作为寄托。侯德义觉得她言过其实，问这人究竟是谁，竟然有这么大的魅力。她告诉他这是大学时的同学，他们谈过一阵恋爱，后来他去了美国，在那儿娶了一个台湾女孩子。

侯德义把小镜框朝下放在桌子上，说：“这样无情无义的男人照片，你还留着干什么？”

陈冰说：“我这人有个坏毛病，就喜欢留男孩子的照片。我知道自己这毛病很奇怪的，你如果不介意的话，我可以让你欣赏我留的那些照片。”

陈冰拿出一本影集，上面有各式各样的男孩子照片，大部分是她不同时期的同学，不仅是照片，照片边上还有题辞，大都是一些祝贺的话。其中有一句话让侯德义记忆犹深：“陈冰，你不是冰，你像火一样炽热。”他情不自禁地笑了，陈冰问他为什么要笑。

侯德义说：“我在想，说不定我的照片，很快也会留在这本影集里。我能不能拥有这个资格？我可不敢奢望自己也能放在镜框里……”

陈冰说：“这有什么，你拿一张照片来，我明天就把你换进去。”

侯德义没想到她会这么说，一时反倒不知道说什么。陈冰不当一回事地说照片根本说明不了什么问题，说不就是张纸吗，有的女孩喜欢在镜框里放电影明星和体育明星，其实放谁还不是一样。陈冰说自己不在乎别人会怎么想，时代不同了，人们的观念千变万化，她觉得她生来就喜欢做一些出格的事，她喜欢和别人不一样。

陈冰的房间不大，一张小床，一个书桌，一个衣橱，剩下的空间很小，唯一的一张椅子上，堆着叠好的衣服。聊天的时候，侯德义老实不客气地坐在小床上，陈冰大多数时候只好站着说话。侯德义示意她坐到他身边去，陈冰把这当作是一个引诱信号，警惕地摇头以示拒绝。侯德义说："这样吧，要不你来坐，让我站着，我们不说女士优先，也不能弄得男女不平等是不是？"

侯德义说着站起来，拉陈冰坐，他自己半靠半坐在小书桌上，两人继续神聊。陈冰说真难以相信他们认识还不到二十四小时，她有一种感觉，好像他们早就认识了。她问侯德义有没有类似的感觉，侯德义摇头说没有，他说自己的时间概念特别强，到目前为止，从主持人介绍开始算，他们正式相识，是十一小时二十分，至于秒可以忽略不计。陈冰被他一本正经的样子逗笑了，说这事说给别人听可能都不会相信，我们可真够浪漫的。

侯德义得寸进尺地说："真正的浪漫还没开始，你知道我是怎么打算？告诉你，在我们认识了十二个小时准点的时候，我打算吻你一下，这吻你必须答应，因为这有纪念意义。"

陈冰娇嗔地说："你别做梦，谁说我必须答应的？"

侯德义把目光转向床头的一个小闹钟，笑着说："我不管，再过三十八分钟，我就开始倒计时，你答应也是答应，不答应也是答应！”

陈冰说：“我当然不答应。”

接下来，两人一起看陈冰的影集，陈冰一下捧出一大叠影集。侯德义做出很吃惊的模样，说这么多照片，到明天天亮也看不完。他聚精会神，一本接一本地看着，时间在慢慢地过去。大约一个多小时以后，陈冰无意中看了一眼闹钟，她的动作似乎提醒了侯德义，他突然叫起来，说已经过了应该倒计时的时间，不管三七二十一，就手抓住了陈冰的胳膊，毫无商量余地地要吻她。陈冰试图反抗，但是她的反抗根本不坚决，她胡乱抵挡了一阵，跌倒在侯德义的怀中，侯德义在她脖子那试探性地吻了一下，然后把她的脸拨正，嘴对着嘴凑上去。这一次，陈冰没有躲让，她勇敢地迎接了挑战，两人热烈地吻着，各自的手逐渐不太安分。终于倒在小床上，小床上堆放着的影集有些碍事，他们每人腾出一只手，笨拙地把影集往地上推，厚厚的影集接二连三地跌在地上，发出了很响的声音。

第三章

1

街头一家卖寻呼机的商店，侯德义走了进去，问有没有旧电池卖。营业员小姐看着他，不明白什么意思。侯德义解释说，所谓旧电池，就是那种别人替换下来，已经不能用的电池。营业员小姐觉得好笑，指了指门口的垃圾箱，让他到那里面去找。侯德义走向垃圾筒，竟然真让他找到了旧电池。他很高兴地换上了已经失效的旧电池，又随手将换下的电池扔进垃圾箱。

侯德义站在汽车站等公共汽车，汽车来了，他搓了搓脸，上车，往钱箱里扔钱。他看上去有些无精打采，发现有一个空位，奋不顾身地抢了下来。一个老太太慢了一步，很不高兴地白了他一眼，他装着没看见，眼睛漫无目的地看着窗外。汽车经过方烨所在的医院，侯德义站了起来，准备下车。

侯德义在医院门口等方烨，穿着白制服的医生护士，不停地从面前走过，见到熟人他就胡乱地点个头。方烨迟迟不来，侯德义看了看手表，决定到病房去找她。病房的医生休息室里，方烨脱了白大褂，正准备换下班衣服，侯德义闯了进去，吓了她一跳，两人隔着屏风说话。

方烨说："你跑哪儿去了？还有你找到的那个小情人呢？"

侯德义只是笑，不说话。

方烨说："你可真厉害，一上出租车，整个就没人影了。老实说，究竟到哪儿去了，你把话给我说清楚。”

侯德义说：“我们一起去喝酒，然后把她送回家，然后，然后就完了。”

方烨将信将疑地说：“然后就完了？”

侯德义说：“我想不完也不行。”

已经换好衣服的方烨从屏风后面走出来，问为什么频频呼他，一直不回电话。侯德义一脸无辜的样子，说你什么时候呼过我，怎么一次也没收到。方烨不相信，从他身上摘下寻呼机，发现他的电池果然没电了，什么讯号也没有。她还是有些不太相信，说你的呼机不是刚换过电池，正好她抽屉里有新电池，于是立刻给他换上。刚换好，呼机就响了，侯德义拿过呼机一看，是陈冰打来的。他面不改色地拿起电话，故意拨错最后一位号码，电话通了，对方弄不明白怎么回事，大声说他打错了，从来就没呼过他。那声音很响，站一旁的方烨听得清清楚楚。

侯德义叹气说：“现在的寻呼小姐，素质太差，老是接错。”话音刚落，呼机又响了，他看了看，很严肃地说怎么又来了，不是已经错了，简直是成心找骂。说着，偷偷地将呼机关了，问方烨今天的活动如何安排。

方烨说：“你有什么安排？”

侯德义说：“我能有什么安排，还不是都听你的。”

2

方烨的父亲是大学里的教授，住在教授楼，他是研究化学的，动不动喜欢讲化学反应。方烨和侯德义无处可去，便待在家里陪老人聊天。方烨的父母都参加了那天的《捕捉心跳》，侯德义的临时改变主意，让两位老人很不高兴。方烨父亲本来就反对在电视上弄虚作假，禁不住老伴要上电视过瘾的死搅蛮缠，于是硬着头皮在摄像机镜头前面出洋相。

方烨母亲是个保养得很好的胖老太太，一看就知道精力过剩，对侯德义不依不饶："小侯，赶明儿人家问我，说你家闺女有男朋友，又上电视台征婚，结果还没征到，还没人要，你说我们多没面子。不是说好的，怎么临时就变了卦，害得我原来准备好的话，都没办法说。"

侯德义把过错都推到了李铭身上，他说是李铭让这么做的，因为这样更有效果，更逼真。表演一定要即兴才会真实，要是结果是他和方烨，他们表演得再像，观众也能看出破绽。方烨母亲觉得他讲得有几分道理，类似的节目她不止一次看过，仔细想想那最后的结局，是有些做假的意思。

侯德义说："人家美国人拍电视，事先根本就不告诉你怎么拍，有时候还故意把摄像机藏起来，主持人跟你聊啊聊，偷偷地全拍下来了，难怪人家拍得好。哪像我们，一招一式，一板一眼，都事先说好了，结果拍出来，一点活气都没有。"

方烨父亲说："偷拍有什么稀奇，现在我们中国人也会，上次那个什么节目，不就是这样吗，小烨，上次那节目叫什么的？"

方烨说："那是扫黄，抓卖淫嫖娼。"

侯德义失声笑起来。方烨说你笑什么，她已经问过李铭，根本就是他侯德义自作主张，临时变卦，好汉做事好汉当，别缩头乌龟似的，事情过去了，往人家李铭身上一推了事。侯德义说，李铭的话，你千万不能相信，他怕你骂他，当然这么说，他要是肯对你说真话，除非太阳从西边出来，他这人的德性你又不是不知道。方烨说，反正你们一样，都不是什么好东西。正说着，保姆过来说烧菜的油没有了，方烨母亲不耐烦地说，油没有自己不会去买，保姆说这会儿正忙，走不开，方烨便让侯德义去超市买油。侯德义屁颠颠地去了，在超市买好油，付钱的时候，无意中碰到了腰间的呼机，突然想到了陈冰，他决定立刻给她挂个电话。

电话亭有人在挂电话，侯德义等着等着，开始有些犹豫。他不知道是否应该打这个电话，不知道应该说什么。打电话的人已经走开，侯德义上前摘下话机，将磁卡塞进去，拨通了号码，电话接通了，然后就是陈冰的声音。陈冰想不明白地问着："喂，喂，你是谁，说话呀！"

侯德义将电话挂上了，电话机嘟嘟嘟叫着，提醒用户取走磁卡。他怔了半天，慢腾腾地将磁卡抽出来。

吃饭的时候，方烨母亲继续在说昨天拍电视的事，侯德义看上去有些心不在焉，方烨往自己父亲碗里搛菜，不时地扫他一眼。他意识到方烨带有疑问的目光，不自然地直了直腰。

方烨终于忍不住，说："你今天怎么了？"

侯德义已经离开方烨家，独自一个人，心事重重地在街上走。他在一家小杂货店前犹豫，突然走向柜台，拿起了电话。他这是给陈冰挂电话，现在，他和她的事必须做个了断。陈冰不在家，电话接通以后，是录音电话的声音。陈冰显然出去了，这时候，她会去什么地方呢。侯德义看了看手表，挂上电话。

天已经黑了，侯德义漫无目的地走着。一个民工模样的人，上来向他兜售生意："老板，要不要买些盗版的VCD影碟，绝对精彩，要什么有什么。"侯德义不理他，呆呆地看着他，那人反让他看得有些不好意思，搭讪着又问了一句，看看苗头不对，又去纠缠别人。

这时候，侯德义的呼机是开着的，他不时地拿出呼机，想看看上面有没有陈冰的讯息。街上很乱，人渐渐地多起来，前方有人摆了个激光射击的摊子，百无聊赖的侯德义上前打靶。他付了钱，举枪瞄准靶心，有几个人停下步来观望，他的枪法很差，看的人忍不住要笑。

侯德义怀疑准心有问题，摆摊的老板上前示意给他看，连续几枪，都是十环。老板语重心长地说："小伙子，你缴的学费还不够。"

陈冰从外面回到家，刚进门就听见连续不断的电话铃声，然后是录音电话启动，对方不说话，挂断，录音磁带还没倒完，电话铃声又响了。陈冰上前拿起电话，听到侯德义在茫然地大声喊叫。她兴高采烈地说："喂，是我，你现在在哪儿？"

侯德义没想到电话会突然接通，结结巴巴地说："我，你猜猜看。"

陈冰说："今天呼了好多次，你跑哪儿去了？"

侯德义说："我到上海去了，现在还在路上。"

虽然有很重要的话要说，他还是忍不住要先开几句玩笑。现在，他必须用最恰当的外交辞令，结束他和陈冰之间的关系。他们已经走得太远了，不应该继续朝前发展。如何开始这番话是个难题，他必须让陈冰在感情上接受得了，同时，又不能太模糊，要快刀斩乱麻，必须干净利索。陈冰并不怀疑他去了外地，很关心地问他什么时候能回来。侯德义说，今天肯定不能回来，明天也不行，究竟什么时候回来，这说不准，也许永远不回来了。

陈冰觉察出他的话中掩藏着潜台词："这话什么意思？"

侯德义说："我是个神秘的人，来无影，去无踪。你见到的我，其实是不真实的，我这人远比你想象的坏得多，因此，我不得不抱歉地对你说，我们之间的关系，恐怕得结束了。"

陈冰很意外："你这话是什么意思？"

侯德义说："我的意思很明显，其实，你知道——"

陈冰说："你说自己去了上海，原来只是为了躲我？"

侯德义说："你能想明白最好，我觉得我真的很抱歉。"

毫无精神准备的陈冰仍然不辨真假，说："别跟我演戏好不好，我们是不是见面好好地谈一下——"

侯德义不容商量地说："不，我们之间的事，结束了，再也用不着见面。"

电话挂断了，侯德义一身轻松地在大街上走。他的呼机不时地响着，起先他还看一看是谁呼她，所有的讯息都来自陈冰。他上了一辆公共汽车，腰间不断作响的呼声，引得别人都对他观望。

3

过去的几天里，陈冰一直在打电话。她已经不指望侯德义回电，因为寻呼小姐告诉她，业主已申请停机。侯德义做得很绝，他说消失就消失了。愤怒的陈冰直接给电视台打电话，转过来转过去，终于和李铭联系上。

李铭做出很无辜的样子："对不起，我们真的不知道侯先生在什么地方，各行各业都有自己的规矩，我们照例是不能提供来做过节目的人的地址，这样做，有违职业道德，不是吗？再说，现在谈到对侯先生的了解，你陈小姐应该比我们知道的更多。"

陈冰忿忿不平地问电视台是怎么把关的，怎么会让侯德义这种无赖跑来做节目。李铭再次表示遗憾，他话里有话地说，如果陈冰这么快发现侯德义是个无赖，恐怕反而是件好事，认清一个人的真实面目，从来就不是件容易的事。为了尽快息事宁人，李铭故作深沉，连哄带蒙地说："这节目我们也是刚开始做，陈小姐的话对我们很有启发，我们会很好地研究一下，争取在下一步工作中，努力做得更好。"

陈冰气鼓鼓地说："侯德义这家伙如果是骗子，我保留控告你们电视台的权利。"

李铭叹气说："这种事有什么必要打官司，你陈小姐不能因为是律师，动不动就要法庭上见，何苦呢。侯德义这人不怎么样，不怎么样，就拉倒，就滚他妈的蛋，为这样无聊的男人打官司，值得吗?”

陈冰在和寻呼台的台长说话，台长向她解释，根据规定，她们不允许查询用户的资料。台长是个很漂亮的女人，她很熟练地打着电脑，屏幕上出现了侯德义的名字。台长说：“既然是老王介绍来了，我们还是满足你的要求，你看清楚了，是不是这个人?”陈冰点点头，拿了纸和笔，作记录。

陈冰在街头打磁卡电话，电话接通了，对方告诉她侯德义这会不在，让她过半个小时再去电话。陈冰有些激动，因为她现在终于有了确切的线索。这个城市中有太多的保险公司和分公司，要想找到侯德义，不说是大海捞针，实在也不容易。陈冰已经打过无数个电话，在过去的日子里，一直是侯德义躲在暗处，谁躲在暗处，谁就掌握着主动，现在，该陈冰掌握主动了。

陈冰站在马路对面，注视着侯德义所在的保险公司大门。下班了，人纷纷出来，不见侯德义的身影。人越来越少，陈冰已经准备放弃，侯德义和方烨突然出现了。陈冰觉得方烨很脸熟，一时想不起来在哪儿见过，凭直觉，她看得出这两人的关系非同一般。她看着他们走向一辆红色摩托，两人戴上安全帽，方烨开车，侯德义紧搂着方烨的腰，坐在后面，摩托轰的一声开走了。

以后一连好多天，侯德义都能接到无名电话。他正上着班，同事来喊他，说有电话找他，是个女的，等他拿起电话，对方始终没有声音。一开始，侯德义想不明白是谁，后来想到了陈冰，并且吃准了是她，便准备在电话里和她再做一次解释，可是对方根本就不跟他说话。对方的用心只是为了骚扰他，侯德义终于失去了耐心，他对着话筒又叫又嚷，并且告诉同事，以后凡是有女人来电话，一概回绝不接。这一来，上班时的无名电话骚扰是没有了，方烨想和他说话，也屡屡被耽误。

接下来，无论在什么地方，侯德义都会接二连三地收到来无影去无踪的神秘电话。有时候是在方烨家里，害得方家一家人都用怀疑的目光注视着他，有时候甚至是在方烨的医院，打电话的人显然是知道他在场，否则电话不可能这么准确无误地追到那里。方烨已经不止一次接到这电话，每次都是冷冰冰的，千篇一律："对不起，请喊一下侯德义先生。"方烨希望他能为这件事做出解释，什么人这样恶作剧，一而再再而三的电话骚扰，究竟是怎么回事。

4

侯德义在陈冰居住的小区入口前徘徊，在成片的楼房中，他无法确定她的具体位置。陈冰对这次突如其来的见面感到有些意外，她看着他，不说话。侯德义有些不好意思，像认错的孩子一样站那儿不动。陈冰仿佛不认识他，扭头走了，侯德义慢腾腾地跟在她后面。在大楼前，陈冰停下来，似乎是等侯德义过去说话。他走到她面前，说："我想我们最好能好好地谈一下。"

陈冰说："有这个必要吗？"

侯德义："我知道仅仅道个歉还不够，但是事情既然已经这样，我们应该做个彻底了断。我承认我错了，行不行。"

陈冰仍然是看着他，不说话。她在等侯德义继续往下说，想听听他究竟怎么说，偏偏他又不说了，怔在那儿发呆。陈冰又一次扭头就走，侯德义打算跟她上楼，陈冰用十分严厉的口气对他说："要是你再跟着我，我就报警！"侯德义被她的话吓了一跳，不敢再跟上楼，一转眼，陈冰已经没影子了。

侯德义显然有些不死心，他记得她是住在三楼，沿楼梯上去，不顾后果地敲门，但是没有任何回应。他不得不怀疑自己是否记错了门，于是他下了楼，绕到前面，对着大楼，扯足了嗓子喊起来，"陈冰，陈冰，陈冰——"他的声音很响，惊动了许多人，大家纷纷从窗口探出头来，像看西洋景似的看着他。这时候，侯德义已豁出去了，如果陈冰真的要报警，他也不在乎。

陈冰出现在窗口，她看着他，看他出丑。侯德义不喊了，陈冰悻悻地说："你喊呀，再喊，使劲喊！"

陈冰和侯德义现在坐在那天曾经去过的啤酒吧里，虽然时间不同，这场景对两人来说，却是熟悉的。两个人都有心思，又都做出满不在乎的样子。电视里现在正转播足球赛，是实况录像，显然这里的老板，是位体育爱好者。酒吧里没什么客人，生意清淡，一位女服务员坐在那儿打瞌睡。

陈冰显得很尖刻，说："我们来这谈话的目的，难道只是希望我不要再打电话骚扰你，喂，凭什么断定电话是我打的？我凭什么要骚扰你？"

侯德义耸了耸肩膀。

陈冰继续说：“你没我想得那么坏，别在我面前玩什么后悔和内疚，假惺惺的，这么做反而不自然，还是亮出你本来的面目好一点。我喜欢你谎话连篇的样子，那才叫潇洒，那才叫酷，你可真是个说谎的天才。真的，我觉得我们玩得很刺激，不是吗？”

侯德义被她说得哑口无言，他抬起头来看电视。女服务员从瞌睡中突然惊醒，电视屏幕上，沉闷的比赛终于进球了，一遍遍地放着慢镜头，解说员兴高采烈地反复唠叨。陈冰示意女服务员把声音关小一点，她注意到侯德义的心思似乎全在看足球上。

陈冰替侯德义斟满啤酒，直截了当地说：“喂，该你说说了，你来这里，总不至于是为了看足球吧？”

侯德义笑起来，他当然不是来看足球的，而且他从来就不是球迷。现在，他开始向陈冰坦白交代。既然是坦白，那就干脆一股脑都说出来。他把李铭怎么找他和方烨，他们事先怎么准备，最后自己怎么突然临时变卦，一五一十都告诉了陈冰。陈冰很吃惊，一边听，一边冷笑，听完了，她十分悲哀地抬起头来，看着侯德义，半天才说话：“你们串通一气，玩得挺高兴，可是这么做对我来说，公平吗？”说着，眼睛红了，泪珠在眼眶里打转，她硬忍着，没让眼泪流下来。侯德义感到事态严重，又没有什么主意，不知道怎么办才好。

陈冰似乎有充分的精神准备，既然侯德义已经承认错误，她心里立刻好受多了，因为她觉得他是真心悔过。况且事情发展到这一步，自己毕竟也有不慎重的一面，毕竟不是简单地被一个小流氓骗了，她推卸不了自己应负的一份责任。咎由自取，她显然为追求浪漫付出了代价，不，其实应该说，她和他都为浪漫付出了代价，看得出侯德义现在心事重重，他也不快活。侯德义说，他很内疚，因为他的行为伤害了两个女人，他既伤害了她，也伤害了自己的女朋友方烨。

陈冰说："我想知道，你究竟是想说对不住我，还是对不住你的女朋友？"

侯德义很沉重地说："我觉得对不住自己，我根本不是那样的人。"

陈冰问他究竟属于什么样的人，侯德义说不清楚，这问题他根本就没想过。现在，他仿佛陷在很深的苦恼之中。陈冰冷笑说："你其实比街上那些乱追女孩子的小流氓还要坏，为什么呢，别人做坏事，做就做了，你却是假惺惺的，做出忏悔的样子，明明把别人弄伤了，还要在别人的伤口上撒点盐。明明是伤害了别人，却还有脸做出自己受伤的样子，你的脸皮也太厚了！"

侯德义很诚恳地接受训话，待她说完，他小心翼翼地问："我们还能不能继续做朋友。"

这一问，陈冰的脸上又一次显现出悲伤的神情，眼圈又红了。电视屏幕上再次出现进球的场面，由于声音开得很小，只能看见激动的镜头，听不见电视上说什么。

陈冰说："我走了。"

侯德义不知所措地说："我送你回去。"

陈冰说："谢谢，我自己认识回去的路。"

陈冰和侯德义坐在出租车上，一路无话。到了目的地，陈冰下车，往小区里走，侯德义坐在已经启动的车子里，看着她的背影。

5

侯德义的脑海里常常浮现出陈冰的形象，他老是忍不住要想到她。他想到那天分手时的情景，就觉得自己是真的对不住她，很想再找个机会，安慰安慰陈冰，哪怕是被她狠狠地骂上几句也好。既然他已经有了方烨，再要求陈冰也做自己的女朋友，从情理上也说不太通。毕竟他和陈冰只是有过疯狂的瞬间，只不过是一个小插曲，但是，他独自一个人的时候，有意无意地要比较方烨和陈冰的不同。她们性格不同，体形也不同；方烨温柔似水，陈冰热情似火；方烨适合做好妻子，陈冰却天生可以做个好情人；方烨瘦，陈冰胖，不仅胖，而且健壮，侯德义眼前情不自禁地就会出现陈冰昂头挺胸的模样，那对高耸充满弹性的乳房已给他留下了深刻印象，和电视上做广告的健美小姐相比，陈冰丝毫也不逊色。

侯德义和方烨的关系，早就非同一般。事实上，一年前，为了分房子多得些分数，侯德义和方烨已经领过结婚证。除了没有举办过具有象征意味的正式婚礼之外，他们之间该发生的事情，都发生过了。侯德义住公司的集体宿舍，每到周末，他的同屋都要回家住一晚上，于是在这一天，方烨只要不值班，通常就去侯德义那里。

这一天下午，陈冰出现在保险公司宿舍的时候，侯德义和方烨正在床上缠绵。是方烨先听到了门外的呼唤，侯德义怔了怔，说这时候也有人找，真他妈会挑时间。两人匆匆穿衣服，然后侯德义开门，站在门口的是陈冰。这场面让所有的人都吃了一惊，侯德义和方烨没想到是陈冰，陈冰也没想到方烨会在。

陈冰说："我来的时机，也许不合适？"

方烨很热情地招呼她，欢迎她进屋。

侯德义几乎立刻恢复了镇静，他若无其事地说："陈小姐大驾光临，有什么事可以效劳。"

陈冰也很镇静，说自己有几个保险方面的问题，想向侯德义咨询。侯德义笑着问她是不是准备买他公司的保险。陈冰说她从来不买保险，只是办案需要了解。她很从容地问着，侯德义也很从容地作答，一问一答，天衣无缝，没有一点破绽。倒是方烨不知道陈冰要办什么案，充满好奇地问这问那，侯德义说，人家是律师办案，你问那么多干什么。

陈冰坐了一会儿，微笑着告辞，临走，说："这真不好找，我去你们公司，看门老头说找 71 号，可是我怎么找也找不到这个 71 号，后来还是一个小女孩告诉我怎么走。"

侯德义要送陈冰，她不让他送。陈冰脸上洋溢着笑意走了，方烨还惦记着她究竟要办什么案子。侯德义说他也不清楚，反正不是经济案件，就是离婚诉讼。方烨笑他不懂法，说离婚属于民事诉讼，和经济案件根本就不搭界。侯德义说，这年头，什么事都可以搭界，律师是干什么的，还不是谁出钱就为谁说话。他笑着说："幸好我们还没有什么麻烦，要不然可以找她。"

方烨随口问道："你们一直有来往？"

侯德义模棱两可地说："你说呢？"

陈冰在电话里向侯德义表示歉意。这时候，他在上班，手头正有业务，一位衣冠楚楚的客户在填表。陈冰表示自己不该冒冒失失地登门拜访，侯德义一边通话，一边回答客户的提问：“对，就在这儿，填身份证号码。不，不是跟你说，我刚刚是和客户说话，没关系，不耽误事。”

陈冰说：“没想到我会来找你吧，我这叫出其不意，攻其不备，打你个措手不及。你未婚妻有没有什么怀疑，你这坏小子可真会演戏，我告诉你，你演得棒极了。”

侯德义说：“谢谢你的夸奖，你演得也不差。”

两个人一边说，一边笑，客户将填好的表格交给侯德义，侯德义拿起笔，在表格上写着，盖章，然后示意客户下一步应该怎么样。客户对他一边打电话一边工作显然不满，白了他一眼，拿了他签过字的表格，去另外一个窗口。侯德义现在可以一心一意地打电话了。

陈冰说：“看来什么时候，我也该找你买一份保险，对了，给我介绍介绍情况，买什么样的保险好。”

侯德义说：“你要我说老实话，那我就劝你别买保险。”

陈冰笑起来，说：“这恐怕真是老实话。保险公司不保险，保险公司的人也不会保险，譬如像你这样的家伙，能信任吗。对了，自从那天分手，我一直在想你的话，你问我们是不是还能继续做朋友，这想法确实有些荒唐，完全是个不可思议的问题。不过时代不同了，人的观念也会变，有些事，也许无所谓荒唐不荒唐。我觉得和一个已经有女朋友的先生来往，说不定是一件很有趣的事情，为什么呢，因为这样的交往更纯粹，没必要为结婚而操心，这样的交往不是以结婚为前提。我想我们可以成为一般意义上的朋友，只要我们不是走得太远就行。”

那天晚上他们约好一起看电影，陈冰弄到了两张内部电影票，是张艺谋拍的一部尚未公演的故事片。在外边一起吃了饭，电影开场之前，陈冰没完没了地让侯德义说方烨，她好像对方烨的一切故事都感兴趣。侯德义觉得说这些挺别扭，可是在她的坚持下，还是说了，不过是尽量说方烨的好话。电影终于开始放片头，陈冰压低了嗓子，很有感触地说：“我们犯了一个共同的错误，根本就不应该去参加电视台的节目，我们都被电视台坑了，在摄像机面前，我们见到的都不是真实的自我。你这人这点倒不错，从来不在我面前讲一句自己女朋友的坏话。我最看不惯有的男人，最喜欢在这个女人面前，说那个女人的坏话，到了那个女人面前，又说这个女人的坏话，这种男人最没意思。好了，不说了，我们看电影。”

看电影的时候，两个人的手不知不觉地抓到了一起。看完电影，侯德义顺理成章地送陈冰回去，试探着要送她上楼，陈冰并没有坚决拒绝，他便跟着她一起往楼上走，一起进门，一起进了陈冰的房间。

第四章

1

此后的一段时间里，侯德义是个幸福的男人。周末，他和方烨一起度过，周二或者周三，便和陈冰在一起。和方烨已没什么新鲜感可言，虽然还没正式举行婚礼，已仿佛老夫老妻，一切都已经程序化，先干什么，然后再干什么，没有任何悬念。和陈冰在一起，却可以充分享受偷情的欢乐，每次约会都是未知数，充满了变化神奇，充满了刺激。侯德义和李铭谈起自己的艳遇，不无得意地说："难怪电影上的地下党总是神气活现，你想，好人坏人正派反派，都让他一个人演了，这多过瘾。"

陈冰从来就不觊觎方烨的位置，在一开始，她已向侯德义表明，自己绝不是那种缠着男人不放的女人。强扭的瓜不甜，再说，天下也不是就只他一个好男人。她并不觉得他是个多么出色的男人，她说自己所以喜欢他，是因为觉得他还不算是一个太讨厌的男人，作为男人，要不讨厌也不容易。侯德义告诉陈冰，他在年底要和方烨正式举行婚礼，陈冰对这决定不仅没有任何异议，而且明确表示，一旦他们正式结婚，她便会主动放弃和他的来往。既有开始也有结束的戏，才是真正的好戏，好戏如果没有结尾，老是很无聊地演下去，那将是人生的悲剧。陈冰的确不是太把侯德义当回事，时不时地要警告他几句："你别臭美，别以为有两个女人都属于你，姓方的是，我可不是，从来就不是。"

和陈冰在一起，侯德义起初还觉得有些对不住方烨，后来很快习惯了，这是一种在舞台上的感觉，他觉得自己好像分身成了另外一个人，他们肆无忌惮地在背后谈论方烨，说这说那，仿佛在谈一个毫不相干的人。由于一开始就摆正了位置，侯德义和陈冰之间的幽会，更像是单纯的寻欢作乐。大家都解除了思想负担，都不用对对方负责任。陈冰所在单位搞活动，去山东曲阜孔府旅游，侯德义知道了，问能不能一起去。陈冰说："可以带家属，如果你觉得自己是我的家属，你就跟我去。"于是侯德义当真就厚着脸皮跟去了。陈冰单位的人看过电视《捕捉心跳》，知道他就是电视上被陈冰挑中的男人，一路上，老是拿他取笑。陈冰警告那些说笑话的人，说你们可别瞎说八道，人家侯先生是有女朋友的人。

陈冰总是忘不了提醒别人，说侯德义不是自己的对象，说他有女朋友，并且已经领了结婚证书。她似乎很愿意获得这样的效果，那就是让别人想不明白他们究竟是什么关系。真话和假话之间，本来没什么明显的界限，她的话反而把别人绕糊涂了。她的目的也许就是为了让人吃惊，让人觉得不可思议。她处处向别人显示出自己为人处事的不一般，有时候，她在公开场合表现出来的亲热劲，即使是身份明确的情侣也做不出来。从曲阜回来，一路上，她不是靠在侯德义的肩膀上，就是把自己的腿往他大腿上搁。这还不算最过分，在车上，她竟然要侯德义当着大家的面亲她，而提出这要求的理由很简单，她只是想向别人证明，自己根本不在乎什么举动是出格。

侯德义注意到陈冰有意无意，总想把他和她之间的偷情公开化。他一度也有那种曝光的欲望，和陈冰的方式不一样，他采取的是偷偷地向朋友泄密。作为一个男人，卖弄自己的艳遇，这本来是一件非常正常的事情。为什么不能和朋友一起分享自己的欢乐呢？过去的几年中，他一直羡慕李铭的潇洒风流，那才是一个男人梦寐以求的幸福生活。由于他的特殊身份，李铭三天两头地换女朋友，他永远陷在女人的包围之中，就像竖在宫殿门口的铜柱子，任何人从旁边走过，都忍不住要摸一下，结果他永远是锃光发亮。

李铭是寻花问柳的高手，他给侯德义的忠告，是偷情一旦公开，离麻烦也就不会太远。玩火有玩火的游戏规则，太过分了，注定会有人被烧伤。

2

方烨很快知道了他们之间的关系。这是迟早的事情，她只不过是一直在等侯德义亲口承认。她等着他亲口说出来，侯德义终于向她开口，他留给方烨两个选择，原谅他，或者解除婚约，简直就和最后通牒一样。方烨差一点给他气死，她毫不犹豫地做出了选择。原谅是不可能的，干脆解除婚约。方烨耿耿于怀的是侯德义居然理直气壮，一个人分明是做错了事，错了就应该老老实实，可是侯德义的认错，却仿佛是别人做错了什么。从来都是得理不让人，侯德义失了理竟然也不让人，方烨决心要为这事讨个说法。

方烨决定去找陈冰。那天，陈冰正在法庭上替被告作辩护，她的陈说显然不够精彩，被告感到很不满意。与此相反，原告律师义正词严，始终牢牢地站着上风。陈冰引用相关的法律依据，刚说完，原告律师已经就她引用的话侃侃而谈。这是个喜欢出风头的家伙，虽然没有多少人旁听这次开庭，但是他的情绪丝毫不减。他早就意识到陈冰有些心不在焉，法庭就是战场，辩论就是决战，注意力不集中，注定了陈冰别想帮人打赢官司。

陈冰已从不多的前来旁听的人中看到了方烨，这一发现让她很分心，直接影响她的发挥。这不过是一场很小的经济纠纷官司，所谓法庭，更像是一所学校的教室，一切看上去都显得有些不够正式和规范。陈冰不明白方烨为什么会出现在旁听席上，被告和原告的亲友分成两个阵营，各自形成一个小集体，方烨显然和谁也没有关系，她孤零零地坐在两个阵营中间。仅仅凭直觉，陈冰就知道她奔自己而来。官司终于打完了，法官做出判决前是暂时休庭，陈冰撇开被告，径直走向方烨。

方烨向她不是很友好地点了点头。陈冰若无其事地问着："方小姐，怎么了，是找我，还是有别的什么事？"方烨看着她，不说话，在陈冰替人辩护的时候，她就是这么一直看着陈冰，正是这种注视，让陈冰感到很不自在。

陈冰说："你也许是想请我帮你打官司？"

方烨不动声色地说："你是个糟糕的律师。"

陈冰一怔，笑着说："可是我收费不高。"

陈冰和方烨一起离开区法院，方烨推着那辆红色摩托，陈冰走在她旁边。不远处，有一片新开辟的市民广场，她们往那儿走，一路走，一路说着什么。最后，在一个角落找了一张椅子，两人坐了下来，开诚布公地进行谈话。她们显得十分平静，暂时还没有剑拔弩张的迹象。

虽然是第一次谈话，但是对于陈冰来说，方烨已没什么秘密可言。从侯德义的描述中，陈冰已经知道太多太多关于她的事情，她知道方烨是怎么和侯德义最初认识的，知道他们是怎么确定了恋爱关系，怎么有了第一次性行为，也知道他们什么时候拿了结婚证，什么时候准备正式办喜事。该知道的不该知道的，反正她已经都知道了。现在，陈冰显得特别高姿态，因为虽然这只是她们之间的第一次正式谈话，可是陈冰觉得她们已经神交了很久很久，完全可以成为知心朋友。

方烨说："你既然知道那么多，还这么做，是不是太不应该？对了，你是不是觉得做第三者，很有趣？"

陈冰的态度非常诚恳，说："一点不错，有时候的确是很有趣。"

方烨说："对不起，可惜我还没这方面的经验。"

陈冰说："现在想学也来得及，你应该找机会尝试一下。"

方烨不想这样不着边际地瞎说一气，她决定直截了当，开门见山，于是十分认真问她："现在你打算怎么办？如果我们分手，你们是不是准备结婚？"

陈冰怔了一会，说："你真希望我抢走你的小侯？"

方烨有些不悦，说："如果真是这样，你真打算抢，也许我还得谢谢你。一句话，你若是真喜欢他，我可以把他送给你，我告诉你，他不是什么宝贝，没人会心疼。”

陈冰说：“自己不喜欢的东西拿来送人，你以为别人就一定会喜欢吗？是不是有些小看了别人，不过，话倒说得不错，小侯的确不是什么宝贝，不值得我们争来争去，你死我活。我告诉你，其实小侯更喜欢你，他在我面前，可没说过你一句坏话。”

方烨说：“坏话他可能是真没说过，坏事并没少干。”

陈冰被她这话引笑了，她想憋着不笑，可是忍不住。她一笑，方烨也有些忍不住。

3

李铭主持的《捕捉心跳》很快成为当地收视率最高的节目，他因此又成为一个大忙人，找他的人源源不断。想到电视上征婚的人如此之多，大大出乎电视台的预料。有了收视率，广告也立刻比过去好拉多了，在电视台，谁能拉来广告，谁就是英雄好汉。春风得意的李铭没想到方烨会找他兴师问罪，她可不像陈冰那么容易打发，自从做过第一期节目，他就再也没见过她。他只知道侯德义和陈冰已经有了事，而侯德义应该很好地感谢他，要不是电视台给他提供机会，他根本就不可能有这次艳遇。

李铭开着一辆新买的小车去接方烨，他远远地看见她，缓缓将车开过去。方烨上了车，一见面，李铭就向她抱怨自己如何忙。方烨说：“看来你是够忙的，因为你忙得身边连女孩子也没有了。”李铭问找自己有什么事，她便责问他知道不知道侯德义和陈冰的事情。

李铭装得很无辜的样子，问陈冰是谁。方烨一眼就看穿了他的把戏，说："你别给我装傻，小侯就是跟你学坏的，我告诉你，我今天的目的，就是要找你们台长，告你们电视台拉皮条。"李铭有些着急，让她有话好好说，什么拉皮条之类的就免了，这话传出去可不好。

方烨说："我不仅找你们台长，我还要跟本地晚报联系，让大家都知道你那个狗屁节目，究竟怎么回事！"

李铭说："方烨，你何苦这样毁我，小侯这小子是不是东西，可他不是东西，你也不能怨我，不能拿我撒气，我又没让他和那姓陈的睡觉。我和小侯是好朋友，而且和你的关系也不赖，我们有话好好说，怎么样？"方烨还是不依不饶，突然哭了起来。李铭于是更着急，说别在这哭，要不然我们单位的人看见，不知道我怎么你了。

方烨说："谢谢你干的好事，现在我跟他已经断了，你是他的狐朋狗友，现在可以称心了。"

李铭一本正经，像哄小孩一样说："噢，我明白了，原来是小侯这小子不像话，方烨你放心，我这人绝对大义灭亲，谁敢欺负你，我就跟他翻脸。你说怎么办，要不要我找几个人，将小侯好好地收拾一顿，你想敲断他的左腿还是右腿，还是两条腿一起敲？"

那天晚上，李铭请方烨吃晚饭。有人认出他是电视台的主持人，跑过来请他签字，一个女孩子很大胆地问李铭，一起吃饭的方烨是不是他的女朋友。李铭身上已经很有些明星的派头，方烨注意到他的确有女人缘，很会讨女孩子喜欢，也许他是这方面的交道打得太多，因此特别善于揣摩女性的心理。他显然吃准了她找他的真实目的，方烨跑来说自己已经和侯德义断了，表面上他们已经吵翻了，她已经没有他的任何消息，其实藕断丝连，她现在迫切想知道侯德义的下落，想知道他的真实态度。

方烨不属于李铭喜欢的那类女孩，不过那天晚上，她似乎让他改变了原有的看法。她神情恍惚的样子，显得很性感，很招人爱。侯德义的负情负义，让她处于一种无戒备状态，这时候若有男人趁火打劫，想勾引她十拿九稳。要不是想到朋友妻不可欺，李铭绝不会放过这次唾手可得的机会。和方烨分手以后，李铭去了老情人那里。他已很长时期没和她联系，不知怎么就心血来潮地想到她。老情人年龄看上去比李铭大许多，有些激动，没说几句话，两人往床上滚，正要成事，李铭忽然想到要给侯德义打个电话。他从电脑记事簿上调出侯德义的号码，一边和老情人调情，一边给他打电话。电话接通了，他劈头盖脸一顿臭骂，完全是教师骂学生，师傅训徒弟，侯德义让他骂得摸不着头脑，半天没明白过来怎么回事。

李铭说："你这笨蛋，不会玩女人就别出那个洋相。"

4

方烨和陈冰在医院的过道上不期而遇，她们充满警惕地看着对方。陈冰脸上露出非常勉强的笑容："我一直在想，也许可以让你帮我一个不大不小的忙。这事情说起来，有些滑稽，我认识很多人，各行各业，干什么的都有，可就是不认识妇产科医生，而你，是我认识的第一位，也是唯一的一位。"

方烨说："看来你遇到什么麻烦，怀孕了？"

在医生办公室，方烨在翻陈冰的病历，看化验单，怀孕已经确证无疑。陈冰有些不好意思，她尽量使自己显得若无其事，一副听天由命的腔调："我知道事情不妙，这种事过去也发生过。"方烨吃惊地看着她，她继续以一种不在乎的口吻说下去。"我对自己说，这算是怎么一回事，事情本来都要结束了，偏偏又来了这一手。方烨，我向你起誓，自从我们上次分手，我们从来没有来往过。他已经失踪了，我一直没有他的消息。你呢，你们现在怎么样？"

方烨心烦意乱，她不甘示弱地说："我们很好。"

陈冰说："这就好，我很高兴你能原谅他。"

一位护士走进办公室，她们停止对话。出于职业习惯，方烨随手拿起笔，想在病历上写几句什么，但是她写了一个字，就写不下去了。护士在水池那边慢腾腾地洗手，一边和方烨聊天："今天是什么日子，一下子来了两个双胞胎，时间都差不多。对了，方医生，刘医生想和你换个班，她和你说了没有？"

护士磨蹭了好一会儿才去。方烨让陈冰躺下来，要为她做检查。陈冰有些犹豫，方烨板着脸说："你找我的目的是什么，是来找医生，还是来找情敌？"

陈冰微笑着去躺下来，脱穿在裙子里的短裤。她这时候必须说些笑话来掩饰自己的尴尬："你说得不错，我们之间既是病人和医生，也是情敌，毕竟有那么一个男人，和你我都有牵连，我们都是这家伙的受害者，不是吗？"

方烨的心里很乱，她开着摩托，毫无目的地在街上瞎转。油表显示她的车快没油了，于是她将摩托开往附近的加油站。加油站，一辆油罐车正在卸油，加油的汽车和摩托不得不排队等候。方烨心神不定，离她不远，有两个人为一件很小的事情吵起来，很多人围过去看。

方烨决定去找侯德义，事已如此，她决定成全别人。现在这时候，他差不多该下班了，方烨给他打了个电话，说是有话要谈，让他赶快回宿舍，他们在那里碰头。侯德义说自己也正想找他，新房的钥匙已经到手了，他希望和她一起去看新房。很快，在保险公司宿舍门口，驾驶着摩托的方烨见到了侯德义，她让他坐在自己背后，继续往前开。侯德义紧紧地搂着她，讨好地说去新房应该怎么走。方烨说："你先别急着说话好不好，我正开着车，你别影响我的情绪。"说着，她的龙头似乎晃了一下，一辆巨大的卡车紧挨着他们身边呼啸而过，侯德义吓了一跳。

他们来到一个儿童乐园旁边，这是他们初次约会的地方，当时大家都觉得好笑，介绍人为什么要选这么个地方。叽叽喳喳小孩子的声音很响，侯德义感到事情有些严重，方烨的神情十分严肃。在过去的这些天里，他一直试图寻找机会，求得方烨的宽恕和原谅。他已经不止一次地承认了错误，现在，他不明白方烨要干什么。

方烨说："你还记得这是什么地方？"

侯德义一下子变得轻松起来，说："当然记得，怎么敢不记得，这是我们的革命圣地延安，记得那天你穿了件佐丹奴汗衫，胸口这好像有个青蛙一样的标记，还有，你那件汗衫颜色怪怪的……"

方烨说："你的记性也太好了，我从来就没有过什么佐丹奴汗衫。"

侯德义用手再一次作比划："当然是佐丹奴，我还记得字母呢。"

方烨觉得现在和他争论这个毫无必要，她心里很乱。侯德义掏出口袋里的新房钥匙，问她究竟想不想去看房子。方烨说，如果她不想看，又怎么样。侯德义觉得很扫兴，好在方烨又突然改口，答应去看新房。反正谈话在哪儿都能进行，也许去新房更有意义。这次改成了由侯德义驾驶摩托，方烨坐在他背后，只是出于习惯，她搂住了侯德义，行驶中，突然觉得不应该这么做，于是换了一个姿势，用手紧紧拉住车坐垫。

方烨和侯德义来到新房。空荡荡的新房，风吹着一扇没关好的窗户，发出一阵阵的回响。侯德义兴致勃勃地领着她挨个房间看，这是一个中套，面积不大，装潢一下，对于新婚夫妇来说，将是一个很理想的安乐窝。方烨的脸上毫无表情，她跟着他，无动于衷地参观着，始终不说话。最后，他们来到了阳台上，方烨很严肃地看着他，侯德义感到事情仍然不妙。

方烨说："没必要老兜圈子，我们是不是该言归正传，谈谈你那位陈冰小姐吧。听陈小姐说，你们已经很长时间没有联系了。如果真这样，你这家伙可是不太地道。一个男人太花心，不好，花了心，加上无情无义，更不好。你怎么会一下变得这么坏？"

侯德义说："我们已经断了，我和她已经没什么关系了。"

方烨说："你说没关系，就没关系？"

侯德义做出很委屈的样子："我要是再和她来往，随你怎么说。

我已经认了错，我已经错了，希望你能原谅，你不要老是得理不饶人，好不好。我已经认错，你还要我怎么样？”

方烨说：“别不讲道理，光发急也没用，你好像一只偷嘴的猫，在外面吃了条鱼，若无其事地回来了，摇头晃脑，什么事也没有。可是能什么事都没有吗？让别人原谅你，你是金口玉言，你说原谅，别人就一定得原谅，否则就是别人的错，是别人得理不饶人。”

侯德义愁眉苦脸地说：“我再一次认错，行不行？”

方烨说：“你知道不知道，你的这种所谓认错，让我感到很恶心！”

侯德义脸上显出明显的不快。

方烨又说：“我最后再问你一句，陈冰已经怀孕了，你知道不知道？”

侯德义目瞪口呆。

第五章

1

谁也没想到方烨和陈冰后来竟然成为了朋友，无论从哪个角度看，她们都应该互相敌视才对。也许是陈冰的一句笑话起了作用，她们果然由共同的受害者，走到了一起。陈冰说，女人和同一个男人，不会有共同的爱，只有共同的恨，她们之间没有你死我活，至少说明一个最简单的事实，她们其实都不是那么刻骨铭心地爱侯德义。爱使人分裂，不爱使人团结，她们谁都愿意把侯德义像礼物一样恭让，对于这个男人来说，真是件太悲哀的事情，因为两个女人内心深处，都不是太在乎他。

陈冰对于堕胎有很大的恐惧。好几年前，她已经有过一次这样的经历，现在，噩梦重演，她正被越来越大的恐惧包围着。这种事耽误不得，她成天心事重重，一有空就研究医学书籍。陈冰已经习惯从书本上去找答案，毕竟她还是一名未婚姑娘，虽然并不是很在乎别人怎么说，可是总不能到处随便找人聊这件事。她最大的担心，是再一次堕胎会不会影响今后的生育。

方烨从一名妇产科医生的角度，认为堕胎不会影响她后来的生育。很多女人都人流过两次甚至三次，临了，她们照样还是有了一个健康的小宝宝。只要人流的最佳时机不耽误，这样小小的手术，对女人的身体不会有太大伤害。为了不让陈冰怀疑她是别有用心，方烨为陈冰找了一名专家，一般人的心理，总是专家的话，才能让自己最后安心。陈冰心里一直忐忑不安，方烨为她找专家咨询，正合她的心思。

到咨询的那天，陈冰准时到达医院，专家门诊外面排着长长的队。方烨已经事先替她挂了号，领了她直闯进去。门口的人哗然，说都什么年头了，看病还开后门。陈冰发现那所谓专家，竟然是个半大不小的老头，黑黑的，戴副眼镜，心里当时就感到不痛快。人已经到这了，想打退堂鼓也已经迟了。专家看她的病历，问她以往的人流史，然后喊她躺下来做检查。陈冰有一种遭愚弄的感觉，她觉得方烨这是存心，一想到这黑老头要窥探自己的身体，她顿时感到一阵恶心。然而对方不耐烦的神情，减弱了她本能的羞涩感，这是一个无法避免的事实，外面那些排着长队的女人，不是正心甘情愿地在等着这机会吗？

专家的意见和方烨如出一辙，他不认为流产会影响今后的生育。不过，考虑到她年纪也不小了，如有可能，生下这个孩子，可能是更好的选择。他并不知道她还没有结婚，因此以想不明白的神情，问陈冰为什么不准备要小孩。陈冰看了一眼方烨，笑着说："我爱人出国去了。"专家想不明白流产和出国有什么关系，这种事有关个人隐私，他没有继续往下问。

离开门诊，陈冰仍然心事重重。她半天不说话，突然很认真地对方烨说："如果你和小侯觉得我生下这个孩子，对你们没什么妨碍的话，我准备做单身母亲，为什么非要结婚才可以有小孩呢？我保证今后和你们没有一点关系，这一点你绝对可以相信我，因为我对是不是有个丈夫，根本就无所谓，男人到哪儿都能找到。但是我想当母亲，我一向很喜欢小孩，不知怎么的，我有个预感，如果这孩子被剥夺了出世的权利，我命中就会注定再也没有小孩。这预感非常强烈，而且越来越强烈。”

方烨笑着说：“没有人逼你流产？”

陈冰皱着眉头说：“我说的是真话。说这话，你不应该笑。不要掩盖你的真实想法，其实你根本笑不出来。你现在的心情和我一样复杂。”

2

侯德义得知陈冰准备做未婚妈妈，产生的第一印象，是她显然用这件事情作为要挟，目的显而易见，这就是想拆散他和方烨。自从方烨得知他们的事情以后，侯德义再也没有和陈冰来往过。对于他来说，自己的心早就收回来了，他和陈冰之间的成人游戏已经结束。陈冰现在以肚里的胎儿为要挟，实在是一步很拙劣的臭棋，尽管他确信那胎儿和自己确实有关，这是一个抵赖不了的事实，但是有时候又不能不往别的地方胡思乱想。

陈冰给他写了一封很长的信，在信中，她用很长的篇幅表达了自己和他已经情断义绝。过去的一切只是一场梦，浪漫、冒险、刺激，说过去就过去。这一页已经成为历史，她告诉他，自己想留下这个孩子，完全不是为了他，陈冰说她为任何一个男人都可能这么做。她回忆起自己对小动物的感情，说小时候家中养猫，母猫每次生小猫，都给她带来极大的快乐。她忘不了小猫打斗的神情。此外，她还说起同事的一个小男孩，可爱得简直就像一名小天使，看来什么动物都是童年最可爱。在信的结尾，她旗帜鲜明地表达了自己的观点，作为一个女人，从性爱的角度来说，她也许需要男人，需要男人并不意味着一定要有个丈夫。时代发展了，婚姻对于女人来说，已经不是十分必要，女人不一定非要做妻子，然而却一定要做母亲。陈冰已经能感受到腹中小生命的躁动，她想到自己即将当母亲，感到无比的幸福。

侯德义一时打定不了主意，他不知道是否应该让方烨阅读。当方烨问起这封信的时候，他谎称自己已经把这封信烧了。这是一个没有必要的谎言，为了维护这个谎言，侯德义必须重新编织一系列新的谎言。显然，陈冰已将写信这件事告诉了方烨，这么做的效果一箭双雕，既表示自己光明磊落，又暗示她和侯德义藕断丝连。自从陈冰决定做未婚妈妈，她始终有意识地让方烨感受到她的存在。她选中了方烨所在的医院，把这当作是自己未来孩子出生的地方。显然，她是存心刺激方烨，随着胎儿的越来越成熟，陈冰向方烨展示自己的身体时，不只是得意，甚至都忍不住有些卖弄。

好在方烨并没有上当，她似乎比侯德义更明白陈冰的用心。在一开始，她不止一次想到了自己退出，既然事情已经到这一步，她发自于内心地愿意成全他们，正如陈冰对她分析的那样，侯德义还不至于让别人为他争得死去活来。不过，物极必反，陈冰总喜欢在方烨面前过分地贬低侯德义，或许做得有些过火，方烨开始怀疑陈冰的正式动机。有一点不容置疑，无论说得怎么干脆，事实上，她们都陷在深深的矛盾之中。方烨有充分的理由相信，尽管侯德义不是什么宝贝，但是谁也不可能轻易地就放弃他，陈冰不会，方烨也不会。

很难说她们两个人，谁在竞争中更占上风。她们各自都有自己的法宝。陈冰是律师，她清楚地知道已经和侯德义领了结婚证书的方烨，在法律上的有利地位。方烨也知道，从法律的角度上来看，虽然自己和侯德义尚未举行正式的结婚仪式，但是领结婚证这种行为，已经说明他们的婚姻有效。问题的关键，在于人情往往大于法律，陈冰和侯德义毕竟已经有了孩子，如果陈冰坚持要生下这个小孩，方烨和侯德义的婚姻，就不可能不永远蒙上一层阴影，而这层阴影临了将导致他们的分道扬镳。

方烨花了许多时间来思考和侯德义的分手问题。究竟是因为赌气，还是因为别的什么心理，方烨决定如期举行婚礼。不管最终结果会怎么样，既然侯德义的新房已经到手，并且已装修完毕，既然双方的家长早就迫不及待，方烨和侯德义举行不举行仪式，在他们保守又现实的心目中，其实已经是一回事。事情已经到了这一步，有没有婚礼，反正都是离婚，方烨索性大张旗鼓地操办婚事。既然组成一个新家庭的条件，在方方面面早已经成熟，太成熟了，像熟透了的水果一样，不仅颜色太艳丽，而且都快腐烂了，那么干脆弄得热闹一些。

3

方烨和侯德义的婚礼，在一家很不错的酒店里隆重举行。李铭担任司仪，在他的指挥调度下，现场气氛十分活跃。是否邀请陈冰这一点上，方烨曾经有过激烈的思想斗争。这种事她用不着和侯德义商量，现在，侯德义会做出什么样的反应，已经不太重要，方烨不在乎他会怎么样，担心的只是自己是否会失态。有一点已经不用怀疑，无论陈冰到不到场，参加婚礼的亲友，对这件事其实都已经早有耳闻。反正是让别人议论，伸头一刀，缩头也是一刀，天塌下也就这么回事，方烨决定邀请陈冰，来不来由她自己定夺。关键是看一个人的勇气，方烨要向陈冰表明，她并不怕她。

陈冰果然大着肚子来了，看上去已怀孕七八个月，她镇定自若，结果不安的是在现场那些知情人。这是一场两个女人斗智斗勇的鸿门宴。新婚夫妇的家长感到很愤怒，他们对陈冰的不满意，一下子到达了顶点。方烨的母亲不相信天下竟然有这么不要脸的女人，她觉得今天自己的女儿实在是太委屈了，如果不是自己的丈夫拦着，她真恨不得冲过去，请陈冰离开现场。

新婚夫妇端着酒杯挨座敬酒，人们大呼小叫，终于到了陈冰坐的这一桌。侯德义掩饰不住尴尬，一直若无其事的陈冰也有些慌乱。大家向新人敬酒，方烨喝完了，又为自己倒了一杯，提出要和陈冰单独喝。

陈冰说：“喝酒我可不怕你，喝就喝。”

方烨说：“先别说狠话，喝了再说。”

两人把酒喝干，又往杯子里倒酒，又碰杯，不过这次没喝完，只是象征性地抿了一口。两人相视而笑，大有英雄惜英雄的意思。大家的目光都看着她们，负责摄像的人，也连忙把镜头对准方烨。

站一旁的侯德义浑身不自在，仿佛有一大群小虫子在脊梁上爬来爬去，他希望这一幕滑稽戏赶快结束。

方烨说：“很高兴你能来，希望你喝好吃好。”

陈冰说：“既然来了，自然不会亏待自己。”

方烨又说：“你要注意身体。”

陈冰怔了一下，说：“身体是自己的，我自然舍不得亏待它。不过，你也别太累了，蜜月里悠着点，别过分，你也得注意身体。”

方烨笑着说：“你放心，我身体很好。”

新婚夫妇继续去别的桌子敬酒。很长一段时间里，人们将传颂这一段精彩而别有用心的对话。方烨的出色表演，令她像明星一样光芒四射，相形之下，侯德义却像个傀儡，他做梦也没想到方烨会这么厉害。

4

方烨准备在蜜月结束之后，就跟侯德义离婚。侯德义被她的这个决定弄糊涂了，很长时间里说不出话来。如果真是这样，一切都变得十分荒唐，不可理喻。侯德义想不到会是这样的结局，他曾经春风得意，为自己同时拥有了两个女人的爱情感觉良好。可是现在，两个女人不约而同地都要抛弃他。

举行过婚礼以后，方烨和陈冰竟然成了无话不说的好朋友，她们一直保持着热线联系，每天都要花上很长的时间通电话。在电话里，她们没完没了，大谈那个尚未出世的婴儿。侯德义想不明白她们为什么会变成死党，为什么方烨会那么关心陈冰肚子里的婴儿。有一天，他终于感到忍无可忍，愤怒地让方烨立刻挂上电话。

方烨说：“侯德义同志，你发什么火？”

侯德义说：“你们这是什么意思，成天唠叨这小孩。”

方烨说：“我关心这孩子有什么错，有什么错？你想想，自己对这小孩一点不关心，那才叫奇怪呢，你说你还是不是人，好歹也是你的骨肉，你倒好，不闻不问。”

侯德义说：“谁知道是不是我的骨肉。”

说完这句话，他感到有些后悔，后悔也来不及。这话不应该脱口而出，方烨充满不屑地看着他，很吃惊他竟然会说出如此卑鄙的话。侯德义感到无地自容，他觉得自己现在的处境非常不妙。相形之下，方烨似乎是很高大，他显得非常委琐。事实已经证明，他不仅花心，而且无情，而且不道德。他不相信方烨是真的要他关心陈冰，是真的要他关心陈冰怀的身孕，反正他里外不是人，怎么做都不对，方烨却横竖有理。

侯德义决定像抓住救命稻草一样，紧抓住方烨不放，他打定主意，坚决不答应离婚。从表面上看，不答应离婚至少表明自己还爱着方烨。离婚是一件很烦人的事情。现在，他不能没有她，他觉得她和以前已经不太一样，从来也没有像现在这么可爱过。

5

在侯德义和方烨的蜜月即将结束的时候，陈冰的预产期也到了。

她终于挺着巨大的肚子，出现在方烨的医院里。方烨在门口迎接她，她行动不便地从出租车上下来，随同她一起到达的，还有一位雇来照料她的小保姆。小保姆长得很漂亮，衣着光鲜，看上去已不太像是乡下妹子。方烨说，你这是找人侍候坐月子，关键要会做事，找这么漂亮的小丫头干什么。陈冰说，谁说人漂亮了就不会侍候人，我可不愿意有一个呆头呆脑的姑娘在眼前晃来晃去。现在不是有一种说法是胎教吗，在我的孩子没到这个世界之前，我希望自己眼前所能见到的都是美丽的东西。

方烨已提前一步办好了手续，直接带她们去病房。一路上，陈冰像个鸭子似的走着，雄赳赳气昂昂，两个手为了保持平衡，不由自主地晃着。方烨问她有什么预兆，她说一点感觉也没有。

方烨说："既然还没什么预兆，就先住大病房，羊水破了以后，再往小病房搬，这事反正不着急。"

陈冰说："何苦那么麻烦，直接去小病房算了。"

方烨说："这可是为你省钱，小病房是单间，比宾馆还贵。"

陈冰说："再贵，总不能比五星级宾馆还贵吧，我豁出去了，再贵也住，你放心，这点钱我还付得起。"

方烨笑着说："随你，你们当律师的反正有钱，吃了原告吃被告，不像我们工薪阶层，花什么钱都得算计一下。"

陈冰说："别跟我哭穷，你们成天收红包，别以为我不知道。对了，你说我是不是也应该送，入境随俗，我是说其他医生，还有那些护士什么的。什么都不表示，总不太好吧，我听说现在的风气都这样。"

陈冰在预产期过了两天以后，才开始出现阵痛。方烨对她特别关照，常常去小病房看她，病房里有一台电视，没事的时候，陈冰和小保姆一起百无聊赖地看电视剧，阵痛来了，便哇啦哇啦地惨叫。她叫的时候非常孩子气，有时候阵痛来得快去得快，她喊了一两声，继续若无其事地看电视。

方烨问陈冰是不是让侯德义来一趟。陈冰觉得这时候说这个，有些荒唐，而且不够意思。她们已经是很好的朋友，用不着再如此小心眼。陈冰让小保姆出去一会儿，十分真心地问方烨，是不是还怀疑她和侯德义之间没有完全断掉。方烨摇头，说绝不是这个意思，她告诉陈冰，自己根本就不在乎他们之间会怎么样，如果他们是真的没断，她将衷心地为他们祝福，她既然已经准备和侯德义分手，因此说这话完全是出于真心。

陈冰说："你不能因为自己不想要了，也不管别人怎么想，就硬拿来送人做人情。方烨，我再一次向你郑重提醒，你如果是为了我，想和小侯分手，绝对没那个必要。我不仅不领你的情，而且会恨你，会觉得恶心。如果你是真的不爱他了，你觉得爱情已经不复存在，那就是你的自由，你爱怎么办，就怎么办。反正一句话，你们怎么样，与我无关。"

一阵阵痛袭来，陈冰又鬼哭狼嚎起来。方烨替她检查了一下情况，说你别太夸张，还早着呢，没有个十个八个小时，别想生下来。她用听诊器听了听胎音，告诉陈冰一切正常。陈冰说，她知道一切正常，可是肚子疼，这又不是装出来的。方烨无话，准备离去，她还得到其他的病房去看看。

陈冰喊住了方烨，很认真地说："方烨，如果你真的和小侯分手，我想他一定会觉得很窝囊。这是他想不明白的一件事。男人有很多事，永远也不会想明白，孩子呀，婚姻呀，这些外在的东西，其实还是维持不了爱。爱是一个非常实在的东西，看得见，摸得着，什么都是空的，关键还是看爱，也许，没有了爱，什么都会枯竭。"

方烨最后还是决定让侯德义来一趟，她给他挂了一个电话。侯德义感到很为难，去也不是，不去也不是。临了，仍然是决定去。又不能空着手去，于是去了一家礼品店，为买什么样的礼物而犹豫，他想到了玩具，可是这毕竟太提前了，结果是买了一大捧鲜花。他捧着鲜花出现在小病房门口的时候，陈冰已进入待产阶段，用产科术语来说，子宫颈口已经完全打开，小孩黑乎乎的小脑袋已经隐约可见。方烨和另外一名医生正在忙着，小保姆不知道侯德义是什么人，拦住了不让他进去。他只好站在门口对里面眺望，趁小保姆不注意，硬往里闯。陈冰大声喊着，呼天喊地，声嘶力竭，一切就快结束，她喘着粗气，在绝望和无意中看到了他。突然的安静，时间似乎停止了，方烨感到奇怪，她回过头来。

现在，两个女人，方烨和陈冰，医生和产妇，法定的妻子和正在生产的情人，一起目不转睛，看着怀抱鲜花的侯德义。她们目不转睛地看着眼前这位不知所措的男人，暂时忘了眼前的一切。

1999年6月14日

马文的战争

第一章

1

马文常常趁杨欣洗澡的时候，往卫生间里硬闯。这种企图十次中有九次半会失败，因为杨欣总是把门销上。马文显然是故意的，而且只要是个机会，决不放弃尝试，杨欣为此已和他翻过几次脸。他们的儿子马虎觉得这一幕很有趣，和母亲的想法一样，他也认为马文这么做，是有些耍流氓。男女有别，爸爸妈妈已经离婚，离了婚，马文就没有权利再偷看妈妈的身体。

马文和杨欣离婚后，依然同住在一套两室一厅的房子里。厅很小，共用厨房和卫生间，两人抬头不见低头见，时不时会发生一些口角。结婚前就不断吵架，想不到离了婚，还是吵。现在，杨欣正在卫生间里洗澡，她总是要花很长很长时间。马文心不在焉地走来走去，他的儿子在认真算账，虽然只是小学二年级，马虎的算术似乎很出色，跟父亲算房钱水电煤气之类的费用，一丝不苟一分不让。他看着马文魂不守身的样子，挺严肃地问他，是不是正憋着一泡尿。马文无可奈何叹了口气，马虎便使坏地吹起口哨，是那种为小孩把尿时的嘘声，马文很生气，骂了儿子一句。

马虎幸灾乐祸地说：“坏了，有人要尿裤子了！”

马文说：“算你的账，你小子上次多要了我十块钱，知道不知道？”

马虎对卫生间里喊着：“妈，慢慢洗，听见没有？”

马文恨不得在儿子头上打一下，他掏出皮夹，准备付账。正付到一半，杨欣湿漉漉地出来了，一边用毛巾擦头发，一边往自己房间里去。马文迫不及待冲进厕所，杨欣这时候又从房间走了出来，想再次进卫生间，发现他正敞着门在里面撒尿，哗啦啦声音极响，扭头就走，同时愤怒地请他上厕所关门。马文感到很痛快，叽里唠咕说了句什么，如释重负地走出来，立刻显得很轻松。儿子马虎正不怀好意地笑着，马文对儿子说："有什么好笑的，活人总不能让尿憋死。先是你洗澡，然后是她，我也不懂这是为什么，为什么女人洗个澡，要比看半场足球赛的时间都长！"马文后面的话是说给杨欣听的，如果她愿意搭腔，他打算和她讨论一下自己撒尿的权利，可是杨欣根本没兴趣理他，扭头又进了自己的房间。

马虎和父亲算账，计算着应该找还多少钱。马文继续唠叨，他穿着一身黄颜色的制服，不明真相的人，还以为他是警察，其实只是一个居民小区的门卫。两年前，刚三十多岁的马文便提前退休，他所在的国营工厂已经倒闭，一家外国老板把厂买了下来，不当回事地把原有的工人统统打发。工人们闹了几回事，到市委门前去静坐，到报社去散人民来信，到马路上去发传单，最后仍然不了了之。马文现在的差事是临时的，干了不过三个多月，他喜欢那身黄制服，走在街上，别人难免对他刮目相看。在马路边买菜，那些贩子不是见了他要溜，就是胆战心惊不敢多收钱。有一回，一位挺漂亮的乡下妹子看见他，挑着菜就跑，马文追着说：你跑什么，我这个警察是假的。乡下妹子一边跑，一边说：假警察，怕的就是假警察。马文笑了，说你真的别跑，我要买你的茄子，这茄子多少钱一斤。其实根本就不想买茄子，那天他心情特别好，不仅话多，还真买了二斤茄子。

马文的手头不算宽裕，杨欣也下岗了，他每个月必须缴出一份钱来养儿子。人穷志短，他总是对账单斤斤计较，离婚已经一年多，每个月算账，都对平摊一半公共费用耿耿于怀。明知道杨欣最受不了这些，还是忍不住要把话说出来。结果每次都不愉快，马文觉得自己出这么多钱不合理，水费，电费，煤气费，都要掏出一半来实在是太吃亏。他从来不在家里洗澡，从来不用电吹风，从来不用电熨斗，而且房间里还没有空调。杨欣对这些话烦透了，只当没听见，于是马文便反反复复说给儿子听。说起来也可笑，他常常会忍不住把儿子已经算好的账，重新算一遍，然后又一次小肚鸡肠地继续啰嗦。现在终于和儿子把账算清楚了，马文清点着自己的皮夹，嘴里还在不干不净。

杨欣板着脸走了出来，她似乎有什么话要对他说："你真要是觉得吃亏，下次可以一分钱也不要出。大男人一个，你俗不俗？"

马文说："俗！当然是俗，要不是俗，你怎么会和我离婚！"

杨欣说："知道自己俗就好。"

马文看着杨欣，发现她今天的情绪不错，便搭讪说："亲兄弟，明算账。我们别说是离婚了，不离婚，这账也得算清楚，你说是不是？"

2

或许马文和杨欣的斤斤计较，包含了两层意思。第一，手头确实有些拮据。第二，想多搭几句腔，因为他并不是太愿意和她分手，潜意识中还存几丝复婚的念头。和马文提早退休差不多，早就下岗的杨欣在这一年多来，工作也老是在换。她找工作好像并不难，三天打鱼，两天晒网，最差时是柜台的营业员，最厉害时在一家不小的公司里当公关部的副总经理。她混得显然要比马文强一些，起码是自信，动不动就敢炒老板的鱿鱼。杨欣属于那种从来不为失业担心的女人，敢想敢做，敢做敢当，天塌下来也不在乎。她做公关部副总经理的时候，常让那些喜欢吃豆腐的男人下不了台。有一次，一个自称台商的大陆人说：杨小姐，你搞公关，不做点牺牲怎么可以？杨欣大大咧咧地说：我倒是想牺牲的，可是你长得太丑了，引不起女人的兴趣。这话没人时说说也罢了，是吃饭的时候，当着一桌子人，气得那家伙差点当场翻脸，赌气喝酒，结果吐得一塌糊涂。

今天马文又一次自作聪明，误解了杨欣的情绪。他看见她没有像往常那样紧皱眉头，而是脸色发红略带微笑，便以为有机可乘。虽然住在同一套房子里，平时和她说话的机会并不是很多，杨欣根本就不爱理睬他，遇上不得不说的话，一定是板着脸，像是在法庭上提问犯人。即将展开的话题并不愉快，马文以为杨欣的脸红，是刚洗过澡的缘故，做梦也没想到她会突然开门见山，直截了当地告诉他，说自己已经准备再次结婚。

“结婚？”

杨欣的脸上流露出几分歉意。

马文知道自己是明知故问，还是脱口而出，“你跟谁结婚？”

“你说是跟谁？”

马文感到非常沮丧，他知道她不是在开玩笑。杨欣这人毫无幽默感，即使他们当初坠入爱河之际，她也很难得说一句笑话。他知道这一天迟早会来，心里很不乐意，故作轻松地说："怎么，李义已经离婚了？他小子终于离了！"

杨欣的脸上不太好看，忍住了，没发火。

马文吹了一声口哨，他想自己应该表现得根本就不在乎。

"我觉得还是先和你说一下的好，免得到时候大家尴尬，结了婚，他就可以搬过来住。"杨欣这次用的是商量口吻。

"搬这儿来住？"马文的眼睛瞪多大，顿时怒火万丈。

杨欣没想到马文的反应会这么强烈。他的儿子马虎也有些意外，小眼睛滴溜溜地转着，一会看看马文，一会看看杨欣。马文的心情变得很恶劣，他觉得自己没有理由阻止杨欣再结婚，而且也不在乎她又一次嫁人。但是他有权利拒绝那个叫李义的男人搬到自己的这套房子里来住。短时间的沉默，马文咬了咬嘴唇，问杨欣是否搞错了，他提醒她注意，这可是他父亲单位的房子，是以他父亲的名义分到手的，虽然房改时已经购买下来，但是产权并不属于她。

杨欣气呼呼地说："对不起，我并不想占据你的房子。再说，这房子多少也有我的一份。"

马文气得脸煞白，说："我告诉你杨欣，不要欺人太甚。你们要结婚，我不拦你，可是请远离这套房子。"

杨欣说："我想我有这个权利。"

"什么权利不权利，别跟我来这套，"马文咬牙切齿地说，"这李义是什么东西，没离婚时就跟你不干不净，他怎么有脸踏进这个门？”

杨欣本来准备心平气和地和马文谈，结果根本谈不下去，于是两人吵起来。一吵架，自然没什么好听的词，杨欣一赌气，便回自己的房间。临走留下一句话，说这种事本来没必要和你商量，整个是给脸不要脸，我就在这儿结婚，你能把我怎么样？马文无话可说，恨不得给杨欣一个耳光，他追到杨欣房间的门口，冲她嚷着：

“那家伙要是个男人，他就不应该上这个门！有能耐就应该自己去找套房子。”

杨欣不理他。

马文又说：“要结婚，搬出去，有能耐就到外面去。”

杨欣说：“李义是没有多大能耐，你得意什么，你又有多大能耐？”

马文又一次无话可说。

杨欣说：“我就是不搬，你又怎么样？”

马文说：“我告诉你，我死也不会答应。别指望我会让步，这是我爹留给我的房子，李义他想搬进来住，除非等我死了！”

杨欣恶狠狠地说：“那你就去死，又没人拦你！”

3

马文现在孤零零地站在楼顶上。从小他就喜欢登高，小时候，他家住的是那种小楼房，在一片矮房子中，二楼已经很高了。他喜欢登高望远的感觉，有了什么委屈，受了小同伴的气，考试没考好，挨了父母的责骂，一爬上楼顶，心情陡然就会好起来。马文的父亲是个很爱啰嗦的副处级干部，没事做总是想方设法教训儿子，因此只要能摆脱父亲，马文便爬到楼顶上去发呆。老式二楼的楼顶呈斜坡状，有一次刚下过雪，马文爬上去看雪景，差一点摔下去。

马文现在是站在六层楼房的平顶上。全中国如今到处都是这样的建筑，成片成片的像一个个火柴盒子。马文正在咀嚼自己的痛苦，他知道杨欣是个说到做到的人，她做人永远不管三七二十一，根本就不在乎别人的感受。他想起自己刚戴绿帽子时的情景，杨欣和李义打得火热，光天化日之下，就能看出他们的关系已经不太正经。全车间的人都知道马文的老婆偷人，这种事好像股市利好的流言，很轻易就会到处传开。马文想装做什么都不知道，结果是他越这么做，越显得傻。

杨欣从来就不考虑做丈夫的难堪，她从来就不知道刹车，通常是越走越远，越远越离谱。她的性格是即使轧姘头，也仍然理直气壮。马文知道她这次说的又是真话，想到那个叫李义的男人马上要搬来住，他愤怒之外，悲凉之情油然而生。这显然是个不能忍受的现实，在一个三四十平方米的公用空间里，前妻堂而皇之要和旧情人结婚，这以后的关系怎么相处。马文越想越别扭，越想越觉得屈辱。他想不出用什么办法，才能阻止杨欣办婚事。李义是脸皮极厚的人，马文相信他会若无其事地走进这套房子，然后像老熟人一样地和他打招呼。

马虎探头探脑地从出口处伸出头来，远远地对马文喊着："爸，你在干吗？"

马文没好气地说："我在准备往楼下跳。"

马虎说："别瞎讲，你才不敢往下跳呢！"

马文说："我为什么不敢跳，告诉你，你爸我活腻了。我跳下去，有人就称心了。你妈就可以称心如意地和姘头过日子。"

"什么叫姘头？"

"这得问你妈！"

马文脸色很沉重，马虎突然变得紧张起来，他试探地问着："爸，你真要跳楼呀？"

马文走到楼顶的边沿，摆了个姿势，做出要往下跳的样子，马虎这一次是真的害怕了，他大声地尖叫起来。马虎的声音惊动了杨欣，她开门出来，沿着备用的木梯子往上爬，也把脑袋伸到出口处。她远远地看着马文，十分平静地说："喂，要跳，你就真的跳下去，别装模作样地吓唬小孩。"马文说，我吓唬谁，我吓唬我自己。杨欣说，什么叫吓唬自己，你连自己也吓唬不了。说完，喊儿子和她一起回去，马虎不放心，不肯走。杨欣又说，我告诉你马文，这婚我是结定了，你就是真跳下去，我也照结不误。马文想，这个女人真是太心狠了，冷笑说，很好，我就真跳下去，让你称心。

马虎用哭腔喊着：

"爸，别往下跳，跳下去会摔死的！"

4

当110警车响着警笛开过来的时候，马文根本就没想到这会和自己的宝贝儿子有关。马虎被杨欣硬拖了回去，小家伙心里七上八下，放心不下马文，突然想到老师在课堂上说过的话，遇到紧急情况可以拨打110。杨欣没有阻止他拨电话，马文不怕出洋相，就让他痛痛快快地丢回脸好了。刺耳的警笛带来一阵恐慌，人们纷纷从窗口探出脑袋，希望能明白究竟发生了什么样的事情。马文先是和别人一样看着热闹，直到一位警官拿着手提话筒对他喊话，他才意识到事情有些不妙。他突然明白这件事竟然与他有关。手提话筒发出来的声音怪怪的，回声很大，警官喊什么反而听不清楚。只是一会儿工夫，楼底下已经围了一大圈看热闹的人，就好像过节一样，大家都抬着头看他，一边叽叽喳喳地说着什么。一个年轻的母亲手上抱着小男孩，她正指点他应该往什么地方看。

马文感到自己正在遭到戏弄，他没想到会是宝贝儿子打的报警电话。现在，他真的很愤怒，或许是他们争吵的声音惊动了邻居，尤其是儿子那种惊恐的尖叫声，于是喜欢多管闲事的人，便又一次多管了闲事。马文使劲地对楼下挥了挥手，让警察赶快回去，该干什么就赶快回家干什么。可是，他的这一举动，不仅不能打消别人以为他要自杀的念头，反而更加落实了这种假设。为了能让自己的话听得更清楚，马文向前走了约半步，这半步立刻引起了一阵骚动。

“喂，楼顶上的那位同志，喂，喂，那位同志，请你尽量想开一些，有什么事，可以好好说嘛！”拿话筒的警官一边喊话，一边不停地调着音量。

现在，马文成为大家的焦点所在，成为人们关注的中心，他突然觉得这很有意思。也许心一横，纵身跳下楼去，倒是一个很不错的选择。好死不如赖活，可一个人老是赖活着，又有什么意思。马文不想说自己混得很失败，然而确确实实，也没有任何成功的地方，他的处境简直是糟糕透顶。记得工厂刚倒闭时，工人还聚集在一起商量如何闹事，最激烈的甚至提出集体去卧轨，这种话当然只是说说而已，说的人自己也不当真，说完就忘，习惯很容易就成为自然。其实根本不用去卧轨，大家浩浩荡荡地爬到楼顶上，按抽签顺序排好队，每隔三分钟，往下跳一个人，直到上级主管部门作出让步，这一招绝对奇妙。马文想像自己像只巨大的蝴蝶，在空中展翅飞翔，短暂然而永恒，然后他的照片便登在了报纸上。小报上常见到这样的报道，说不定还会有几个血腥的电视镜头，人们目瞪口呆看着，眉飞色舞说上一阵，说上几天，一切就结束了。

一个警察的脑袋从楼顶的出口处冒了上来，这家伙年龄不小了，有些秃顶。几乎与此同时，在大楼下面，一块巨大的帆布一样的东西被拉开了，这是110联合行动的最新成果，是一种专门用于火警和防止跳楼自杀的救生装置，刚从国外进口的。马文觉得现在的场面很像是在拍电影，那位有些秃顶的警察犹豫着是否上楼顶，微微发亮的脑袋像洞穴中的老鼠似的探来探去。马文希望他不要那样小心翼翼，索性上来反而更好，但是他偏偏一声不吭，这样反倒给马文增加了不少压力。

马文对他发出了邀请："你上来呀!"

他的声音有些走调，怪怪的，听上去有些不怀好意。

马文又说："你们不就是要看我出洋相吗?"

警察没有做出任何反应，他只是露出半截身体，远远地监视着马文，态度并不友好。从他身边，又冒出了一个脑袋，这家伙戴着帽子，和他的同伴一样，也是一动不动地看着马文。

楼下的话筒又喊了起来：

“喂，那位同志，希望你爱惜自己的生命！”

马文很想解释说这是一场误会，这场戏已经没办法再演下去。他不知道怎么说才好，无可奈何地往楼下看着，现在他是出奇的胆大，在他往楼下看的时候，下面的人紧张地调整着位置，好像他立刻就要往下跳一样。马文的腿有些软了，这次是不由自主，他干脆一屁股坐下来，让两条腿挂在半空中直晃荡。楼下的气氛紧张到了极点，那两名警察上了楼顶，向马文一步步逼近。马文的脑袋一阵混乱，手用力一撑，人纵身跳了出去。

第二章

1

一个多月以后，杨欣和李义的婚礼如期举行。马文的左手绷着石膏，拍片显示结果，有两处骨折。参加的人很少，就一桌人，男方代表中有李义的父母，他的姐姐李芹，女方代表中有杨欣的父母、外婆，还有杨欣的一个弟弟。马文父子只能算是特邀代表，特别是马文，他的身份显得十分暧昧。地点是一家不大不小的馆子，虽然订了包厢，天气突然热起来，空调却出了毛病，于是不得不把包厢门打开。门一打开，大堂里的景象便看得一清二楚，一家人刚办完丧事正在聚餐，有好几桌，黑纱白花，热闹得很，斗酒，干杯，大呼小叫，全无一点悲伤气息。虽然没有哭哭啼啼，喜事和丧事凑在一起办，新郎新娘不忌讳无所谓，双方的长辈都感到有些不吉利，脸上不时露出尴尬的神情，马文因此有些幸灾乐祸。

杨欣的弟弟带来一架小摄像机，马虎闹着要他来摄像，结果只好让他玩。他也没心思吃菜，将椅子搬到角落里，人爬上去，对着吃饭的人，扫过来扫过去。大家一遍遍地喊他过来吃，谁喊他，他就将镜头对着谁。马文不愿意自己的窘相被拍下来，屡屡对儿子使眼色，偏偏马虎最喜欢拍他，动不动就把镜头对准他。

马文发火说：“马虎，你有完没完？”

马虎不理他，继续拍摄。为了不冷场，两方的老人互相敬酒，李义的姐姐李芹很能体贴人，不时地对马文说几句话。她知道他现在最难堪，除了找话说，还不停地让他吃菜，马文已经饱了，还拼命地往嘴里塞。吃到中途，李义和杨欣站起来，向马文敬酒。马文说，我这人嘴拙，不知道说什么好。杨欣笑着说，什么都不用说，把酒喝了就行。马文说，那不行，什么都不说不礼貌，我必须想几句好词。最后，他傻乎乎地说：

“那就祝你们白头偕老吧！”

杨欣说：“我当是什么精彩的格言，这现成的话，谁不会说？”

一旁的李义就傻笑，他长得白白净净，戴副金丝眼镜，一头一脸的知识分子模样。他的笑声很怪，平时就这声调，短促而铿锵有力，仿佛老人的咳嗽。

马文说：“不说白头偕老，说像我们一样，结婚没几年就离婚？”

李义的笑声更怪，两个肩膀同时往上耸。一桌的人，都愕然，李芹看看自己兄弟的表情，又对着马文看。两方的老人都不说话，杨欣有些不快，说：“这事用不着你操心，老实说吧，马文，你还是好自为之，别再想不开了，下次从楼上跳下去，可就没那么幸运了！”

马文笑着说，早知道结果是这样，他根本就不会犯那样的傻气。大家听他这么说，都看着他，他故意卖关子，隔一会儿才说：

“我也是上了一当，早知道下面的这些救护人员，一个个全是笨蛋，人摔下去，膀子还会骨折，打死我也不会跳。再说，我早知道你这人铁石心肠，既然挡不住你们结婚，跳了也是白跳，何苦自己找罪受！”

2

新婚之夜马文没有睡好，儿子马虎今天晚上和他睡，小家伙新换了地方，有些兴奋，不停地跟父亲聊天。他分散了马文的注意力，东扯西拉，从学校说到同学家，从男生说到女生，说到有一次在上学路上，看见一个男人突然回过头，将自己撒尿的东西拿出来，对着走过的女生乱晃。他一会儿一个话题，这个尚未说完，又开始下一个。说到临了，马虎很认真地问马文，一个人一生中，究竟可以结几次婚。马文说，如果你高兴，就可以结一百次。马虎说，一百次太多了，他准备以后结八次婚。马文觉得奇怪，问他为什么看中“八”这个数字。

马虎老气横秋地说：“八好，八就是发。”

马文问儿子到目前为止，喜欢的女孩有几位，马虎想了想，说起码有三个。马文说，才三个呀，那你也用不着结八次婚了。马虎说，谁说喜欢就要结婚的，我还喜欢电影上的巩俐阿姨呢，难道我也和她结婚？马文笑着说，你不和巩俐结婚，那我跟她结婚。马虎也笑了，说美死你，人家巩俐阿姨才不会看上你呢。马文说，你又不是巩俐阿姨，怎么知道她不会看上我？马虎怔了一会儿，说你应该和我们班李美辰的妈妈结婚。马文问他为什么，马虎说，李美辰的妈妈是富婆，有钱。马文奇怪儿子竟然会有这样的念头，马虎接着又解释：

“我妈说的，你这人就喜欢钱，斤斤计较。李美辰妈妈有钱，有了钱，就好了。”

马文觉得儿子的话很有意思：“她真的有钱？”

“当然有钱。”

“漂亮不漂亮？”

“当然漂亮。”

“她难道没有男人？”

“当然有男人。”

马文又好气又好笑。就这样，说到最后，马虎终于撑不住了，说着说着，便睡着了。想不到他虽然是个小孩子，呼噜声却十分了得，像个小风箱似的。马文知道今晚注定是个不眠之夜，他聆听着隔壁的动静，一趟趟去卫生间。小客厅里一张方凳总是磕脚，一次又一次地被他踢翻。最过分的一次，是他开了客厅的灯忘了关，结果还是杨欣出来关了，半夜三更的，小客厅的灯老开在那儿，她以为出了什么事，只好出来查看，看看没什么事，便关了灯继续回房间睡觉。她回去以后，从房间里传出低低的说话声，李义大约是也醒了，马文听不清他们在说什么。

3

新婚之夜后的第三天，马文拒绝让儿子再睡到自己的房间里来。他的理由是，既然法院判决马虎归杨欣抚养，她就不应该刚结婚就遗弃儿子。只有一个房间并不能成为理由，杨欣可以再婚，马文也可以再婚，难道真到了那时候，把儿子马虎撵到大街上去不成。杨欣听了冷笑，说少来这套，我还不知道你的意思，你这是想刁难我们，存心作梗，告诉你，我们并不在乎，李义比你有爱心，他喜欢小孩，别以为你就能难倒我们。

于是，杨欣的房间就变成三个人住。李义觉得很不方便，却无话可说，他现在是寄人篱下，没权利说这说那，除非有能耐去弄一套房子。他可以说也是被自己老婆扫地出门的，李义有一个很可爱的女儿，年龄比马虎还大一岁，他老婆是个干部子女，脾气大得很。结婚许多年，他已经忍气吞声惯了，所以和杨欣再婚以后，这种小委屈根本算不了什么。忍一时风平浪静，退一步海阔天空，他是个儿女心肠极重的人，时时刻刻思念女儿，看不到女儿，便把那份柔情都用到了马虎身上。马虎天生是个实用主义者，谁对他好，他就喜欢谁。李义变着法子讨杨欣母子的好，于是房间里常常欢声笑语，让马文听了感到很难受，更加失落。

李义和杨欣开始很认真地实施一个计划。改善居住环境毕竟还是重要的，现在最好的办法，就是为马文找一个女人，找一个有房子的女人，将他打发出去。现实状况实在太别扭了，前妻前夫后夫挤在一套房子里，马虎爸爸妈妈叔叔地胡乱喊，怎么说都有些荒唐。有一天，李义的姐姐李芹应邀作客，看不过去，偷偷地把李义拉到一边，说眼下这种过于复杂的关系，可能会带来一系列问题。在她看来，夫妻离了婚，还住在一套房子里，这是很不道德的，关键是还容易出问题，她不无担心地说：

“这话你可能不要听的，我都怀疑他们是不是真的断了？”

李芹建议李义尽快去买套房子，没钱的话，就算是贷款，也应该买。李义嘴上含含糊糊地答应了，待李芹刚走，便对杨欣说：“我姐就是不近情理，买房子，钱呢，贷款，贷了款我们拿什么还？真是有钱人不知道没钱人的痛苦，现在有几个人真买得起房子？”杨欣却觉得李芹的话不是没道理，报纸上成天都是卖房子的广告，房子造好了，总要卖的，谁说没人买房子，她认识的好几个人最近就都在装修新居，人家也没发什么大财，还不是照样有新房子住。

“我就不相信，难道都是偷的钱不成？”杨欣倒不在乎要赶着买新房子，她只是觉得李义有些难受，知道眼下这种居住环境让他感到不自在。

李义是个颇会用心计的男人，他开始寻找机会和马文促膝倾谈，与他共同回忆当年的历史。有一天，杨欣带马虎出去看电影，李义便硬拉着马文一起喝酒。一人一瓶多啤酒下肚，李义说：“唉，说起来真不好意思，这些年，我常回想到当年你找我谈话时的情景。说老实话，我那时候是真的很抱歉。”

马文说：“你抱歉个屁，当年我让你认个错，你他妈死活也没肯认错。”

“不是我不肯认错，实在是这种事，就没办法认错。我怎么说？对不起，我不该跟你老婆睡觉？我这么说，你还不更跟我急，这事又不是认了错，就可以了结，睡都睡了，认不认错没任何区别，所以我宁愿被你脸上打两拳，打两拳就打两拳。告诉你，我是故意不回手的，真打起来，你未必是我的对手！”

马文红着脸说：“你不服气，我们现在再打一架试试？”

李义笑着说：“现在要打，那就是我打你了。现在的情况完全不一样，杨欣现在是我老婆，我要是真打翻了醋坛子，饶不了你。”

马文让他这么一说，倒有些不意思。有时候，直截了当把话说出来，反而让人无话可说。真话通常是最好的交流和沟通，经过几番互无保留的对话，马文和李义不仅达成了谅解，消除了误会，两个人还突然都发现对方其实不错。话越说越多，越说越投机，渐渐地便成了好朋友。马文发现李义这人清澈见底，是个直肚肠子，从来就不会掩饰自己的真实想法。李义承认自己为马文介绍女朋友，算不上安了什么好心，他的目的是想赶快把他赶走。“不光是我觉得别扭，你马文老在这儿住下去，我想也是很无趣。妈的，这算是什么事，再说你那儿子马虎说大就大，说懂就都懂了，总和我们住在一个房间里，恐怕也不太方便，你说呢？”

现在，马文也不想再在这套房子里住下去。在这场突如其来的遭遇战中，他已经输掉了第一个回合。马文毕竟是个活生生的男人，在斗智斗勇方面，他似乎远不是杨欣的对手。杨欣是个天才的演员，到了半夜里，她常常发出一些很做作的声响，马文有理由相信，这种过分的声响更可能是一种表演，是故意要让他听到，是为了让他忍受不了，赶快知趣一些滚蛋。这一招很毒，因为动辄就害得他睡不安生。漫漫长夜之中，马文开始品尝失眠的滋味，他突然发现自己生活中，确实也需要有个女人，女人这玩意不想的时候也没什么，一旦想到了，还就真是个不大不小的事。

4

在李义和杨欣的精心安排下，马文开始和不同的女人见面、约会，不止一次差点就要成功。马文做梦也不会想到，还真有不少女人愿意嫁给他。由于目的十分明显，所有对象都事先经过考察，首先是要有房子。不征婚不知道，连续和几位对象见过面才明白，原来适合马文征婚年纪的下岗女工大有人在。国营工厂的优势已不复存在，越是大工厂，下岗的势头就越猛。下岗引发了新一轮的离婚高潮，眨眼之间，铁饭碗没了，年轻夫妇们情绪一下子都变得很恶劣，情绪不好，脾气便大，结果一个个还没做好共同对付生活艰难的准备，便匆匆地离了婚。

满大街都是下岗的人，人多了，就没多大的了不得。马文发现不少离婚的下岗女工，和他的心态差不多。刚下岗时，恨不得立刻再找一个工作，时间一长，也就顺应自然，走一步算一步。刚开始，这些女人幻想着找一个有铁饭碗的丈夫，最好是个机关干部，是税务局的干事，是工商局的科员，是派出所的警察，要不就是学校的老师，大学中学甚至小学都行，可是幻想多数要破灭，因为僧多粥少。有好工作的男人大都家庭稳定，就算有个别离了婚的，或者是大家捡剩下来的，也是癞蛤蟆想吃天鹅肉，竟然还要找大姑娘。现实有时候很残酷，离婚的女人条件太高不仅不现实，而且会耽误嫁人良机。没结过婚的女人通常是浪漫的，离了婚的女人差不多都很现实。马文遇到的都是下岗女工中的佼佼者，这些女人有自己的房子，不愁找不到新的工作，下岗为她们提供了新的选择机会，也培养了新的就业理念。她们对待马文的态度，就像找新工作应聘一样，都抱着试试看的心理，反正闲着也是闲着。马文长得不算高大，却是眉清目秀，看上去忠厚老实，给人第一印象很不错。几乎所有的对象都愿意与马文再次约会，其中最有成效的便是与黄晓芬，马文觉得自己好像已经有些爱上她了。

黄晓芬开了家小饭馆，生意不好不坏。两人初次见面，是一同去看《泰坦尼克》。她一边看，一边哭，看完了离开电影院，半天不说话。黄晓芬是李义的小学同学，离婚已经五年了，用李义的话来说，她是个很好的女人，只可惜男人不是个东西。在街上走了一圈，马文提议请她吃饭，她推辞了一番，说：

“你不要客气，我不饿，不过真想请我的话，就找家小馆子，当然要干净一点的。”

马文问去麦当劳怎么样，黄晓芬有些犹豫，说麦当劳也不便宜，说完了，觉得有些不妥，红着脸说对不起，说她是中国人，还是习惯吃中餐。终于进了一家小餐厅，她很认真地先看了看菜单，点头说这地方可以。两人于是坐定，服务员送茶水上来，马文让黄晓芬点菜，她不客气地说：“我点就我点，反正我是开餐厅的，知道什么菜实惠。”

那天上馆子只花了很少的钱，黄晓芬给马文留下不错的印象，该浪漫时浪漫，该现实时现实。接下来连着几天约会，两人的关系近了许多，话题逐渐谈到自己原来的家庭。马文觉得没什么好说的，因为他不愿意说杨欣有什么不好，便反反复复地说自己无能，说自己没有情调，不讨女人喜欢。黄晓芬安慰他，说夫妻本来只是缘分，缘尽了，事情也就了结。至于情调更说不清楚，她不明白为什么他会这么想，反正她觉得他还是有一点情调。

马文说：“有一点有什么用，女人喜欢的是多一点，不是有一点。”

黄晓芬说：“不一定，男人情调太多，肯定花心。”

“男人不坏，女人不爱，”马文吸了一口长气，感叹说，“我所以失败，就是不够坏。”

黄晓芬大讲自己前夫如何坏。中国男人身上的坏脾气，她前夫样样都有，吃喝嫖赌，外加没有一样本事。最让马文震动的，是这个人还把性病传给了黄晓芬。说到这样的事情当然有些尴尬，但是黄晓芬忍不住非要喋喋不休，因为这勾起了最痛苦的记忆。她告诉马文，说性病落在男人身上，治疗起来还容易一些，女人要是得了这种该死的毛病，天知道有多麻烦。她说到的种种痛苦，还包括去医院治病，那些医生并不问你这病是怎么来的，可是那眼神无疑是把她当作了妓女。

马文觉得能把这种事告诉自己很不容易，他不知道如何安慰她，看着她眼圈红了，便抽出餐巾纸来替她擦眼泪。黄晓芬索性哭了几声，哭完了，说：“我也不怕丢人，这种事都告诉你了。你也知道，这事根本没办法告诉别人。我真觉得说不出口。”马文情不自禁地拍了拍她的后背，手掌正好落在她的胸罩带扣子上。她终于冷静下来，告诉马文自己的病总算治好了，她老是有点不放心，去复查过好几次，医生说已经痊愈。接下来，马文获准送她回家，一路上，他有些亢奋，觉得事情发展到这一步，基本上应该算是有点眉目。一个女人把自己最隐秘的事情告诉你，这并不是一般的信任，意味着你们之间的关系已经非同小可。事态的进一步发展似乎不言而喻，马文感到一阵阵冲动，血管里仿佛有只老鼠在上蹿下跳，这样的机会说什么也不该白白放过。他心中正在默默盘算，何时出击才是恰到好处。黄晓芬显然也感觉到了他表现出来的躁动不安，在出租车里，她碰了碰他的手，马文像捉什么东西似的，一把捏住了再也不肯松开。

还是在掏钥匙的时候，马文就迫不及待地想拥抱她，可是进了门，他很失望地发现她八岁的儿子正趴在吃饭桌上做功课。黄晓芬也有些吃惊，问儿子今天怎么这么早就放学了。儿子懒洋洋地哼了一声，很不友好地白了马文一眼。黄晓芬对儿子说这说那，显然是在敷衍他，说了一会儿话，带马文参观她的住处。她把他带进了自己的卧室，随手带上了房门，正准备说什么，马文十分冲动地伸出手去，按住了她的两个乳房。这时候，马文脑子里一片混乱，只觉得自己手下按住的是两只蜷伏在那儿的小鸟，小鸟的嘴硬硬的，好像正在啄他的手。就这么僵持了好一会儿，外面传来了激烈的踢门声，黄晓芬的宝贝儿子在外面大声喊着：

“妈，我要看电视！”

黄晓芬推开马文，打开房门，让儿子进来。唯一的一台电视就放在她的卧室，儿子进来后，跑过去打开电视机。黄晓芬观察着儿子的脸色，儿子也回过头来，对他们看。马文的脸上露出十分尴尬的笑容，他做出对正在播放的电视节目也很有兴趣的样子，但是小男孩根本就不领他的情。马文注意到小男孩眼里有一种很恶毒的冷漠，看一会儿电视，便扭头白马文一眼。很显然，他这是在监视马文。马文感到有些心虚，浑身都不自在，黄晓芬问他是不是去小孩房间坐一会儿，他竟然脱口说了一个“不”。

她没想到他会说不，怔了一会儿，说："也好，我去烧点水，泡杯茶，你看，一直让你干坐着！"

马文心猿意马地看着电视，他无意中扭头，看到床头柜上放着一小管药膏，出于好奇，他将那药膏拿起来，正准备看，突然想到黄晓芬谈起的性病，犹豫了一会儿，仔细看写在药管上的小字。正看着，黄晓芬走了进来，马文下意识地赶紧放下，她清楚地看见了这一切，但是装作若无其事。这以后，水烧好了，沏茶，马文一杯接一杯地喝着，一趟接一趟去厕所。到天快黑的时候，他终于和黄晓芬一起走进她儿子住的小房间，小家伙还在隔壁卧房看电视，马文觉得自己已经不像一开始那么冲动，他甚至都不想做那件事，只不过是一种惯性在起着作用，让他不得不表示一下。他将房门带上，搂住了她，手又一次不安分起来，但是，这次黄晓芬没有让他再得逞，她将他的手从自己的小腹上拉开，很果断地说：

"不！"

第三章

1

李义对马文感到很失望，尽管马文一再强调，每次都是女方看不中自己，但是李义坚信他这是在说谎。“如果你存心要找个人的话，别说一个老婆，就算是十个八个，也早就找到了。不是我想伤你马文，也不撒泡尿照照自己，你说你一个看大门的门卫，穿一身像人民警察的制服，就真以为自己是公安人员了。对了，就连这门卫的差事，都还是临时的，你有什么理由挑肥拣瘦？”李义一有机会便数落马文，他发现自己已经黔驴技穷，能够搜罗的单身女人，挨个地都与马文见了面。“你真是把我坑苦了，再这样下去，派出所非找我不可，我这不是成天在为你拉皮条吗？真是的，我吃错了什么药。”

有一天，李义去附近的美发厅理发，在那遇见一个刚死了男人的年轻小寡妇，人长得有模有样。美发厅老板和她认识，劝她别太伤心，要想开一点，让她过一阵找个男人，重新开始生活。理发理到一半的李义忽然冲着镜子大叫起来，说自己手头就有一个很不错的男人，他的话过于冒昧，结果没一个人搭理他。美发厅里突然变得很安静，隔了一小会儿，那小寡妇很生气地骂了一句：

“神经病！”

李义回去把这事说给马文听，马文听了便笑。李义说：“你还有心思笑，我都差点真成神经病了。”

“这叫皇帝不急，太监急，是我找对象，你那么急吼吼地干什么！”

“马文，你不要得便宜卖乖，把话说说清楚，谁是皇帝，谁是太监？”

马文看李义是真的有些不高兴，连忙说：“自然我是太监，你是皇帝。我不是太监，起码也是英雄无用武之地。不瞒你李义，我是真憋不住了。我是男人，我又没有什么病。”

李义私下里和杨欣经常会谈到马文，杨欣不反对为马文张罗，但是觉得李义太急，心急吃不了热豆腐。李义说，你还嫌太急，这事到目前为止，根本就没有一点眉目。杨欣说，你是不是觉得和我结婚了，心里有一点对不住马文，所以这么急着给他找对象。杨欣发现李义在偏执这一点上，和马文相比，有过之无不及，唯一的不同只是兴奋点不一样。马文喜欢在小事上斤斤计算，为一个芝麻，可以丢掉一车西瓜，李义却是认准一件事，不管与自己的切身利益是否有关系，不达目的誓不罢休。如果说在一开始的时候，他为马文介绍对象，还是想将他从这套房子里赶出去，到后来，已经发展为对自己能力的评估问题。天下无难事，只要肯登攀，世界上怕就怕认真二字。“我就不信不能把这件事摆平，”有一天，李义忽发奇想，很激动地对杨欣说，“看来是非拿出点毒招不可了，舍不得孩子套不着狼，我已经想好了一个锦囊妙计，让马文和我姐见面。杨欣，你说我姐这人怎么样？”

2

李义很认真地问马文，作为男人，他会什么绝活。马文想了半天，摇头说没有。李义又问他原来是干什么的，只知道他是技术员，可究竟什么技术，一直没弄清楚。马文不好意思地说自己只是绘图，算不上什么尖端技术。李义说："知道你没什么大能耐，真要有，也不会让你下岗了。"马文申辩说，自己不是下岗，是提前退休。李义说这有什么区别，搁在国外，都叫失业。"我的意思，是你能不能给我姐露两手，证明自己还是个男人。"李义把自己设想的蓝图说了出来，他注意到马文的眼睛瞪大了，连忙为自己的话做解释，"我是说，你得露几手女人不能干的事情，譬如修个电视，给洗衣机换个零件。"

马文说："那我去帮她换煤气，煤气瓶我还扛得动。"

李义叹气说："人家是管道煤气。"

李义和马文坐出租去李芹家，在路上，马文忽然想到地问李义，他姐今年多大了。李义不以为然地说，我姐当然比我大。马文执着地要李义正面回答，他姐姐李芹究竟多少岁。李义说要回答一个准确的数字，得先让他把自己的年龄想清楚。马文不耐烦地说："这么简单的事，你说哪一年出生的不就行了。"

"你要是早一点直截了当地问我，我姐是哪一年出生，不就什么问题都没了？"

李芹对弟弟李义和马文的突然来访感到十分意外，虽然事先已经通了电话，但是李义神秘兮兮的，并不肯明说他们的来意。看得出，李芹李义姐弟的关系很好，属于无话不说的那种。李义到了她那里，大大咧咧地挂长途电话，一说就是半天。马文有点不知所措，和李芹有上句没下句地敷衍着。李芹住在郊外一套很豪华的房子里，一看就是很有钱的样子，马文早听说郊外住着很多有钱人，今天是第一次有机会见识富人的豪宅。据李芹说，她的这套房子是这一片别墅中规格最差的一种，当时一下子拿不出那么多钱，因此只好将就。

李义一旁插嘴说："我姐是富人中的穷人，要不，就是穷人中的富人。"

李芹说："别瞎说，我根本就没什么钱。"

李义说："我又不跟你借钱，人家马文也不会跟你借，别慌着哭穷。"

李芹带着马文参观自己的房子，多少有些卖弄的意思，告诉他为什么要这样安排那样设计。马文想这么好的房子，反正与他无关，也就没什么吃惊，无论李芹怎么介绍，他就是不说好。倒是李义时不时还要发出感叹，说这才是人住的房子，房间多得都数不清，一圈转下来，他悻悻地说："看看人家，再想想我们，我们现在住的，怎么能叫人住的房子，我们他妈的根本就不是人！"

马文说："各人各福，你觉得自己不是人，我还不这么觉得，人嘛，本来就分三六九等。有人住好房子，住大房子，有人呢，像你我这样的，天生只配住小房子和不好的房子。"

李义说："你这话什么意思，是骂我姐，还是夸我姐？"

李芹不明白这两人来干什么，坐了一会儿，李义便嚷着要为李芹做些事。"姐，你是一个人，有什么不方便的，就跟我和马文说一声，我们帮你做。"李义的话让李芹更摸不着头脑，李义屁颠颠的样子，显然隐藏着什么不良的用心。她知道他最喜欢干一些不三不四的事情，小时候李义常玩的恶作剧之一，是把李芹书包里的课本，全部换成一些毫不相干的杂书，等她上课时再发现，一切已经完了。这样的恶作剧一次两次也就罢了，偏偏李义老是没完没了，结果李芹去学校上课前，一定要认真地检查一遍自己的书包。

李义决定帮李芹清洗油烟机。这是个自说自话的荒唐决定，因为李芹认为此举完全没有必要，小区门口经常有清洗油烟机的人，花不了多少钱全解决了。李义很严肃地说："这不是钱的问题，你可是一个人住，人家看见有个单身女人住这，住这么好的房子，非起邪念不可。马文你说是不是，马路上的人，怎么可以随便喊回家呢？"

两个男人开始笨手笨脚地拆卸油烟机，大卸八块。马文不止一次看人干过这活，自以为简单，没想到真拆下来，怎么也没法重新安装。李义说，你这家伙真笨，说好了你拆我清洗，最苦最累的活我都干完了，你却没办法把它恢复原状。马文只好承认自己笨，红着脸让李义帮忙，李义没法跟他急，说拆是你拆的，自己拉的屎，当然应该自己吃，我凭什么帮你来擦这屁股。他嘴上这么说，忙还是不得不帮，然而他也是个大笨蛋，忙了半天，把一个好端端的灯泡弄坏了，仍然解决不了问题。两个人都是累了一头大汗，最后还是在李芹的协助下，才把油烟机安装好。事实证明女人的直觉很可怕，李芹不过是在旁边看了几眼，也没存心想记住，只是凭感觉认为应该这样，结果证明她完全正确。

从李芹家出来，李义不无得意地问马文："喂，觉得我姐怎么样？"

马文不吭声。

李义有些不高兴："这是什么意思，有话快说，有屁快放！"

马文说："你姐姐太有钱了。"

李义笑起来："有钱有什么不好？"

"有钱当然好。"

"可是我听你那话中间的意思，是并不好。"

马文又不吭声，隔了一会儿，他小声地嘀咕着："不但有钱，而且也还算漂亮。"

"漂亮难道又不好？"

"当然好。"

"好？"

"好——"马文的语调中仍然有些犹豫，他的眼睛望着窗外。

李义十分傲气地看着他，忿忿不平，粗着气说："有钱，漂亮，总不能说是缺点。老实说马文，你真不配我姐，你不配。别以为谁想硬塞女人给你，你小子不识抬举，不是东西，别摆什么谱，傲气什么，就因为我姐比你大了几岁？我告诉你，女大三，抱金砖。这事就算是你肯，我姐还未必乐意呢！"

3

马文给李芹留了呼机号码。物业管理公司为了便于管理，专门为每个门卫配置了寻呼机，但是马文从不把呼机号码告诉别人，因为觉得没人会找自己。现在只要是个人，都可能会有个手机，李芹问起今后联络方式，或许只是为了撑面子，有呼机总比什么都没有强，马文竟然神使鬼差地说出了自己的呼机号码，李芹因此成为公司之外唯一知道呼机号码的人。

李芹给了家庭电话和手机号码，马文到手就丢了，他想事情至此差不多就结束了，和以往一些见面的情形相仿，自己绝不可能主动再和她联系。因此，当呼机突然响起来，正在上班的马文懒洋洋地去回电话，他的声音并不友好："喂，谁呼我！"

李芹在电话那头笑着说："哎约，怎么这么凶！"

马文说："你是谁？"

"你猜呢？"

马文不耐烦地说："我这人耳朵背，听不出来。"

李芹只好不和他绕圈子，说："我是李芹，李芹，李义的姐姐。"

马文赶忙连声致歉。

李芹于是问他明天有没有空，说她家里要换隐形纱窗，希望他能过去帮帮忙。马文脱口而出，说要上班，又问这事为什么不喊李义。李芹有些失望，说你真要上班，那就算了。马文说自己可以跟别人换班，不过可能很麻烦，如果是大后天就好了，他正好轮休。李芹说，她可以跟工人说一下，看看能不能改在大后天，或者干脆就算了，她另外找人吧。马文以商量的口吻说，还是先跟工人打个招呼，实在不行，他就跟别人换班。李芹好像并不在意一定要他去，说又不是什么大事，你真有难处就算了。说完，不等马文再说，已经把电话挂了。马文顿时感到有些空落落的，话还没有说完，究竟还要不要他去，不说清楚真让人很难受。他喜欢把话说得明明白白，像现在这样话说到一半算什么。

马文向小组长请示，准备跟人换班，都说好了，又打电话给李芹。李芹接到他的电话，一点都不领情，说你来不来根本无所谓，她喊别人也很容易，再说，她已和工人说好了，日子已改在大后天了。马文听了，连声说："这样最好，也不用换班了，虽然我已经打了招呼，能不换最好，上次有人想跟我换，我就没肯换，这次我又去求人家，真有点不好意思。"李芹还是一再强调他去不去都可以，但是语气有明显的变化，她似乎很满意马文把这事当真。

到了那天，他一早就起来，路很远，是骑车去的。李芹很吃惊他会那么大老远的骑车过来，说你干吗不打车，这路费我可以给你报销。马文说这点路算什么，自己还没到那种弱不禁风的地步。安隐形纱窗的人，到中午才来，一共四个小伙子，忙了一个多小时，就把活全部干完，一算账，将近三千块钱。马文说，不就是换个纱窗，怎么这么贵。李芹说，是太贵了，可是这里蚊子太多，老式的纱窗解决不了蚊子问题，现在的蚊子坏得很，无孔不入，都从旁边的缝隙里钻进来。负责算账的工人说：

"这还叫贵，就你这院子，前面那一家，换一换，将近五千块钱，你们家真不算贵了。"

打发了工人，李芹与马文一起收拾残局，扫地，擦窗台。等一切都弄完了，她说，今天你劳苦功高，请你吃个便饭。李芹告诉马文，住宅区外不远有一家小馆子，装潢得很漂亮，价格也不贵。马文觉得他没什么理由推辞，心里只是感到好笑，因为过去的几个月中，在李义的关怀下，他马不停蹄地和各式各样的女人见面，稍稍有点眉目，甚至一点眉目也没有，都要到小馆子里去吃一顿，而且照例都是他请客。男人请女人吃饭仿佛天经地义，有戏无戏都得吃，好像不吃这么一顿，就没别的事情可以做。也许对于女人来说，男人请吃饭意味着是给面子，因此马文提出今天应该由他作东，李芹说："你真要请我，下次吧，我们找个好馆子，今天让你请，太便宜你了。"

马文平时并不是个很幽默的人，可是今天他变得特别会说："我可不能跟你比，我们是穷人，高档馆子请不起的。不瞒你说，高档馆子我还没进去过。"

李芹格格笑起来，说："好吧，既然你说实话，下次还是我请。"

马文说："我这人没出息的地方，就是嘴馋，你最好能天天请我。"

李芹说："那我得开个馆子，跟你说，还真有不少人提这样的建议，说是开馆子肯定赚钱。"

马文突然想到了黄晓芬，没兴致继续就这话题谈下去。李芹出手阔绰，点了许多菜，马文的胃口不错，猛吃，有些担心自己的吃相太难看。李芹却安慰说，男人能吃是好事，说她最看不惯比女人还女人的男人，吃什么东西都是一点点，而且这个不吃那样不碰。这顿饭吃得很愉快，终于吃完了，便告辞，大家互相致谢，马文是因为这顿吃，李芹是因为他今天为她花了大半天时间。到晚上，刚吃过晚饭，马文的呼机又响了，是李芹打来的，他跑进杨欣的房间接电话。这电话原来是放客厅的，马文平时几乎没什么电话，杨欣自作主张地将话机移到了卧室。马虎是第一次发现马文有呼机，兴致勃勃地跑到他身边，要研究他的呼机，马文一边打电话，一边不让儿子捣乱。

李芹说："我想也不能太便宜你，高档的馆子请不起，小馆子总得请我吃一顿吧。”

马文柔声细气地说：“这没什么问题，大男人一个，怎么敢赖账。能请你吃饭，这是给我面子，喂，你看什么时候好？”

李芹笑起来，说：“一个星期以后，不，早吃晚吃都是吃，索性三天，你看我跟你一样馋，都有些迫不及待了！”

马文说：“迫不及待好，都说心急吃不到热豆腐，这话其实是有问题的，都什么年代了，不心急怎么行，心急才能真正把事办好。我告诉你，我这人所以没出息，就是性子太慢。”

马文挂完电话，才意识到杨欣和李义正对着自己看。杨欣从没看见过他用这种腔调说话，因此对他说话的语气不无挖苦，说士别三日，怎么一下子变得像个花花公子。马文说，这要感谢李义，是李义给了他久经沙场的机会，人只要有机会锻炼，什么本事都能学会，再说了，和女人打交道有什么难的。李义看着马文的表情，也吃惊他的进步，很认真地提醒他不要得了便宜再卖乖。马文很从容地打量他们的新房，虽然是挨着的邻居，还是第一次有这样的机会，他以一种从来都不属于自己的语调说：

“谁得便宜卖乖了，李义，你把话说说清楚？”

李义叹了一口气，反问说：“谁应该把话说清楚？”

4

马文的儿子马虎和李义之间的关系非常融洽。这小家伙有运动员的素质，学校开运动会，报名跑一千米，竟然全校第一，一大群高年级学生远远落在后面。体育老师和马文谈话，说马虎练长跑，很可能会有出息。马文说，长跑有什么前途，马家军都是女将，我儿子要练就踢足球，长跑跟傻子似的，老是跑，没意思。马文和杨欣离婚之后，谁也不认真管小孩的学习，李义进了这个家以后，义不容辞地将教育小孩的任务担当起来，不仅天天检查马虎的功课，还用一大堆道理说服他练习长跑。

李义最绝的一手，是不知从什么地方弄了一条狗回来，马虎因此一连兴奋了多少天。李义借狗的目的，是要训练马虎练长跑，天天一大早起来，他自己跑不动，就骑自行车，让狗和马虎一同跑，这一招十分管用。马虎一边跑，一边和那狗闹着玩。刚开始，马虎不是狗的对手，渐渐地，那狗反而不是马虎的对手。马虎的进步让学校的体育老师感到震惊，将他推荐到省体校，每周进行一次近乎专业的培训。

马文发现儿子自从李义搬来住，和自己的关系越来越疏远。令人难以置信的是，马虎小小年纪非常实用，他才不在乎什么血缘关系。有一天，马文把儿子拉到一旁谈话，说你这小子怎么回事，见了我老是躲。马虎一边和狗斗着玩，一边心不在焉地说，你又不是什么大老虎，躲你干什么。马文有些悲哀地说："你现在跟我根本没什么话说。"

马虎满不在乎，说："我本来就没话要跟你说。"

马文说："你现在究竟是喜欢爸爸，还是喜欢你那位叔叔？"

"我无所谓。"

"什么叫无所谓。"

“无所谓就是无所谓，反正，反正我也说不清楚。”

马文套近乎地问儿子，自己真要是搬出去住，他会怎么想。马虎看着马文，大眼睛滴溜溜地转圈子，不说话。马文以为他是舍不得自己搬走，没想到马虎会直溜溜地来一句：“你走了，叔叔就帮我买一台跑步机，这样，我在家就可以练习跑步了。”

马文悻悻地说：“妈的，你这不是盼着我滚蛋吗？”

“本来就是。”

“就是什么？”

“妈妈说了，你是有意赖着不走。”

“我就是有意赖着不走，又怎么样？”

马虎看父亲是真不高兴，不往下说，隔了一会儿，老气横秋地劝马文：“爸爸，你赶快找个阿姨算了。”

马文咆哮说：“我明天就带个漂亮阿姨回来，你告诉你妈，我就是不走，告诉她，不仅不走，我还要带个女人回来。这是我的房子，我有这个权利，是不是？马虎，你就这么跟你妈说。”

马虎不愿意再搭理他，马文还想再和儿子说几句，马虎翻了个白眼，扭头就走。马文气得直想揍他，转念一想，这样的儿子如果再揍一顿，与自己就更没感情。于是，他憋着一肚子不痛快，等李义和杨欣回来了，自己一个人躲在房间生闷气，听见他们在外面有说有笑，恨不得冲出去寻衅吵上一架。第二天，和李芹在一家馆子见面，马文发现自己气已经消得差不多，便把和儿子说过的话，又绘声绘色地描述了一遍，李芹听了直乐。

她笑着说：“难怪大家都讨厌你，你已经成了钉子户。”

马文说："我就做钉子户，干脆谁也别想痛快。"

"你为什么不能成人之美呢？"

"我为什么要成人之美！"

这时候，马文和李芹的关系已大大地前进了一步。一起在外面吃了好几顿饭，目的当然不只是在吃饭上，但是不约吃饭就没有见面的借口，于是老一套的重复，吃了这顿又约下顿。还是在一起吃第二顿饭的时候，李芹就以一个大姐姐的口吻向马文挑明，他们之间的关系不会有任何结果。她的弟弟李义显然是想到了一个馊主意，他根本不知道她其实早就对婚姻没了兴趣。"这辈子绝对不会再结婚，我已经吃过婚姻的苦头，不会再做同一件傻事。"李芹说自己可能会跟男人来往，但是来往和考虑婚事有着本质的区别。她已经为男人的事太伤心，不想在已经弥合的伤口上再撒上一层盐。她的话让马文深有同感，所谓英雄所见略同，有了这样的开场白，两个人的交往反倒容易相处，因为不用谈婚论嫁，双方都有很大的自由空间。李芹说，她很感激李义能关心自己，说自己有时候的确很寂寞，需要有人关心她爱护她。

有一天，李芹花了很多时间来谈李义小时候的事情，她说他从小就是一名好发奇想的孩子，而最大的优点，就是喜欢帮助别人，做什么事都愿意替别人着想。她的用意或许是替李义说些好话，既然事情已经发展到这一步，马文和李义能像朋友一样相处，这本身就很不容易。马文听她好好地夸了一番自己的兄弟，也不打断她，由她说下去，等她兴致勃勃地说完了，他十分平静地说：

"你这位兄弟什么都好，就是把我好端端的家庭拆散了，这可不太好。”

李芹一怔，看着他，说：“你是不是到现在为止，还为这事记仇。”

马文模棱两可地说：“要说不记仇，这是假的，真要说记仇吧，也不是那么回事，反正一想到这事，就没意思。”

李芹说：“所以你现在和他们住在一起，真的是大家都很难受。你嘴上说自己要做钉子户，我看也未必是说的真话。不过是嘴上说说而已，你们其实都会觉得别扭，当然，如果不别扭也太不正常。你知道，有时候，我看你和李义像朋友似的，心里就嘀咕，我就想，这两个家伙会不会是在做戏？”

5

马文开始天天到杨欣的房间里去接电话，吃了晚饭不久，电视打开了，黄金时段的连续剧刚开始，李芹的电话差不多也就来了。一连多少天都是这样，杨欣终于忍不住，对马文摆了脸，说明天把电话移到客厅去，老是这么到我们房间打电话，影响人家看电视。马文只当没听见，对着话筒没完没了。杨欣发现他这一阵的脸皮突然变得很厚，变成一个她已经完全不熟悉的马文，他打电话时谈笑风生，那劲头就好像是在电视剧中。马文似乎存心要表现自己情场上的得意，他表现出的那股热情，远远超过了他们当年的谈恋爱。有一天，马文竟然会毫无顾忌地对话筒说出非常露骨的话，惊得正在看电视的杨欣和李义目瞪口呆。

杨欣和李义常在背后研究他们之间究竟发展到哪一步了。杨欣认为这两个人肯定有事，要不然马文说话绝不会是这种腔调，孤男寡女干柴烈火，又都是过来人，有什么好含糊的。李义吃惊她会这么赤裸裸地表达自己的想法，两人经过一番讨论，得出一致的观点，不管有事没事，早点把马文从目前的这套房子里撵走，就是最大胜利。有一天，李义打电话给李芹，直截了当地问她和马文之间已经怎么样。李芹说："你想知道什么怎么样？"

李义说："你们是不是已经上过床了？"

李芹说："上过怎么样，没上过又怎么样？"

李义说："这有什么怎么样，上过就是上过，没上过就是没上过。"

李芹不做正面回答，问马文是怎么说的。李义说自己没有问过，可是看他那得意劲，八九不离十。

第四章

1

马文和李芹之间最尴尬是第一次，李芹给了他一个大号进口的避孕套，十分抱歉地说：“这还是我丈夫留下来的，可能是大了些，你凑合着用吧！”马文因此很别扭，一边做事，一边走神。到了第二次的时候，坚决不肯用避孕套，李芹有些担心，马文说：“我告诉你一个黄段子，说是蒋经国当了总统，到台湾前线去慰问，听说老兵中性病很严重，便问为什么不使用安全套，一位老兵非常认真地说，蒋总统，你洗脚的时候，是不是穿袜子？蒋经国摇摇头，老兵笑了，说既然明白这道理，干吗还要问呢。”

不久，马文无意中发现了李芹丈夫的照片，照片上的他根本就不是伟丈夫的模样，因此向李芹提出疑问。李芹扯的谎被戳穿，老老实实地说：“既然你问了，我可以告诉你，那玩意也不是我丈夫留下来的，是他的司机的。”原来李芹丈夫自从有了外室以后，基本上与她没什么来往，只是每月派健壮的司机送一次钱来。那司机二十刚出头，跟着老板见多识广，不费吹灰之力就把处在寂寞中的老板娘给办了。有一段时候，他每个月都要到这来快活一天，直到有一天，李芹突然发现自己丈夫不仅是知情者，而且是阴谋的总策划，气得立刻和那小伙子断绝了来往。她打电话把丈夫一顿痛骂，她丈夫说，你这是好心当作了驴肝肺，是他妈哑巴讨老婆，心里高兴，嘴上说不出，明明自己快活了，偏要装什么假正经。

马文开始没完没了地向李芹吹嘘自己的艳遇，编了一系列的故事，这种故事让他感到兴奋，感到快活。李芹总是不动声色地听着，不发表任何评价。最后马文有些不好意思，像瘪了气的皮球，说你是不是觉得我吹牛。李芹说，你吹什么牛，有女人喜欢你，这才是好事，你看我就喜欢你。马文无话可说，只好夸奖她是那种不会吃醋的女人。

李芹说："谁说我不吃醋，凭你我这种关系，我们配吃醋吗？"

马文说："不一定，我就有些吃醋。我一想到你过去丈夫的那个什么司机，心里就不自在，尤其不自在的，是你竟然让我用他剩下的避孕套——"

李芹说她并没想到他会在乎，既然大家都是逢场作戏，也就没必要太计较。她解释说自己当时也是逼急了，因为她一个单身女人，不可能不考虑到怀孕的严重后果。马文的情绪有些低落，说男人和女人不一样，男人最忍受不了自己戴绿帽子。李芹没想到他会突然冒出这么一句，不知道应该如何接茬，呆呆地看着他。马文让她看得不好意思，情不自禁地透露出了老实话："我是个没用的男人，倒是想和很多女人有事，可除了你之外，我没做过对不起杨欣的事情。"李芹没有什么反应，好像早就知道他吹嘘的那些风流故事全是假的。马文又叹气说："我知道你觉得我没用，男人都是有贼心没贼胆。"

李芹说："在我面前，你的贼胆并不小。"

马文说："那也是在你的鼓励下。"

李芹脸有些红，说："这是什么话，你的意思是我勾引了你？"

2

马文的脸上开始按捺不住得意，杨欣和李义迫不及待地问他打算什么时候搬出去，他很严肃地反问：“我为什么要离开这儿？”马文的话让对方非常失望，李义这一段偶尔把女儿接来，他的前妻新近刚结婚，母女之间的关系有些不融洽。这丫头像她母亲一样要强，处处都要和马虎比个高低。一开始，马虎因为她是客人，还让着她，渐渐地便不太客气，于是两个孩子又吵又闹，又分别告状，弄得李义和杨欣也不愉快。

马文很喜欢坐山看虎斗，这好像还不够乱，他常喊李芹过来玩，来了便是打麻将，四个人正好一桌。有时候玩牌晚了，李芹就住下来，刚开始也做做样子，李芹和杨欣睡，李义到马文这屋来，很快就不讲这一套。李芹动不动要对马文做出亲热的样子，杨欣看在眼里，心头很不舒服。有一天，这套房子里就剩下马文和杨欣两个人，杨欣气鼓鼓说：

“和李芹这样的老大姐在一起，是不是很有意思？”

马文似乎一直在等待这种挑衅，他懒洋洋地说：“什么意思不意思，还不就是这么回事。”

杨欣追问他是怎么回事，马文笑而不答。

“马文，你知道不知道，你现在变得很坏？”

“我就是想变得坏一点。”

“你已经变坏了。”

“那我就谢谢你的夸奖和鼓励。”

这是六月里的一天，天忽然转热，杨欣只穿了一件汗衫，一条白颜色的短裙。因为是在马文的房间，他想既然是你送上门的，胆子就有些大，两人有一句无一句地聊着，他突然伸出手去，在杨欣的腰里捞了一下。杨欣也没过多抗拒，两人在房间里闹着玩似的扭打了一会儿，就重温了一场旧梦。事后，杨欣说这不好，马文说有什么不好，我们本来就是夫妻。杨欣说，本来是，但是现在不是。马文笑着说，现在不又是了吗？杨欣说他赖着不肯搬出去，是不怀好意。马文笑得更得意，说自己当然不怀好意。

李义回来毫无察觉，杨欣照样有说有笑，马文也跟什么事没发生一样，跑到他们房间里去逗儿子玩。杨欣与儿子的关系趋于紧张，现在他在这个家里，第一是听李义的话，其次是听马文的，对于杨欣则有一股逆反情绪，越是不让干的事，越要干。李义说起自己单位里发生的一件有趣的事情，说得大家开怀大笑，因为故事有些带荤，马虎不是十分明白，追着杨欣问，杨欣不理，又问李义。李义说你还是小孩，等大了，自然会明白。马虎不服气地说：“你才是小孩呢，我知道你们说的是什么意思。”

马文说：“知道了你还问？”

马虎说：“我知道你们说的是下流事。”

于是都笑，马虎说你们这是阴险的笑，大家笑得更厉害。这之后，水到渠成顺理成章，很快又有了下一次机会，杨欣仍然先抗拒，说上次已经属于意外，应该下不为例。她说这样对不起李义，你要想报复他，目的也达到了，而且这么做，也对不起李芹。马文说他不想报复谁，也不觉得对不起谁，既然事情发生得很自然，就不应该拒绝老天爷的安排，恭敬不如从命。由于这是偷情，是越轨的行为，大家更感到刺激，更感到兴奋，结果是一而再，再而三，这事竟然没完没了。毕竟住在同一套房子里，要想寻找机会太容易，杨欣又天生是个胆子大的女人，喜欢冒险，有几次半夜里起来上厕所，悄悄地爬到马文的床上去，抓紧时间温存一番，速战速决。有一天，她突然想到似的，不无担心地问马文，如今有两个女人要敷衍，难道他就不觉得累。

马文说："两个男人你都对付得了，我为什么害怕两个女人。"

3

中秋节前夕，李芹又来打麻将，打到很晚，李芹让哈欠连天的马文送她回去。一路上，当着出租司机的面，她像审贼似的问他，是不是和杨欣有不正当的关系。马文矢口否定，李芹说你不要装腔作势，凭女人的那点直觉，我知道你们之间有问题。马文说，我现在是有女人的人，如果我没有你，这么想也正常，你今天是怎么了，赢了钱还要找不自在。李芹说她现在终于明白了，李义所以急着要让马文搬走，实在是有他担心的道理。男人都不是东西，即使像马文这种看上去老实巴交的人，也不是东西。马文由她去说，说到临了，知道她昨天刚去检查过身体，以为自己有什么病，结果却是什么都没有。

李芹让马文搬到她那里去住，马文慢悠悠地说，我们又没结婚，明目张胆住一起，怕是不太合适。李芹说，你从来没跟我提过结婚的事。马文说，这怨不着我，是你说自己不打算再结婚，你既然不想再婚，我硬逼着也不行。李芹说那是过去，女人没有不想结婚的，男人是想找个女人玩玩，女人是想找男人过日子。马文说，那我看错你了，原来以为你和别的女人不一样，结果也没什么两样。李芹顿时有些急，板起脸来生气，要撵他走，马文便想趁机溜，李芹真火了，说你若是走了，以后再也别回来。马文没想到她会这样，说又不为什么，干吗发这么大的脾气。

李芹见他软了，说："你走哇。"

马文说："我走了，你不让我回来了，我当然不敢走。"

李芹内心也舍不得他走，嘴上还硬："走哇，反正迟早还是走。"

结果是和好如初，两人终于上了床，马文一边做小动作，一边打哈欠。李芹说这事到明天早上再做，你也累了，只要搂着我睡就行。马文于是顺水推舟，不再勉强，李芹一言既出，不能再有什么表示，只好心不甘地说了一句："马文我告诉你，我绝不会逼着你娶我。"不一会儿，马文已经睡着，轻轻地打着呼噜。李芹没有困意，胡思乱想，到天亮才睡着。第二天，李芹问马文还记不记得昨晚她说过的话，马文有些迷惑，李芹说我知道你没往心里去，马文说："你说过的话太多，我怎么知道是哪一句？"李芹无可奈何，把绝不逼他娶自己的话又说了一遍。

马文说："要是我提出和你结婚呢？"

"那我就得好好地考虑考虑。"

"考虑什么，实话实说，别绕弯子。"

“我想可以有个孩子，有个我们自己的孩子。”

4

李芹买了一辆小车，马文和杨欣离婚前，曾跟她学过一阵驾驶，因为有基础，很快就拿到了驾照，于是三天两头载着李芹出去兜风。李芹是个很有钱的女人，有多少钱，马文没有问过，反正知道她有钱，因此让她花钱心安理得。刚有车那阵很热闹，东奔西跑，到处乱窜，还常常开着车子去上班，一起上班的同事羡慕地对马文说：“了不得，你现在是有私车的人，再干保安这差事，怕是不合适了。”

马文说：“怎么不合适，前几天经过一个农民私设的收费站，见谁拦谁，可是一看到我这身制服，屁都没敢放一个。”

“人家要知道你是保安，饶不了你。”

“什么叫饶不了我，我不上中央电视台的《东方时空》告他们，就算是便宜的，你说这是不是可以上电视曝光。”

马文成为大家眼里快乐幸福的人，他的得意洋洋就在脸上大明大白写着，走到哪儿都带着。可惜这种快乐幸福的生活，临了被杨欣和李芹的一次谈话，活生生地给打断了。在一场看似无意的谈话中，杨欣不怀好意地坦白了她和马文之间发生的事情。这显然是经过精心策划的，李芹做出一切都在预料中的样子，尽可能地想保持平静，但是还是有些克制不住。她不知道自己说什么才好，板着脸问杨欣是否觉得对不住李义。

杨欣说：“如果李义和他的前妻有什么事，我想我能够容忍。”

李芹眼睛瞪多大的，说："别说容忍不容忍，问题是李义和前妻有没有事？"

"我想是没有。"

"既然没有，说这话就没意思。"

"如果你觉得没意思，当然就没意思。"

事后李芹才想明白这次谈话中的潜台词，她觉得杨欣的做法很无理，自己没有任何歉意，却还在暗示李芹应该容忍这种事。真亏她说得出口，李芹觉得自己有理由和马文大闹一场，骂他个狗血喷头。很多事都是事后越想越窝囊，李芹完全有理由把杨欣也痛骂一顿，因为她显然在暗示，马文所以会和她好，只是看中了她的有钱。换句话说，作为女人，李芹并不可爱，可爱的不过是她的钱。有了这样的看法，杨欣才敢如此肆无忌惮，她那样的女人从来都不在乎会伤害谁。今天她这么对李芹说，很可能明天又会理直气壮地去告诉李义。

由于马文没有任何心理准备，对李芹的又一次质问守口如瓶，既然有上一次搪塞的成功经验，他打定主意坚决抵赖。但是这一次李芹并不准备放过他，先是好言相哄，接着是恶语相加，最后大骂他是个吃软饭的家伙。马文被他骂急了，说我确实是个没用的男人，打人不打脸，你何苦用这种话来伤我。李芹说你脸皮厚，伤不了的。

"怎么伤不了，我已经很受伤。"

"那是别人让你受的伤，跟我没关系。你知道我现在终于明白了什么事？当初你老婆为什么要跟你分手，就是因为你不像个男人！"

"我是不太像男人。"

“你当然不像男人。”

“我没说我像男人。”

马文一味服软，李芹只好再来软的：“杨欣都承认了，你还一口抵赖，这有什么用？”

“她承认是她的事，我就是不承认。”

“你们原来是夫妻，真有事，我也不会太吃醋。”

“你不吃醋，我也不会说有。不说，打死我也不说有。”

马文还是不肯老实就范，李芹便再一次暴跳如雷，能想到的狠话都说了，扔了一个热水瓶，打碎两个茶杯，还撕了几张报纸，然而他仍然一副死猪不怕开水烫的架势。李芹没办法，只好请他滚蛋。马文赖着不肯走，李芹说你再不走，我就打电话喊110来。马文让她快喊，说110来，他省得叫出租回去。折腾了一个多小时，李芹感到累了，火也发得差不多了，心也有些软下来，想马文如果真认个错，或许还可以原谅他，她于是很伤感地说：

“我们反正是一对野鸳鸯，说分手就可以分手，你不应该这样伤我，你并不是那么坏的人。”

马文将身上的车钥匙掏了出来，又拿出皮夹子，和李芹算账，今天他在超市为她买了不少东西，多下来的钱必须还给她。李芹看出马文这是真要走人的意思，而且很可能一去不返。她喊住了他，让他把屋子收拾干净再走。马文看了看地上，拿了把扫帚过来，将地上的碎玻璃先打扫干净，然后又用拖把将地面仔仔细细地拖了一遍。他似乎是赌气干这些事，和杨欣做夫妻的时候，他什么事都做，但是和李芹在一起，他最恨的就是做家务，因为在这套豪华的宅子里做家务很伤男子汉的自尊，坐实了他是个用女人钱财的家伙。若在平时，马文说什么也不能容忍吃软饭这种话，人穷志不穷，他的忍耐早就到了极致。把拖把放回卫生间的时候，他的火气也开始大起来。

李芹说："今天走了，就不要再回来！"

马文怒不可遏地说："我当然不回来！"

出乎马文意外的，是在最后关头，李芹突然在门口拦住了他，她的眼泪直流下来，像孩子一样哭着说："我不让你走，知道你早就想走了，你别走。"

5

马文成了一块杨欣和李芹都要争的肉骨头，这肉骨头食之无味，弃之可惜。往日的平静已不复存在，现在，两个女人各用各的手段，为争夺马文这个并不起眼的男人，你死我活不可开交。杨欣的办法是明争，就像当年大闹离婚一样，她索性和李义把话挑明白了，把种种细节都说出来，甚至连床上的刺激和兴奋也没放过。李义眼神顿时就直了，仿佛已经不认识她，对着她从上到下看了好一阵，说你这个人是怎么回事，当初让你别离婚，你非要离，自己离了，又逼着我离，我离了，又纠缠着要结婚，一切还没完全安顿好，你又玩花样了。

杨欣说："我觉得这种事，瞒着你也不道德。"

"瞒着人是不道德，可就这么没事似的，对我打个招呼，就道德了？”

“我也不想这么做——”

“但是你做了，已经做了。”

“我知道这是个伤害。”

“这是往刀口上撒盐。”

“我只能说对不起。”

“撒盐好哇，盐可以杀菌。疼算什么，算个狗屎。我后悔自己当初不该离婚，现在好了，原来好端端的那个家，早没了。最对不起的是我女儿，她不像你那儿子，谁对他好谁就是他爹。”

“我真的觉得很对不起。”

“对得起，你谁都对得起，一点错都没有。说你有错那是冤枉你，你就是你，不这么称心去做，也不是你了。瞧着我姐和马文好，心里就不舒服，不舒服你就要做怪。一做怪，就什么事都能干出来。跟我说说看，下一步你还想怎么折腾？反正你生来就是喜欢让男人戴绿帽子。”

和杨欣的明争不同，李芹的手段是暗斗。事情既然已经闹开，马文只能从自己的那套房子里搬出来，搬出来容易，住哪儿却是个问题，结果只好住到李芹这来。李芹再也不和他闹了，好像什么事也没发生，连杨欣的名字也从来不提。她现在是一味地对他好，侍候大老爷一样地对待他，临了，弄得马文感到不好意思。马文说，我不是不想说真话，只是说了真话，这太伤你。李芹说，你别说了，我知道你和她之间没事。马文说，不，有事，真有事。李芹说，有事也没关系，有事就跟没事一样，你们本来就是夫妻嘛。

李芹跑到另外一个房间去哭了一场，马文手足无措，不知道是否应该进去哄哄她。现在的事情真有些麻烦，杨欣偷偷地给他打过几次电话，知道他住在李芹这里，大发脾气。让人感到不可思议的是，她虽然是别人的老婆，吃李芹的醋却非常厉害，一定要他赶快搬走。马文问她往哪儿搬，杨欣蛮横地说，往哪儿搬我不管，反正立刻得搬。就在李芹伤心欲绝的时候，杨欣又打了个电话过来，口气更严厉，没有一点商量余地。马文挂了电话，有些六神无主，李芹也哭完了，走出来，问是谁的电话。马文如实交待，李芹怔了一下，说你要离开我，得先答应我一个条件。马文问是什么样的条件，李芹说，让她有一个他们的孩子。她说多少年来，自己一直想要个孩子，原来那个丈夫这方面有点问题，看了好几家医院都不行，为此丈夫一直觉得对不起她，因此分手时，会留这么一套房子给李芹。

"知道你迟早都会离开，我也无所谓，只要个孩子，这不过分吧？"

李芹说自己对男人已经不抱什么希望，不相信天底下还会有什么好男人。她已经对前途没有信心，只想有一个自己的孩子，好好地抚育他，安安逸逸度过一生。马文被她说得好感动，突然发现自己是真的很喜欢这个女人。

第五章

这是冬季里的第一场雪，来势凶猛，整整下了一夜。李芹提议大家一起去赏雪，拍些照片，好好地谈一次话。考虑到这次谈话是最后的摊牌，某些事要做一个最后的了断，李芹建议不要带马文的儿子马虎，因为有些话，不适合当着小孩的面说。杨欣说，为什么不听听小孩子的意见，也许我们最后还都得听他的话。在开车去接人的途中，李芹很伤感地对马文说："杨欣这女人够厉害，其实就是不带上儿子，也是稳操胜券的，我说什么也不是她的对手。"

李义和杨欣带着马虎在大门口等候着，马虎一上车，对着马文的脑袋瓜就是一个雪球，弄得车厢里到处都是雪。自从事情明朗以后，李义和马文这是第一次面对面，大家都有些尴尬，脸上都不太好看。好在女人是天生的外交动物，虽然各自心存杀机，李芹和杨欣却像什么事也没发生过一样，若无其事地敷衍起来，一路上，两人大谈马虎的学习成绩。马虎最近的考试又没考好，最怕别人提起他的语文，抱怨说他们的老师神经病，总是考成语。杨欣说他这态度不对。马虎说，什么对不对，我考你几个成语试试看，你还不是不会，上次问你五个成语，一个都没答对，问你"不速之客"的"速"是什么意思，竟然好意思说是速度跑不快的客人。

李芹笑着问："马虎，真不好意思，阿姨也不知道，应该怎么说？"

"'速'就是邀请，现在知道了吧？"

李芹连忙点头，说她长这么大，今天才真正明白。马虎于是很得意，一连报出几个成语来，要大家猜。一车的大人，没几个能说得准，猜着猜着，便到了一家公园门口。大家先下车，马文独自将车开到停车场，付了存车费，脸色沉重地走回来。李芹等他走近，迎着他，和声细语地说：

“你别板着脸好不好，对了，还有李义，都别板脸，我们今天先好好地玩一玩。”

来赏雪的游客很多，都在选不同的风景点拍照。李芹也拿出相机，先给马虎拍了一张，接着给杨欣拍，杨欣也为李芹拍。噼噼啪啪拍了好几张，李芹说：“来，为我和马文拍一张。”说着，不由分说地把马文拉了过去，挽着他，让杨欣拍照，拍完了，又情意绵绵地偎在他身上，让再拍一张。然后便要回照相机，要替杨欣和李义拍照，李义赌气说他不拍。李芹说拍个照又怎么啦，搭什么臭架子。李义说，我就不拍。李芹说，我跟你合影。李义说，跟谁也不拍。李芹拗不过他，便提议拍一张大合影。马虎闹着要由他来拍，结果就真拍了一张。当时李义站那没动，是大家走过去迁就他的。

拍完照是在公园里散步，走了很长的一截路，还在一个茶座喝了茶，又继续散步，终于走到一个人少的角落里，大家不约而同放慢步伐。李芹出其不意地拉住马虎的小手，问他愿意跟爸爸在一起，还是愿意跟李义叔叔在一起。

马虎说：“我无所谓。”

李芹又问：“你是希望你妈和你爸在一起，还是希望她和李义叔叔在一起。”

马虎看了看马文，又看了看李义，说：“我希望他们都在一起。”

“这不可能。”

“为什么？”

“不为什么，反正就是不可能。”

马虎于是不说话。

李芹非要他表态：“你究竟愿意和谁在一起？”

“我，我随便。”

“不能随便，一定要选一个。”

杨欣在一旁对于这样的问话已经烦了，她直截了当地说：“算了，别兜圈子了，用不着折磨一个孩子，我们都是大人，干脆自己把话说开，心里怎么想就怎么说。李义，你先说。”

李义气鼓鼓地说：“我说狗屁。”

李芹说：“有话好好说，你别这样。”

李义又说：“我他妈想打一架。”

马虎在一旁拍手，说打架最好玩，问他想跟谁打。李义于是转过身来，朝马文脸上就是一巴掌。马文没有防备，结结实实地挨了一下。转眼间两个人便扭在了一起。马虎没想到会玩真的，在一旁吓傻了。地上滑，李义和马文很快跌倒在地，在雪地上打滚。两个大男人一会儿你占上风，一会儿我处于优势，都不像会打架的样子，各自累得气喘吁吁，不一会儿，引来了一大群看热闹的人。最后，谁也打不动了，李芹上前把他们拉开，再一次要求大家有话好好说。

李义将掉地上的眼镜捡起来戴上，说：“好好说你妈个屄，操你妈的，这种事有什么好说的。”

那么多人围着看总不是个事，李芹和杨欣挥手请观众们离开。马虎在一旁发呆，还没缓过神来，他没想到会是真的打架。有几位好多事的观众仍然不愿离去，其中一个穿红滑雪袄的女孩子兴高采烈，情绪激昂地等着进一步发生的战事。李义恶声恶气地说，有什么好看的，该走多远走多远，该上哪就去哪玩。马文也虎视眈眈地瞪着观众，他的脸上青了一块，牙缝里好像也有些血渍。李芹有些心痛地过去观察他的伤情，她这么做，杨欣也只好过去关心一下李义，然而李义丝毫不领情，一下子把她推多远的。

“我今天根本就不应该来，这是吃错了药，”平时文绉绉的李义今天粗话连篇，一口一个妈，“让我跑这来说说清楚，真他妈的是毛病，对不起，不陪你们玩了，你们爱怎么谈怎么谈，我他妈先走一步。马虎，你今天下午还要训练，我这是提醒你一声，还是那句话，去不去，是你自己的事，你不要借机逃避训练。”马虎一连声地说他不想逃避，今天这场面不是太有趣，这小家伙现在只想尽快离开这个是非之地。李义本来想一个人开溜，可是马虎这会更情愿跟着他先走。马虎目前的长跑成绩，在省里已经十分优秀，如果坚持下去，成为专业运动员似乎已不成问题。每次训练都是李义送他去，习惯成自然，今天跑这么远，怎么回去倒成了个问题。李义在前面走，马虎在后面追，一边追，一边还为怎么回去操心。李义说：“急什么，我们他妈的打出租回去。”

李义走了，剩下的人才发现其实也没什么话可谈。他们想在今天做一个快刀斩乱麻似的了断，但是有些事并不是说断就可以断的。很多事都是只能做，不能说，做了不会白做，说了也是白说。再耗下去，未必会有什么好结果，而最聪明的办法是赶快结束这尴尬的局面。马文耸了耸肩膀，说：“算了，还是先开车送马虎去训练。”

李芹和杨欣想想也对，今天的会议继续开下去已没有意义，于是一起匆匆往大门口赶。可惜已经晚了，李义和马虎走得很急，早没了影子，不可能再追上。马文让李芹和杨欣站门口别动，他去取汽车，取了汽车过来，李芹打开前门，坐在了马文身边。杨欣不甘示弱，不愿意独自一个人坐后面，也拉开前门，让马文坐到后边去，说由她来驾驶。她的用意很明显，不愿意看着马文和李芹坐在一起，马文怔了一下，无可奈何地下了车，一个人孤伶伶坐在车厢后面。

杨欣很熟练地发动了汽车，掉头，将车开到了一个三岔路口，懒洋洋地问现在该往哪开。李芹往两边看看，回头问马文，让他赶快表个态。马文不知道要去什么地方，这会儿，他脸上发青的地方隐隐有些疼。路当中站着一个交通警察，手举了起来，很愤怒地指着他们。开车的杨欣很紧张，李芹也忐忑不安，但是马文却还是心不在焉，他看着那警察，说：

“往哪儿都行，随便。”

2000 年 12 月 1 日　河西

不坏那么多，只坏一点点

第一章

1

一家豪华夜总会的大门口，张山和李斯坐在出租车里等候生意，红红绿绿的霓虹灯光透过车窗玻璃，闪烁在他们的脸上。张山一脸严肃，正说着什么。他看上去年轻稳重，胖胖的，肚子已经挺起来，身着西装背心，戴一副金丝眼镜，很斯文，像一名生意场上的成功人士。外面下着蒙蒙细雨，好几辆出租车等候在那儿，东一辆，西一辆，显得秩序很乱。偶尔会出现一个乘客，出租司机们立刻都从车厢里探出头来，扯足了嗓子拉生意。张山和李斯一边谈话，一边留心外面乘客。终于，一位西装革履的男士向他们走过来，正在听张山说话的李斯连忙打开车门，屁颠颠地问道：

“老板，去什么地方?”

那人不是要车的，是问路的，用很重的外地口音问去鼓楼怎么走。

“鼓楼?”李斯做出思考的样子，让那人碰了个软钉子，“不知道，没听说过。”其实鼓楼就在附近，离这不过一百多米。那人转身又去问别的出租司机，李斯嘀咕着，骂那人不知好歹，骂那人存心捣蛋。骂完了，随手打开车上的收音机，播音员小姐正用一种很肉麻的声音说着什么事。坐司机座的张山侧过脸来，啪的一声，将收音机关了，意犹未尽地继续他的话题。

“李斯，你应该知道，我这心里很不好受，好像吃了一大把苍蝇。”

张山的脸色十分难看。再过半个月，他就要和未婚妻朱春丽结婚了，可是就在今天早晨出车回去时，张山发现李斯与朱春丽有些不对劲。当时天已经快亮了，张山将车停好，去李斯那里送车钥匙，敲了半天门，也没把门打开。于是回隔壁自己的房间，掏出钥匙开门，门却从里面销上了，怎么也捣鼓不开。后来朱春丽有些慌张地过来开门，张山注意到她心慌意乱，老是偷眼看后窗，便走过去观察，发现后窗没关好，用来防盗的一根铁条也被撬开了，正好可以让一个人通过。

“你说怎么会那么巧，就撬掉了一根铁条？”张山又一次侧过脸来，看着李斯，话里有话地问着。

李斯一本正经地说：“肯定贼来光顾过了。”

“要说是贼，又没什么东西被偷。”

“那也不一定，说不准被偷了，你还不知道，也说不准人家贼呢，只是想偷，可是行动还没开始。”李斯留着长发，衣着打扮像艺术家，他长得很像一个演电视剧的男演员，平时一举一动，都刻意模仿那人的腔调，“没听说吗，不怕贼偷，只怕贼惦记。”

“我们别兜圈子了，”张山索性把话挑明了，“早上我敲门的时候，你在我家里！”

“张山，这什么意思，我干吗在你家里？”

“你和春丽在一起。”

“张山，这种话可不敢乱讲。”

张山运用自己的逻辑进行推理分析，他说他去敲李斯的门，因为李斯不在自己房间，所以怎么也敲不开。这时候，李斯正躲在张山家里，敲门声惊动了他，他于是跳窗而逃。等到张山回到自己房里，和朱春丽说话的时候，李斯正好逃回自己家。张山相信自己的推理十分严密，不容抵赖，可是李斯还是矢口否认。李斯知道这种事打死了也不能承认。无论张山说得多么有鼻子有眼，李斯说你不相信我，至少应该相信自己的未婚妻朱春丽。

这时候生意来了，从夜总会出来一群人，有一对男女向他们走过来，李斯连忙下车，热情地为那两个人开门。在送客的途中，张山虎着脸，一声不吭，李斯不时地回过头来，与两名乘客搭讪。不一会儿，车到目的地，李斯再次跳下车，很有礼貌地开门，女乘客被他热情洋溢的服务逗笑起来，连声致谢。李斯又回到车里，打开收音机，刚打开，女播音员甜美的声音只听到一句，就被张山关了。张山觉得他们的话还没说完，还得继续：

“我跟春丽的事，前前后后你都知道，要是过去，反正大家不当真，只是在一起玩玩，也就算了。现在，我们既然准备结婚，情况就不一样。朋友妻，不可欺。这道理，你应该懂的……”

李斯终于发急了，说：“你停车。”

张山将车停了下来。

“你去找把刀子来捅我一刀，”李斯做出很愤怒很无辜的样子，“要不，打开后面工具箱，挑把扳手，或者找个锤子，你就往我脑袋上砸，只要你砸得痛快就行。这是什么意思？难道你还非要我承认和春丽有那事，非要把屎盆子往自己头上扣，不是毛病吗！”

因为他们的车是停在路当中，后面的车从旁边经过，很生气地呵斥他们。张山无话可说，一辆与他们外形完全一样的出租车驶过，里面坐着一个胡子拉碴的司机，骂骂咧咧地教训张山。张山一踩油门，追了上去，怒不可遏地说：

“小狗日的，你说谁？”

胡子拉碴的司机说：“说谁，你那车怎么停的？”

“老子车怎么停，管你什么屌事！”

两辆出租车一路开，一路吵架，互相抢道。迎面一辆公交大巴士过来，吓了大家一跳。张山凶神恶煞地继续和对方斗嘴，在一旁的李斯声音也突然高起来，说再啰嗦就揍他。胡子拉碴的司机说，不要以为你们有两个人，就害怕你们。李斯蛮横地说，我们他妈的就是两个打你一个，你又怎么样。

吵到临了，胡子拉碴的司机终于示弱，在一个路口，留下一句狠话，突然拐弯，闯红灯溜走了。

2

张山与朱春丽是回老家结婚的。与李斯一样，他们都是外地农村的民工，大家来自同一个贫穷落后的地区。张山和李斯在这个城市已经奋斗了好多年，两人凑钱买了一辆出租车。这个城市已经有太多的出租车，生意并不好做。朱春丽在一家玩具厂做工，玩具厂不久前倒闭了，于是搬过来与张山同居。张山和李斯在郊区合租了一间屋子，就是那种专为出租给民工设计的简易房，长长的一大排，像火车的车厢，每间屋子都十分狭小，人住在里面，就像是被装在罐头里。

朱春丽搬来不久，邻屋搬走了，李斯便搬过去住。乡下人结婚很讲究，张山和朱春丽因为已经做了许多年的城里人，而且未婚同居了一段时间，因此从老家喜气洋洋地回来，就跟什么事也没发生过一样。张山要在玻璃窗上贴象征新婚的红双喜字，朱春丽不答应，说周围的邻居早知道我们住一起了，现在再这么弄，不是等于敲锣打鼓地告诉别人过去是非法同居。

张山说："我就是要告诉别人，过去是非法，现在才是合法，是受婚姻法保护，是神圣不可侵犯的。"

朱春丽知道张山心里有别扭，也就不跟他顶真。张山把红双喜字贴得到处都是，门上，窗户上，大橱的镜子上，一台二手货的旧冰箱上。一切都布置好以后，便去请李斯过来吃饭，喝酒，并且随手将一大包喜糖扔给他。李斯掂了掂那包糖的分量，说你们的喜糖我一定要吃，可是这么一大包，也太多了，你们又不是不知道，我最不爱吃糖。

朱春丽说："不行，这糖你得吃掉。"

"也实在太多了。"

"太多也得吃，慢慢吃。"

大家一起喝酒。

李斯嬉皮笑脸地说："我是不是该改口，以后得叫你嫂子。"

朱春丽在李斯肩膀上拍了一下，说："别跟我油腔滑调，原来怎么叫，还是怎么叫。"

张山在一旁很严肃地插嘴说："李斯的话不错，以后是得叫嫂子。”

“你看，是张山让我叫嫂子的。”

张山对李斯显然还是不放心。李斯照顾张山新婚，有意多做夜班，他开玩笑说，张山反正晚上有活干，而他闲着也是闲着，不如晚上到大街上去溜达。李斯知道张山的心病，知道该如何对付他。张山不好意思一个劲让李斯做夜班，有时候一定要和李斯换班，可真是晚上出车了，心里便惦记，不放心朱春丽一个人留在家里。因为心里存着疙瘩，他的种种做法不免滑稽，像防贼似的防着李斯，就算是在大白天，也会出其不意地折回家来，看看他们究竟在干什么。

因为张山防范得实在太严，李斯几乎没机会可以接近朱春丽。有一天上午，阳光十分灿烂，张山折回家来，磨蹭了一会儿，很放心地离去了。李斯突然去找朱春丽，说了没几句话，便把她逼到门边的一个死角里，非常放肆地揉她的乳房。朱春丽是个高高大大的女人，人生得很白净，大鼻子大眼睛，胸脯异常丰满。她半推半就地让李斯猖狂了一会儿，很认真严肃地说：

“李斯，现在跟过去不一样了。”

李斯没想到自己这次会马失前蹄，会不成功。他印象中，朱春丽是个容易到手的女人，而且他知道，在张山之前，她就已经不是处女了，这也正是张山很长时间内没有真打算娶她为妻的原因。现在，房间里到处贴着的红双喜字，又一次让朱春丽恢复了贞洁。李斯想霸王硬上弓，想把朱春丽往床上推，可是她的力气似乎更大，弯腰一使劲，居然将李斯抱了起来，然后在原地转了一个圈，将他一推，从屋里一直推到屋外。李斯觉得自己很丢脸，朱春丽忍不住笑起来。他还想死皮赖脸地进屋，朱春丽警告说：

“你别进来了，有话就在外面说。”

李斯讨饶说：“我错了，行不行？”

“不是错不错的事。”

“我对不起张山，行了吧？”

朱春丽不想听他饶舌。

李斯垂头丧气。

朱春丽不想让李斯太难堪，好言好语地说：“李斯，你也别成天花心了，还是和张山一样，好好娶个媳妇，好好过日子。”

李斯故作伤感地说：“我去哪儿找你这么好的媳妇？”

到晚上，李斯独自一人坐在车里，百无聊赖地听收音机。还是在那家豪华的夜总会门口，还是霓虹灯闪烁，好几辆揽生意的出租车停在那儿。李斯正在听的是一档倾谈感情生活的节目，一个女人用哭腔诉说着什么。李斯不时地看着夜总会的大门，以防有客人过来，嘴里情不自禁模仿收音机里的话。收音机里的女人很矫情地说着：“我真的真的好爱他，我是真的爱他。”

李斯更矫情地学舌说：“你真的真的好爱我，你是真的爱我。”

几个人从夜总会出来了，李斯从车窗里探出头去，大声招呼他们过来。那几个人犹豫了一下，选中了李斯的车子。一看就是生意场上的人，要不就是干部，反正是别人花钱请他们到这来消费的，一个个意犹未尽。其中一瘦高个儿，以一种不屑的口吻，挑衅地问李斯这个城市里还有什么好玩的地方。

李斯说："好玩的地方太多了，就是不知道你们说的好玩，指什么？"

"好玩就是好玩，这难道还要说清楚。"

几个人心照不宣地狂笑起来，然后就很放肆地议论起夜总会的小姐，说这个漂亮，说那个不漂亮。又说谁谁谁太拘谨了，在小姐面前，吓得一句话都不敢讲。被说的那位不服气，说光跟小姐讲讲话，又有什么了不起的，你们胆大，也没见谁怎么样了。有一会儿没吭声的李斯突然插起嘴来，而且语出惊人，说这个夜总会的小姐档次不高，顿时把几个客人全镇住了。异口同声地问李斯，什么样的小姐档次才算高。李斯说，他知道一个地方，有许多小姐都是大学生，不光是大学生，还有女硕士女博士。

"女大学生的档次是不错，如果是女博士，是不是年龄高了一些？"

"这你们就不懂了，有人就喜欢学历高的。"

李斯一路开车，一路与乘客瞎聊，卖弄他的见多识广。那些客人在不同的地方下车，有一位负责买单的留在最后，等到车里只剩下他一个人的时候，他搭讪说：

"这位师傅对行情很熟悉吗？"

"也没什么熟悉不熟悉，开出租，什么样的人碰不到？"

那人让李斯又将车开回夜总会，在大门口，已经有一位花枝招展的小姐在那等候了，那人招招手，让小姐赶快上车，然后带着她直奔一家宾馆。李斯知道怎么回事，也不多问，那两个人坐后面不说话，动手动脚，小姐不时地发出笑声。不一会儿，到了目的地，那人付车钱，索要报销的发票，小姐关照他额外多付一个起步价，接着一再叮嘱李斯不要走，就在原地等她。李斯一口答应，他直到这时候才发现小姐长得并不漂亮，瘦瘦的，高高的，那男的是个矮胖子，两个人进了大堂，很快没有了影子。

不一会儿，那小姐就出来了，手上拿着一把梳子，一路走，一路梳着湿漉漉的头发。她没有往后面坐，而是拉开前面的车门，一屁股坐在李斯身边。李斯闻到一股洗发水的味道，问小姐要去哪儿，小姐没好气地说，还能去哪儿，再回夜总会。李斯气不服她这么横，酸酸地说你们小姐的钱真好赚，又说这鸟男人也不怎么样，怎么一会儿功夫就完事了。面对李斯的恶毒挑衅，小姐先是不理他，突然冷笑了一声，说男人都是嘴凶，都觉得自己行，真遇到事了，还不是两分钟就摆平。李斯说这什么话，那也恐怕只是有的男人。小姐又是冷笑，说什么叫有的男人，都他妈一样。

李斯说："落我手上，情况就不一样。"

小姐说："你就大胆吹牛吧，想怎么吹，就怎么吹。"

到夜总会门口，小姐将手上的梳子随手一扔，打开车门，下车就走人。李斯盯住了她要车钱，小姐回过头来，说你真是昏了头，人穷疯了就没有救，刚刚结账的时候，那人不是已经付过钱，你小子难道还想要双份呀，老娘非他妈的投诉你不可。

3

有一段时期，对娱乐场所的管理突然严格起来。据说这个城市中的许多小姐，都像候鸟一样，在严打的形势下，纷纷飞往别的城市。出租车的生意因此更不好做，李斯经常去等候生意的夜总会如今门庭冷落，平时有好多辆出租车在那排队的繁荣景象已不复存在。霓虹灯不再闪烁，夜总会的大玻璃上，斜挂着一块小木板，用红漆在上面写着：

“整顿内部，暂停营业。”

已经是深夜了，天气突然变冷，李斯试着去火车站碰运气，在接站处冻得瑟瑟直抖。一列来自北方的特快列车进站，旅客开始源源不断地涌出，候车的司机在人流中不停地问要不要出租车。越是问得恳切，越是生意清淡。李斯看中了一名带着大包小包的旅客，讨好地要为她拎包，偏偏她根本就不信任他，结果即将到手的生意，活生生被一位看上去老实巴交的出租司机抢走了。

就在已经完全失望的时候，李斯看见远处空空的站台上，一男一女两个人还在那儿吵架。那两个人显然是一起的，正为什么事闹着别扭，你一句，我一句，火气很大。李斯对门口的检票员说自己认识他们，说那两个在吵架的人，正是自己要接的人，他进去帮他们拎行李。检票员还没来得及做出什么反对的表示，李斯说了句谢谢，便从检票口冲了进去。

一男一女还在吵，男的年纪要大出许多，头发梳得锃亮，穿着十分讲究的西装，身边的行李箱非常高档。女的像个大孩子，一看就是任性惯了，一看就知道是那男的小情人，衣服穿得极少，很时髦，因为正在生气，也不觉得寒冷。男的开始让步，年轻女孩还是不依不饶。突然，她要跳下站台，男的忙不迭地去拦，一个劲地赔好话。李斯跑到他们面前，气喘吁吁地问：

“老板，要不要出租？”

男的心存疑虑地看着李斯。年轻女孩也不闹了，有些好奇地睁大了眼睛。她属于那种小鼻子小眼睛的女人，什么都仿佛小别人一号，个头不高，小手小脚，皮肤很细嫩，看人的模样过于天真。李斯又屁颠颠问了一遍，那男的有些动心，与李斯聊起来。

“出租车的生意都做到站台上来了？”

“唉，生意实在不好做。老板，打个车吧，绝对规矩，一样是打表。”

“打表？”

“当然是打表，现在管理这么严格，你们让我不打表，我也不敢。”

这笔生意居然做成了，李斯忙着上前帮拿行李。那男的提示他，说箱子不用拎，有小轱辘。李斯说没关系，他有的是力气，反正已经冻得够呛，干点活出出汗也好。男的回过身来，很关心地问身边的女孩，问她冷不冷。从一开始，那女孩就一直在闹别扭。因为要去的地方比较远，李斯不得不一路聆听他们吵架。两人一会儿你声音高，一会儿我又高起来，都不是省油的灯。李斯不明白为什么事情争吵，反正两人都指责对方太过分了，都在威胁对方。出租车在大街上飞奔，显示里程的价码表不停地增加数字，李斯不由得为今晚这笔不小的生意窃喜。

突然，从后座传来那男的瓮声瓮气的声音：“我怎么了，我究竟怎么了？”

“你怎么了？自己知道。”年轻女孩的话里全是讽刺。

“我除了年纪大一点，哪点配不上你？”那男的这时候怒气冲冲，根本顾不上别人听了以后会怎么想，“你不要仗着年轻，得寸进尺，别以为我老让着你，就萝卜不当青菜，就马善好骑，人善好欺。”

女孩似乎被他的气势压住了，过了片刻，才说了两个字：“无聊！”

“我就是无聊，就是无聊。”

女孩不吭声。

男的还不肯善罢甘休，又反问一句：“真不知道是谁无聊？”

总算到了目的地。李斯准备收费，女孩却不肯下车。两个人于是又吵起来，李斯去打开车子的行李箱，将他们的行李取出来。那男的气焰已经不再嚣张，好言好语劝她下车，她就跟聋了一样，完全不理不睬。男的最后没办法，问她要去哪儿，是不是想回学校。女孩说，她去哪里与他已没什么关系，他管不着。男的说，时间这么晚了，深更半夜，要斗气，也不是这么个斗气法。女孩顿时勃然大怒，说不愿意再听他的废话，让李斯赶快开车。李斯还在犹豫，她用劲敲车窗玻璃，将玻璃敲得当当直响，于是李斯一踩油门，车子像脱缰的野马一样冲了出去。

4

从车的反光镜里，李斯看见那男的孤零零站路灯下发傻，身边是那几件行李。李斯有点幸灾乐祸，以一种欢快的声音问女孩去什么地方。女孩报了一所大学的名字，李斯听了，一怔，随口敷衍说：

“我一看就知道你是个大学生。”

女孩并不打算理睬她。

“一看，就知道还是个有文化的人。”

也许是半天没捞着说话的缘故，油嘴滑舌的李斯打开了话匣子。

“老实说，那男的，一看就知道素质太低。是你什么人？是亲戚？这种亲戚真没什么意思，我有个舅爷就是这样，不过有了几个鸟钱，在我们家立刻就成了大爷，跟谁说话都横，好像谁都欠了他的钱似的。”李斯从来就没什么有钱的舅爷，他吹起牛来，不用打草稿，“我还有个三叔，买那什么彩票中了个奖，我的天，人一有了钱，那说话的口气，那牛，就跟省长差不多，不，连省长也没他神气！”

李斯的话都是白说，一点反应都没有。他情不自禁回过头去，后面实在太安静了，就好像没人一样。那女孩像个小猫一样缩着脖子，把头靠在车窗上，正静静地欣赏着外面的夜景，根本没在听李斯嚼舌。她显然还在赌气，夜深人静，街上几乎见不到什么行人，偶尔能遇到一辆空载的出租车迎面开过来。眼见着已到了校区，李斯问停在什么地方，她指点着，突然惊叫起来：

“哎呀，对不起，我身上没带钱。”

李斯一个紧急刹车，仿佛被人在后脑勺上敲了一记。

“这怎么办？”

李斯板着脸，没任何商量余地：“什么叫怎么办，坐车给钱，你这是什么意思！”

“可我身上没钱。”

“没钱！”

“真的没钱。”

“没钱你也得拿出钱来。”

“你在这等着，我去宿舍里取钱。”

“你耍我，当我傻子，当我是二百五？”

“你等着，我马上给你送钱来。”

“你说我会不会相信？”李斯似乎一眼就看透了她的把戏，“再过一会儿，天都快亮了，你以为我缺心眼是不是，你他妈往这学校里一钻，往什么女生宿舍女厕所一钻，我到哪儿去找你？”

“怎么不相信人？”

“我凭什么相信你。”

“你真的应该相信我。”

“我就是不相信！”李斯知道这时候必须凶恶一些，“实话说了，你这样的女人，我信不过，我见多了。你他妈什么玩意。”

“你不要骂人。”

“骂你了，怎么样？”

“那你说怎么办？反正我身上是真的没钱。”

李斯也不知道怎么办才好，他提出两个方案，要么回刚刚那个男的那里取钱，要么去派出所。那女孩不愿意回到男的身边去，很蛮横地提出来要去派出所。李斯没想到今天会栽这么个大跟头，知道去派出所也没什么意思。首先，计价器扳上扳下已经好几次，要是这女孩一口否认，他拿她根本就没办法。其次，女孩真的不要脸起来，出租司机就只能认倒霉，李斯不是第一次遇到这种事，派出所才不会认真为你追车钱。有些事根本说不清楚，到时候，她反过来诬告你骚扰，你跳到黄河里也洗不清。

李斯感到非常愤怒，恨不得跳下车，将她拖出来狠狠揍一顿。今天出车的时候，刚上路，他就压死了一个过街的癞蛤蟆。李斯有些迷信，他相信这是个不好的兆头，非要遇上不顺心的事情。现在果然应验了，因此李斯不得不听从命运的安排，认栽，认倒霉。不过，他不愿意就这么轻易放过她，既然这个女孩敢捉弄他，现在，该是他捉弄她的时候了。李斯载着女孩又一次上了路，这次是往郊外开。那女孩果然害怕了，连声问他往哪儿开。李斯不说话，他知道这时候越不说话，女孩会越害怕。出乎李斯的预料，她害怕了一阵，竟然做出了无所谓的样子。李斯想自己一定是遇上了女魔头了，他猜想她一定是做那种事的女孩，只有做那种事的女孩才会那么邪乎，她一定是误会了他的用心。

要是这女孩大声呼救，或者干脆就在车里求饶，李斯还真不知道应该如何应付才好。偏偏她逆来顺受，一声不吭。李斯于是很愤怒，开始用最恶毒的字眼，把这个女人好一顿咒骂。他说自己做了一晚上，就这么一笔生意，也被她搅了。说她别以为自己是个女人，是个妓，别的男人就想睡她。也别以为跟谁睡了一觉，就什么都扯平了。说她早就有了性病，而且可能就是艾滋病，本事再大的老军医也治不好。李斯淋漓尽致地发泄着他的不满。他已经辛苦了一整夜了，越想越恨。李斯将车开到郊外一个很荒凉的地方，没有路灯，只有一片黑黑的小树林，猛地将车停下，恶声恶气地让她滚下车去。

她吓得直哆嗦，缩在车后座的角落里，满眼恐惧地看着李斯。

李斯按了按手中的喇叭，不耐烦地说：“你怕什么，老子他妈的洁身自爱，绝不会碰你一根毫毛。”

他让她自己下车，准备就将她扔在这。这是他惩罚她的一种方式。现在，她终于明白了他的意思，看了看车窗外边，不肯下车。外面实在是太荒凉了。

“你以为白坐车，就那么容易？”李斯气已经消了许多，教训她说，“不让你吃些苦头，你下次还会蹭别人的车。”

她赖在车子里不肯下来。

“我告诉你，就在这等天亮，然后往前面走，走半个小时，有个公交车站，6 点钟发第一班车，你可以坐那车回城里。”

“你把我送到车站吧。”

“凭什么，还想白坐车？”

“求，求你了。”

“求也是白搭，我这人心硬。”李斯看她眼睛红红的，像小孩子一样哭起来，便不忍心再逼她。他嘴上还在说要将她赶下车，但是惩罚的目的已经达到，心一软，出租车便又往前开了。“我今天真是菩萨心肠，我这是怎么了？”她坐在后面一个劲抽泣，李斯忍不住继续唠叨，“你哭什么，你哭什么，这时候遇到一个警察，我还真说不清楚，又没怎么你了。”她于是哭得更厉害，不过这哭已经有些认错的意思，李斯于是语重心长地说，“要知道这是你不对，是你对不起我。”

很快到了公交汽车站，是个终点站，有辆公交车停在那儿，还有一栋小房子亮着灯。李斯再次让她下车，这次她没有犹豫，下了车，走到李斯身边。

李斯摇下车窗，说：“又怎么了？”

“我没钱坐公交车。”

李斯扔了两个一元的硬币给她，叹了口气，自嘲地说：“你他妈真是遇到雷锋了。”

第二章

1

朱春丽最初接到范晶晶的电话，半天没弄明白怎么回事。范晶晶就是那个坐车没给钱的女孩。她通过自己记住的车牌号码，查到了李斯的电话，在第三天上午打电话过来，让他过去取应该付的车钱。吃中饭的时候，张山回来了，做夜班的李斯也醒了，大家坐一张桌子上吃饭，朱春丽突然冷笑着问李斯，认识不认识一个叫范晶晶的女孩。李斯丈二和尚摸不着头脑，于是互相对质，总算把事情理出个头绪。李斯没想到这笔车钱还能失而复得，想到自己当时把人家那一顿臭骂，用了那么多肮脏字眼，倒有些不好意思去见她了。张山自告奋勇地愿意去取钱。

朱春丽说："你起什么劲，人家姑娘又不认识你。"

"这车总认识吧。再说，"张山怔了一下，辩护说，"又不是我要去，是人家李斯不好意思，我这是帮他的忙。"

朱春丽审视着李斯，李斯让她看得不好意思，有些尴尬地耸了耸肩膀。她学着他的样子，也对李斯耸了耸肩膀，然后话里有话地对张山说：

"你怎么知道人家是真要你帮忙。"

张山出现在范晶晶面前的时候，范晶晶显然有些意外，也有些失望。她奇怪为什么不是李斯来拿钱。这时候，她已经又和那个年纪比她父亲还大的男人住在一起了。那个男人叫余彬彬，是她母亲当年的追求者。余彬彬插队的时候，爱上了当地一个女孩，光开花没结果。后来回城，做生意混阔了，便把当年那个女孩的女儿弄到了手。范晶晶的父母混得很潦倒，好不容易当上了工人，临了又都下了岗。范晶晶自己又不肯用功读书，考大学第一年没考上，第二年考了个大专，还是余彬彬花钱弄了个名额，读的政治系。她依然不好好读书，父母也知道女儿和余彬彬的关系不正常，干涉了一段时间，不起任何作用，只好眼不见为净。

张山拿了钱就走，范晶晶送他出来，又一次问起李斯。张山说，李斯觉得她是那种女人，所以不愿意来见她。范晶晶顿时脸上有些挂不住，说我是什么女人。张山说李斯这人脾气倔，犯不着跟他生气。范晶晶还是有些生气，眼见着张山就要开车走了，又喊住他，问以后要是用他的车，怎么联系。张山连声说自己有手机，她如果要车，只要打个电话就行。范晶晶想找支笔记下号码，张山一本正经地从口袋里摸了张名片出来：

"上面都写着呢，我和李斯不管谁开车，谁开车谁带着手机，不瞒你说，我们还真有不少老客户。如果你经常用我们的车，我们可以优惠，可以打折。"

范晶晶忍不住笑起来。

张山不明白她为什么要笑，也跟着傻笑。

范晶晶上课，三天打鱼，两天晒网，想到了，就去听两节课。余彬彬把她像金丝鸟一样养着，她呢，逮着机会就糟蹋钱。有的男人很会挣钱，挣钱都是给女人用的，范晶晶去上课，总是打出租去，而且从来不在学校的食堂吃饭。有一阵，范晶晶突然改掉了睡懒觉的习惯，差不多天天都去上课。她的目的很简单，只是要和李斯见一面，报复他一下，可是每次都是张山来接她，她心里因此很不痛快。

有一天晚上，李斯接到范晶晶的电话，说是要去同学那取什么东西，让他赶快去接她。李斯已经听张山多次说起她的事情，心里有些犹豫，但是有生意绝不能放过。此外，李斯也想跟她见面，因为心里毕竟好奇。在接头地点，范晶晶上了他的车子，也不多说话，开到学校门口，她关照他在那儿等她，然后去学生宿舍取东西。因为她平时根本就不在学校住，宿舍里也没有她的床铺，她不过是去转一圈，与同学聊了几句话，很快又回到李斯的车上。

“我以为你不等我了。”范晶晶随口说着。

“说好等，怎么能不等。”

“你不怕我不付钱？”范晶晶用挑衅的口吻说着，说完就笑起来，“我身上可是又没钱了。”

李斯无话可说，只好笑。

范晶晶说：“你笑什么？”

李斯还是笑。

范晶晶自己也忍不住笑：“有什么好笑的。”

2

这一天，范晶晶突然心血来潮，下了课不愿意回家，却对张山提出来，要去他住的地方看看。张山这时候与范晶晶也很熟悉了，立刻受宠若惊，连声说自己住的地方很糟糕，像贫民窟。他不知道范晶晶的兴趣，只是想见见李斯。不一会儿，张山已让范晶晶的想法变成了现实。因为事先没打任何招呼，范晶晶突然驾到，首先感到震惊的是朱春丽，她带着些敌意看着眼前这位衣着时髦的小女人。张山一味的讨好，让她隐隐地感到醋意，凭着女人的直觉，她能感到张山的不怀好意。另一个感到震惊的是李斯。范晶晶敲了敲门，大大咧咧走进来的时候，他还在床上蒙头睡觉。他是从梦中惊醒的，看到范晶晶，一时不明白是怎么回事。

张山不知好歹地在一旁穷咋呼，说："看看谁来了，别他妈睡了。"

李斯从床上坐了起来，因为是光着膀子，用被子遮住上身。张山还在不识相地啰嗦，说李斯那里又乱又脏。李斯有些不高兴，板脸说你们能不能先出去，让我把衣服穿好。范晶晶被他这么一说，热情遭到了打击，仿佛被泼了盆冷水，连忙退出去。李斯懒洋洋地穿衣服，心里仍然不明白怎么回事，小声问张山：

"她怎么会来？"

张山傻呼呼地说："她说要来，就把她带来了。"

李斯于是赶紧刷牙，又去了一趟公共厕所。差不多是吃中饭的时候，朱春丽礼节性地邀请范晶晶在这吃饭。张山吃不准她会不会留下来，涎着脸看看她，见她的意思似乎也不反对，便关照朱春丽多炒几个鸡蛋。吃饭的时候，范晶晶对热心过度的张山爱理不理，却不停地跟李斯说话，问他为什么总上夜班。

范晶晶说："是不是你人老实，他们就欺负你。"

朱春丽在一旁冷笑，说："你看他像老实人吗？"

范晶晶说："当然不像。"

范晶晶坐张山的车走了，房间只剩下朱春丽和李斯，她笑着对李斯说，这丫头主动送上门来，可能是看上他了。李斯说，凭什么说看上我，她可是张山带回来的，现在又是张山带走的。朱春丽说，人家明明是来看你的。李斯冷笑，说他才不会上钩，又再次说范晶晶即使看上谁，也是看上张山。他警告朱春丽，对张山倒是要看紧一些，他意志并不坚定，范晶晶来路不正，别真弄出什么事来。朱春丽说，你一个大男人，怎么背后说人家女孩子的坏话。李斯说，什么女孩子，她要还是个女孩子才怪。朱春丽有些想不明白，说现在的女孩子真厉害，就知道贪图享受，让男人像二奶一样包着，有吃有喝，花钱如流水，舒服是蛮舒服的，可毕竟是大学生，怎么能这样呢。

或许是范晶晶的话起了作用，李斯现在白天也开车了。范晶晶开始频繁地用李斯的车子，她本来不是读书的料，课堂上不是打瞌睡，就是漫无边际地走神。她的大专文凭已经混到手，目前正在读专升本，依然不肯好好用功。国际政治的老师姚莉一再提醒范晶晶，她缺课的次数实在太多，如果再这样下去，最后很可能拿不到学分。姚莉是一名年轻的副教授，人长得还算漂亮，戴着一副与年龄不相称的眼镜，讲课时不时喜欢夹上几个生硬的英文单词。她属于那种学生不太喜欢的老师，或许已经听说过范晶晶的一些什么故事，对她很不友好。

在姚莉的课堂上，范晶晶又一次不拘小节地睡着了。姚莉十分恼火，不点名地说："有人想睡觉，请回家睡去！"

大家的目光都盯在范晶晶身上。范晶晶醒过来，有些尴尬。她打了个硕大的哈欠，若无其事地继续听课。姚莉的课很枯燥，学生一个个瞪着眼睛看她，没一个人在认真听。范晶晶趁她转身在黑板上写字，悄悄拨打手机，等下课铃声一响，匆匆往校门口走去。校门已有一辆出租车停在那里，是李斯的车。

范晶晶拉开车门，说："这课没法上，太没劲。"

李斯要送她回去，她摇摇头，说回去也没事，还不如坐车上玩玩。李斯说，你是没事，可我还得做生意呢。范晶晶听了，立刻不高兴。

"你一天挣多少钱，我全给你。"

"不是这意思。"

"这车反正要拉人的，我包了还不行。"

"你跟钱赌什么气。"

"我跟自己的钱赌气，关你什么事。"

由于价码表没有拉下来，还是有人拦车，是去火车站的。李斯将那人送到目的地，待客人下车，范晶晶得意洋洋地说，你看见没有，我又不影响你做生意。李斯说，那不过是凑巧，现在出租车这么多，你往前面一坐，谁还会坐你的车。范晶晶说她不相信，说我们就这么在大街上兜着玩，不信没有生意。接下来，他们一直在大街上转悠，转了半天，果然没有客人。范晶晶终于不耐烦了，说：

"我们找个好玩的地方，去公园好不好，要不然就去看场电影。对了，我今天请你吃肯德基怎么样？"

3

任性的范晶晶又一次和余彬彬吵架，又是大吵，她将东西扔了一地，准备和他彻底分手。

“缘分尽了，我们好合好散，”余彬彬伤感地说，“用不着这样一次次发神经病，老是闹。”

范晶晶说：“我和你有狗屁的缘分。”

“狗屁的缘分，也是缘分。”

范晶晶往一个旅行箱里胡乱塞着自己的衣服，然后拎着行李要出门。余彬彬追上来，想拦着她。范晶晶执意要走，余彬彬知道已经拦不住她，便从皮夹子里拿出一叠钱，她一把将那钱打飞了，歇斯底里地喊着：

“我不要你的臭钱。”

“臭钱，”余彬彬的脸色十分难看，事情到这一步，他也不打算给她留面子，“臭钱你也没有少用。别以为我不知道为什么，我告诉你，大不了你外面又有相好的，神气什么，小白脸未必就靠得住，吃软饭的家伙，没一个是好东西。”

范晶晶摔门出去，来到大街上，感觉户外的空气特别新鲜，她掏出手机，心情良好地给李斯打电话。阳光灿烂，她穿着高跟鞋，拖一个很大的行李箱，不住地往街尽头张望，跟闹着玩似的一会儿往这边走几步，一会儿又往那边走几步。一辆接一辆出租车开过来，然而都不是李斯的，范晶晶翘首盼了半天，又一次拿出手机，又一次给李斯打电话。李斯迟迟不来，范晶晶有些着急，她百无聊赖地拿出化妆盒，开始给自己补妆。

一个小时以后，李斯和张山，还有朱春丽，不得不面对着范晶晶坐下来，就她目前的处境进行认真讨论。与范晶晶一脸的轻松形成强烈对比，其他的几个人脸色都有些沉重。李斯显得非常不安，他不时地偷眼看范晶晶，又偷眼看朱春丽和张山。最后还是朱春丽打破僵局，她告诉范晶晶，如果想在这附近租房子，几乎完全不可能，因为她清楚地知道根本就没有空房子可租，而且就算是有，条件也太差了，她如何吃得起这种苦。

范晶晶说，她也是穷苦人家的孩子，凭什么不能吃苦。她理直气壮，似乎做好了吃苦的准备，昂起头来，充满殷切希望地看着李斯。李斯在范晶晶的注视下，不敢接她火辣辣的目光。朱春丽把一切都看在眼里，她显然已明白是怎么一回事，气鼓鼓地说：

“李斯，把你肚子角落里的话说出来。”

李斯喃喃地说：“我说什么……”

“不管你说什么，到这节骨眼上，也该说了，反正有什么就说什么。”

“没什么好说的。”

“什么叫没什么好说的？”

范晶晶决定自己把话挑明，她现在已没什么退路。李斯在朱春丽逼迫下，死不开口，看来只好由她来把这层纸戳破。范晶晶斩钉截铁地说：“李斯，我不管，你得想个办法，你得找地方安排我住，要不然，要不然我就住你那里。”这话是一道坎，过了这道坎，什么话都好说，什么事都好办。朱春丽和张山不约而同一怔，同时转过头去，观察李斯的表情。李斯的表情很暧昧，好像有些不好意思，又好像有些无奈。朱春丽笑着对张山说，你看，我们还都蒙在鼓里，人家事先早就商量好了，这只不过是做戏给我们看。

李斯十分委屈地喊起来：“谁商量好了，这是说谁呢？”

尽管确实没有事先说好，可是李斯知道，无论自己怎么解释，也说不清楚。这种事情越抹越黑，越描越红。范晶晶突然厌烦了有钱的日子，想换换胃口换种活法，想重温贫民窟的生活。女孩子真要是不顾死活，李斯也没什么办法，只能听之任之，来者不拒，反正是白送上门的，他也没吃亏。男人对范晶晶这样的女孩子，通常会产生一种很奇怪的情绪，既得意轻易就能上手，又因为来得太容易，反而不当回事。张山看着眼红，私下里向李斯打听实情。李斯说，就那么回事，他张山若要是有兴趣，也可以试试。张山说，大家都是兄弟，说这话就没意思了。李斯说，我又不打算娶她，她也不可能嫁给我，你当什么真。张山摇头说我哪能干那种事，再说了，既然是你的女人，我是绝对不会碰的。李斯不在乎地说没事，说你用不着假正经，我无所谓的，她不知道哪天就又走了。

4

范晶晶在李斯的房间里搭一张小床，堂而皇之住了下来。事情突然发展到这一步，李斯处处想表现出这不过是一种临时关系，处处表现出自己根本就不在乎她。尤其是在朱春丽面前，李斯常常有意无意地流露出一种无奈。“有种女人不能沾，一沾上就麻烦，”为了讨朱春丽的好，李斯不惜赤裸裸地糟践范晶晶，什么词伤人，就用什么词，“有种女人就好像湿手去沾干面粉，又好像是湿透的棉毛衫，套身上脱都脱不掉。”有一天，范晶晶上学去了，张山出车去了，朱春丽闲得无聊，到李斯这里聊天，两人胡乱地说着范晶晶。出于女人之间天生的敌意，朱春丽打内心深处有些嫉妒范晶晶，而嫉妒一个人，最好的办法就是看不起她。

“人家好歹是个大学生，”朱春丽觉得范晶晶和余彬彬的关系，说白了，就是被一个有钱的男人包养起来，她不无妒意地说，“我看她除了是大学生这一点，也没什么了不起的地方。”

李斯说：“现在的大学生，弄不好也是骂人的。”

“你不要得了便宜卖乖，也不撒泡尿照照，想想自己到底配不配人家。”

“我有什么不配，配得很。”

“男人的脸皮就一个厚字，越容易得到，越不知道珍重。”

李斯有几分轻薄地说：“要说般配，我们俩才般配呢。”

在平时，朱春丽早急了，可是她今天的心情特别好，这种话听上去并不刺耳。李斯又说：“你说说看，我真要是娶老婆，能娶她这样的吗？这样的老婆我们可养不起。”朱春丽觉得李斯说的是实情，张山背后也不止一次地说过类似的话。男人就是这样不要脸，喜欢女人风骚，又不喜欢风骚的女人做老婆。朱春丽说，我看她跟你也长不了。李斯说，管她呢，混一天是一天，反正我现在没女人，再说了，你又不肯跟我好，你要是跟我好，我这就请她滚蛋。朱春丽立刻变得正经起来，说李斯你不要吃了碗里，又看着锅里，还是趁早死了这条心，我才不会跟你好呢。

范晶晶俨然成了李斯屋里的女主人。天还没有怎么热，已经是短裙，配上露着肚脐的文化衫。她仿佛还住在当年的豪宅里，衣着十分随便，永远是惊俗骇世地尽可能暴露，好像只有这样，才能将身上不多的肉展览出来。张山来找李斯，她也不回避，不仅不回避，根本不当一回事。明知道他贼溜溜的眼珠，正盯着自己光溜溜的大腿，盯着自己露出的肚脐，但是她并不在乎。范晶晶喜欢男人对她有兴趣，她喜欢自己很性感的样子。

虽然一再强调自己也是苦孩子出身，范晶晶很快就发现她已经被宠坏了。她嫌张山与李斯合买的那台电视尺寸太小，嫌这没有洗衣机，嫌洗澡不能洗淋浴。她曾经是个灰姑娘，后来成了公主，现在再让她当以前的灰姑娘，一切都变得不可思议。日子是不可以倒着过的，范晶晶想象中这种全新的生活，会很浪漫很有情调，可是事情的发展完全不是她设想的那样。

范晶晶闹着要买洗衣机，要买淋浴器，还有买一台十八寸以上的大电视。李斯说："我也觉得是该买，可是钱呢？"

"这我不管，反正应该买，"范晶晶撒娇说，"都什么年代了，做人要讲究质量。"

"讲究质量？我还想住别墅呢。"

"扯那么远干什么？"

"不扯远一点，你不明白自己在哪儿。"

范晶晶不吭声了。

李斯又说："什么叫讲究质量，我告诉你，人和人的感受不一样，我觉得自己现在已经挺有质量。"

范晶晶去与张山和朱春丽商量，她知道在经济上，李斯和他们互相依赖。张山的耳朵根软，禁不住她的柔声细语，范晶晶说什么，他就答应什么，不负责任地胡乱点头。朱春丽在一边不说话，心里却一直在斟酌，盘算着该如何对付。等到谈话差不多要结束了，朱春丽像做出什么重大决定似的，宣布说：

“洗衣机是该买，他们两个倒好，这些年来，一直拿我当洗衣机用，还是女人知道女人的苦处。”

范晶晶扑哧笑起来。

朱春丽接着说：“淋浴器嘛，我也不知道能装在哪儿？”

她的话其实是在提醒范晶晶，目前的居住环境，根本不适合安装淋浴器。公共厕所是合用的，将近三十户人家，就一个脏兮兮的厕所，连自来水龙头也是放在露天，冬天冷一些，还会冻起来。范晶晶的脸色立刻不太好看，她觉得朱春丽的口吻，就像自己的老妈一样。范晶晶的母亲老是喜欢自以为是地对女儿说这不行那不行。朱春丽的话并不多，可是到了范晶晶的耳朵里，没有一句中听。

“电视嘛，我看这样，就把这台电视，搬到你们那里，我们反正也是可看可不看的。真有什么好电视，我们到你们房间去看。”

范晶晶不想多说什么，她觉得与朱春丽这种把钱捏得太紧的女人，没有共同语言。到今年夏天，范晶晶就要拿到大学本科文凭，她已经做好去南方找工作的准备，海阔凭鱼越，天高任鸟飞，她觉得自己前程似锦，犯不着和朱春丽太计较。她吃不准自己是不是真的喜欢李斯，然而仅仅只是一点，就已经足够了，那就是因为认识了李斯，她毫不犹豫地离开了余彬彬。现在，她从朱春丽身上，感到太多的敌意，这种敌意让她感到很恼火。范晶晶最大的问题是不善于和女人打交道，女人和女人是天敌。她相信与女人作战，最简单有效的办法，就是和她们的丈夫调情。

朱春丽对张山的垂涎欲滴，早已感到忍无可忍。张山一有机会，就跑到范晶晶那里去。范晶晶有什么事，不是去求李斯，而是跑来找张山。朱春丽忍不住旁敲侧击，提醒张山不要越轨。张山不以为然地说自己要越轨，早越轨了，那丫头，是谁也不会拒绝的。张山说，人家李斯都不急，你急什么，这女人呀，就是好无事生非地吃醋。朱春丽没办法，只好跑去敲打李斯，谁知道李斯也不往心里去，说张山那人，有贼心没贼胆，不要看他忙得跟真的似的，要想成事，生米煮成熟饭，还真不是那么容易。

朱春丽气急败坏地说："男人都像你这样，才叫不容易。"

"那当然，这天底下毕竟就一个李斯。"

朱春丽觉得李斯和范晶晶之间不管是什么关系，毕竟已经同居在一起了，他就有责任管教她。

朱春丽悻悻地说："她根本就是个狐狸精！"

"狐狸精又怎么了？"

"狐狸精不要脸！"

"现在的人都他妈不要脸，"李斯依然无动于衷，仿佛宣布什么真理一样，"你说谁真要脸了？谁，给我找一个人出来？"

朱春丽临了直跺脚，恨得咬牙切齿："男人呢，都喜欢狐狸精，都喜欢女人不要脸，越不要脸，男人越喜欢。男人都不是东西，男人没一个好东西。"

第三章

1

朱春丽平静祥和的生活，因为范晶晶的出现，变得不再安谧。范晶晶属于那种没心没肺的女孩子，高兴时哇哇乱叫，不高兴了像小孩一样号啕大哭。她总是随心所欲，想干什么就干什么，百无禁忌。有一天，朱春丽发现范晶晶竟然让张山帮她去买卫生巾，她大大咧咧的，就好像是让人为她去买块肥皂。朱春丽为此很有意见，晚上睡觉时，张山想有些作为，朱春丽死活不让他入港。张山说，他只是帮人家买卫生巾，又不是买安全套，你吃个什么醋。张山又说，即使是买安全套，又有什么了不起。

朱春丽装糊涂，问："什么叫安全套？"

"就是避孕套。"

"噢——"

"你这不是明知故问？"

朱春丽一本正经地说："她让你买过？"

"买什么？"

"装死？"

"她怎么会让我买，我不过随便说说，你今天怎么了？"

朱春丽不阴不阳地说："我知道了，是想为人家买，人家不要你买。"

两人终于吵了一架。既不是范晶晶来以后的第一次吵架，也不是最后一次。张山说到最后，话就变得难听起来，他说我就喜欢她又怎么了。朱春丽说，光是喜欢有什么用，你又睡不到人家。张山说，你怎么知道我睡不到。朱春丽说，光是想，也不能当饭吃。两人说着说着，动起手来，更准确地说，应该是动脚，因为是躺在床上，你一脚我一脚，你来我往。张山毕竟还是让着朱春丽，不像她那样下死劲地踹。到后来，张山真被踹疼了，便做出好男不与女斗的架势，不再理睬朱春丽。

朱春丽也在学驾驶，已经学得差不多，去车管所参加了几次考试，该通过的都通过了，就等着拿实习驾照。有了实习驾照，就可以上路，她心里还在与张山闹别扭，就让李斯陪她去取驾照。从车管所出来，李斯说，你现在也能开车了，以后干脆你们夫妻俩换着开，我另找一份差事干算了，我知道你们一直在等这一天。朱春丽只当没听见，不理他，李斯又说，拿驾照是一件大事，我们找个地方庆祝一下。于是找了家路边小馆子，李斯提议要瓶啤酒，朱春丽说开车不能喝酒，李斯没办法，嘴里唠叨着“啤酒怎么能算酒”，结果是一人要了一碗面条。李斯是大肉面，朱春丽有点舍不得，只肯要雪菜肉丝面。

吃到一半，李斯随口问道：“你和张山闹别扭了？”

朱春丽不吭声。

李斯又说：“两口子闹什么别扭。”

两人又开着车上路，朱春丽刚上大街，多少还有些紧张，李斯在一旁不停地指点她。到空旷无人的大街上，李斯开始用话撩她，他反正就那德性，只要是个机会，立刻不怀好意，先还只是动动口，后来索性动起手来。

朱春丽猛地一踩刹车，说："你不要以为我和张山吵过架，就想乘人之危。"

李斯说："乘人之危又怎么了，我们又不是没有过事。"

朱春丽气得猛踩油门，车子像箭一样地直蹿出去。李斯吓了一跳，朱春丽也不减速，悻悻地说：

"李斯，你真他妈不是人。"

李斯说："开慢一些行不行。"

"男人为什么老想着占人便宜?"

"开慢一些。"

"男人为什么老想着占便宜?"

"慢一些！"

"就知道占便宜。"

"再说就没意思了，什么便宜不便宜，我可是真喜欢你。"

朱春丽开始流眼泪，车速依然不减。李斯这次是真的有些害怕，一个劲地求她停车。朱春丽将车停下来，李斯开了车门下车，绕到这边的车门口，打开车门，执意要自己开车。两个人交换了座位，李斯一边开车，一边语重心长地开导朱春丽。他告诉她，一旦坐在驾驶室里，首先得考虑的是安全第一，像她这样流着眼泪想着伤心事开车，非出事不可。朱春丽的伤心似乎已经过去，她毫无表情地坐那里。李斯侧过头来，看了看她，又说，你老说我占你便宜，为什么不想想我是真喜欢你呢。

接下来，朱春丽注意到李斯总是故意往人少的地方开。他的手又开始不老实起来，老想往她的裙子里伸。朱春丽不停地打他的手，不停地将他的手推开。李斯的手像安装了弹簧一样，刚推开，死皮赖脸地又伸了过来。朱春丽终于不再拒绝，现在，路上的行人多起来，李斯不时地将手从她的裙子里抽出来，因为他不得不用两个手去转动车子的方向盘。

2

不知怎么的，范晶晶和一位来自加拿大的留学生突然有了交往，这是位金头发蓝眼睛大鼻子的小伙子，取了一个中国名字叫李小平，理由是他喜欢中国的唐朝，唐朝的皇帝姓李，他也就跟着姓李，中国人中他最佩服邓小平，便用“小平”作为自己的名。李小平可以结结巴巴地说一些中文，他是来进修的，眼见着进修期已经差不多，便提出来由范晶晶陪同，把这个城市的风景名胜都见识一下。结果是顺带照顾了李斯一大笔生意，因为出去玩，最省事的办法，就是包一辆车，说好一天多少钱。范晶晶和李斯故意装作不是很熟悉的样子，李小平的中文不行，说中国话不时地要夹一些英文，范晶晶的英文也实在够呛，她老是想练习外语口语，偏偏词汇不够用，不得不在英文中夹带中文。李斯听他们谁说话都觉得别扭。

足足玩了三天，李小平意犹未尽，一定要去范晶晶住的地方参观。范晶晶推托不掉，只好临时布置。李斯老大的不乐意，可是戏既然演了，就必须咬着牙演下去。到时候，李小平被带来了，尽管有心理准备，尽管只待了一个多小时，李小平对范晶晶恶劣的居住环境还是感到吃惊。周围的邻居都惊动了，一个个探头探脑在不远处看热闹，看得李小平很不自在，看得范晶晶一点面子也没有。临了，李小平颇伤感地说：

“没想到，范晶晶小姐，竟然会住在这种地方。”

送走李小平，范晶晶感到很生气。她恨那些呆头呆脑看热闹的人，同时也有些恨李小平。说她没想到洋人也会嫌贫爱富，说这洋人不知道中国有一句俗语，“草窝里也能飞出金凤凰”。李斯慢条斯理地说，什么金凤凰，草窝里都是他妈的鸡，除了鸡，还是鸡，再漂亮的鸡，也还是鸡。鸡这个词是有特指的，尤其是用在女人身上，李斯一口气念叨了那么多声鸡，范晶晶因此有些多心，质问他这究竟是什么意思。

范晶晶说：“你是不是怀疑我和这李小平有什么事？”

“那家伙的身坯实在是太大了。”

“你这话什么意思？”

“没什么意思。”

“你就会专往下流的方面想。”

“往哪儿想了，再说，有没有什么事，与我有什么关系。”

“与你当然没关系。”

“我是说没关系。”

范晶晶很生气：“我真瞎了眼！”

李斯无动于衷，看着她。

“我怎么会看上你这样的无赖。”

“我是无赖，”李斯不无挖苦地说，“你住在这，吃在这，白吃白喝，可不是我请你来的。”

范晶晶气得差一点又要搬家。不过，她知道与李斯这种没什么心肝的男人赌气根本就不值得。这一次，她只做了几天的出国梦，眼看着差一点就要喜欢上李小平了，突然发现他早和另一位中国女孩有一腿。几乎有一个星期，范晶晶都不快乐，心里沉甸甸的，仿佛压着一块不大不小的石头。这件事让她的自尊心多多少少地受了一些伤害，好在事情很快就过去了，她又开始为另外的一件事操心。因为大学就要毕业了，同学们都在紧张地找工作，事到临头，范晶晶不得不随大流去了几趟人才市场，在乱哄哄的摊位上填表，与负责招聘的工作人员谈话面试，临了，不是人家看不上她，就是她看不上人家。

好高骛远的范晶晶打定主意，大学毕业以后，坚决离开这座让人感到厌烦的城市。这座城市已让她毫无眷恋之情，在吃饭桌上，她若无其事地大谈未来，大谈自己准备要去的城市，将要去的那些城市描绘得像花园。范晶晶侃侃而谈，李斯照例不动声色，说什么都与他不相干。朱春丽在一旁察言观色，老是忍不住偷眼看李斯，密切注意着他的一举一动。凭着女人的直觉，范晶晶隐隐觉察到李斯和朱春丽之间，有着不同寻常的纠葛，但是她并没有心思为了这种事与李斯闹别扭。心高气傲的范晶晶根本不屑把朱春丽当作对手，她完全以一种局外人的眼光，看待他们之间的关系，可笑的只是张山仍然蒙在鼓里，傻乎乎地还惦记着与范晶晶调情：

“你说走就走，就算李斯舍得，我们也放心不下。”

范晶晶继续描绘她要去的那些美丽的花园城市。

张山说："李斯，你怎么一句话都不说？"

"我有什么好说的。"

"到那时候，你小范肯定把我们都忘了，那也是的，你成了富婆，怎么会记得我们，怎么还会记得我们这个穷地方。"李斯不开口，张山便尽量说话，尽捡讨好的话说，说的话除了他自己，谁听了都感到肉麻。张山在这方面没有自知之明，越是不会说话，越喜欢卖弄。好在他很快说不下去了，因为朱春丽的父亲朱贵这时候突然出现在他们面前，张山毫无心理准备，见了老丈人立刻有些结巴：

"哎哟，爸——春丽，你爸来了。"

朱贵是一个地地道道的乡下人，长得又瘦又矮小，看他的身材，无论如何都不会想到他有个朱春丽这么高大的女儿。他老人家显然是历经辛苦，碰了许多钉子，好不容易才找到这个地方。终于见到了女儿女婿，朱贵说话的嗓门顿时也大了，气也粗了。朱春丽问他怎么突然会来，他架子十足地摆摆手，说自己饿死了，先让他吃碗饭再说。于是添了碗筷坐下来，风卷残云狼吞虎咽，不一会就把剩菜剩饭全部吃完。吃完了，又点支烟抽起来，知父莫若女，朱春丽好像已经预感到他为什么会来，而且知道他来了以后会怎么样，嗔怪说你为什么不先写个信，或者打个电话。朱贵悻悻地说，我要知道你们有电话，早打了，你看，你们都装了电话，也不告诉我一声。

3

朱贵是到女儿这来借钱的，朱春丽乡下的弟弟要结婚，女方一定要一万八千元钱聘金，否则就办不成婚事。朱贵想，别人嫁女儿要聘金，自己的女儿也不能白嫁，因此他此行的目的，说是借钱，其实就是跟女儿女婿要钱，是补要那份应得的聘金。朱春丽说，你冒冒失失就跑来了，我一时到哪儿去弄这么多钱。朱贵板着脸说，都有钱买小汽车，还装了电话，你们会没钱。

乡下人要钱直来直去，一方执意要，一方执意不肯给。自然而然地就吵起来，大家的声音都很高。朱贵吵不过女儿，当着女儿女婿的面，当着李斯和范晶晶的面，当着其他来看热闹的人的面，突然跪了下来。他这一手着实毒辣，让朱春丽措手不及，一时不知怎么办才好。朱贵跪在那不肯起来，朱春丽觉得众目睽睽之下很丢人，又毫无办法，最后只好也跪下来，父女两人相对而跪，显得非常滑稽。

朱春丽泪流满面，说："你跑这么远赶来，就是想让我没脸做人。"

朱贵气鼓鼓地说："活了这一把年纪，最后都给自己女儿下跪，还有什么脸不脸的。"

张山在这时候也不知道怎么办才好。范晶晶让李斯将看热闹的人轰走，吵架的事情通常都是这样，看的人越多，事情就越难办。聚居在附近的都是外来的打工者，改不了在乡下一家有事，大家都看戏的习惯。李斯向众人摆摆手，好言好语请大家走开。看热闹的仍然不肯散开，因为这样的滑稽场景，毕竟不是天天都可以看见。范晶晶终于忍无可忍，跳起来骂人，张山也发起了犟脾气，进屋拿起一把菜刀，说谁他妈再赖着不走，老子一菜刀剁了他。他这一招很厉害，围观者见势不妙，纷纷开始离去。朱贵跪在地上还是不肯起来，他不起来，朱春丽不得不陪他继续跪着。

好不容易将朱贵从地上拉起来。朱贵还在对女儿唠叨，说我们把你养大了，养了这么大，就算是为你那不争气的弟弟，你拿点钱出来，又怎么样。范晶晶在一旁实在看不下去，劝朱贵少说几句，说不就是要钱吗，何苦老是说那种让人揪心的话，难道养大了女儿，就为了钱。再说，天大的事情，有话好好说，大家好好商量。朱贵说，闺女你是个明白事的人，我这女儿哪像个能商量的样子。

朱春丽说："我还是这句话，要钱没有，要命就一条。"

范晶晶说："你这话就不对了。要我说，这钱，你应该出。"

"我凭什么应该。"

"就冲着你老爸对你跪下了，男人膝下有黄金，他老人家毕竟是你爸爸，你就是去偷，去抢，也得把钱给他。"

"我到哪儿去偷，到哪儿去抢？"

朱贵见女儿这样，索性把眼睛闭起来，看样子他就准备这么一直跪下去。李斯把垂头丧气的张山叫到一边，对他耳语了几句，张山听了有些犹豫，摇了摇头，李斯却毅然宣布他的决定："这样好了，我们把车卖了。"

张山不吭声，这毕竟是个很重大的决定。

朱春丽怔了一下，说："车卖了，我们怎么活。"

张山气鼓鼓地说："怎么活，没办法活，就不活了。"

"你说得倒容易。"

"你说怎么办？"

这出租车是张山和李斯凑钱合伙买的，好不容易才把借的债还清，虽然出租生意并不好做，可是因为有了这辆车，才真正地在这座不属于他们的城市站住脚跟。拥有一辆出租车，对于外来打工者来说，是个很不错的成功标志，而失去这个标志，情况就会完全不一样。朱贵对问题的严重性显然不是不知道，他这时候脑子里只有儿子的婚事，只想到如何把钱拿到手。其实他内心深处并不是真记恨自己女儿，他恨的是张山，后悔当初女儿女婿结婚，自己没坚持要聘礼，当时死要了面子，结果现在活受罪。

“不行，说什么也不能卖车，”朱春丽充满忿恨地看着朱贵，咬牙切齿地说，“他不顾别人死活，不让别人活，我们还不想死呢，凭什么就让他称心。”

范晶晶说：“总得想个办法。”

朱春丽没好气地说：“想什么办法，你倒是说得好听。”

4

余彬彬没想到范晶晶会突然来找他要钱，他吃了一惊，推开窗户，看见楼下站着两个陌生男人，首先想到范晶晶是来敲诈自己，脸色顿时有些紧张。

范晶晶说：“你别怕，不会要你多少钱的。”

余彬彬也是见过世面的人，很沉着地说：“你说个数吧。”

范晶晶不急着报出具体数目，还想和这个男人兜一会儿圈子。她打量着周围，想在自己曾经熟悉的环境里，找出其他女人的痕迹。

范晶晶知道像余彬彬这样有钱的男人，找女人很容易。“你现在和谁在一起?”她不无醋意地问着，不由得想起这男人对自己的种种好来。客厅里的摆设几乎没什么大变化，还是那几盆花和盆景，郁郁葱葱生意盎然，这男人对花草有着特别的情感。还是那台大电视，她想起他们常常一起看三级片，一起在马路边买盗版的光碟。余彬彬曾经是那样宠爱她，她觉得自己现在这么郑重其事地跑来开口要钱，要那么一点点钱，都有些说不出口。

余彬彬听她报出数目，果然有些意外，用不屑的神情说：“其实不用带人来，你就是一个人来要钱，我也会给你的。”

“知道你不在乎钱。”

“可是你带了人来，这就是敲诈了。晶晶，千万别跟坏人搞在一起。这两个人，我看就不对劲，随便问一下，你要这钱干什么?”

“你别问了，更不要担心，我不会再来的。”

“不是这意思。”

“真的不会再来。”

范晶晶将钱搁在包里。余彬彬一本正经地在旁边提醒，说她应该数一下。范晶晶苦笑着拉上拉链，转身要走，余彬彬想留她，意识到留不住，便送她出门。在楼道上，他忽然很有些留恋她，依依不舍地说：“晶晶，你知道我真的很喜欢你，一个人要喜欢什么人，也是没办法的事情。我只说一句话，自从你走了，我一直不自在，生活中没有了你，还有什么快乐可言。”余彬彬告诉范晶晶，说他永远不会死心，说自己的大门永远为她敞开，随时随地欢迎她回来。她是他生命中的玫瑰，没有她，他的生命也就失去了意义。范晶晶似乎被他说得有那么点感动，她情不自禁伸出手，在他脸上轻轻拍了拍，像哄小孩子一样说：

“别傻了，我不会回来的，永远不会。”

下了楼，范晶晶头也不回地往前走。现在，她的心里很乱。李斯和张山迎面走了过来，他们想问她话，她有些赌气，不愿意搭理他们。她在前面走，李斯和张山跟在后面。三个人来到停车的地方，范晶晶拉开包上的拉链，将钱取出来，扔给李斯，然后闷闷不乐地打开车门，坐了进去。张山将车子发动了，李斯想找话跟她说，可是看看她的表情，不知道说什么好。

第四章

1

天下的女人既是天敌，也是同党，朱春丽和范晶晶现在的关系忽然比姐妹还要亲热。有一天，范晶晶冷笑着对李斯说，别以为你们那点破事我不知道，各人心里一本账，谁也别想瞒谁。李斯说，你瞎多心，我瞒什么了。范晶晶说，我多狗屁的心，张山人傻，我又不傻，老实告诉你李斯，不是我诈你，人家小朱已经什么都告诉我了。李斯不知道朱春丽私下对她说了什么，心头有些慌乱，好在范晶晶只是挖苦了他几句，并不穷追猛打，甚至都不太往心上去。

范晶晶和朱春丽现在常坐在同一张桌子上打麻将，没日没夜鏖战。范晶晶属于那种自甘堕落的女孩子，从来不为前途担心。她的大学文凭经过一番周折，该补考的补考，该攻关的攻关，终于拿到了手。大学毕业前，什么事都要等到毕业以后再说，真毕业了，反倒不知道应该怎么样。毕业就是失业，这句话与范晶晶挨不上边，她永远长不大，根本就不知道着急。天生我材必有用，活人不会给尿憋死，范晶晶说自己迟早会有一个好地方可去。她总是信心百倍，喋喋不休地诉说那些自己准备要去的地方，她的大话和高调别人听多了，既不惊奇，也不羡慕。

一起打麻将的都是邻居，附近居住着许多待业的打工者，有活就做，没事就打麻将。炎热的夏天来临了，打麻将已离不开电风扇。都是女人，一个个衣服少得不能再少，能暴露的肉都晾在外面。在这些女人中，有一个叫小崔的少妇是朱春丽家的常客，她是宾馆的服务员，淡季里正歇工在家。这人有些缺心眼，赢钱快乐得像是十八岁的少女，输了钱就成了八十岁老太太，老是为出错的一张牌唠叨个没完。范晶晶听见她唠叨就烦，她一唠叨，范晶晶的心情全坏了，结果一定输钱。类似的拌嘴场面经常发生，范晶晶说，啰嗦死了，好端端的几副大牌都让你给搅了。小崔却说，我那副没成的牌才大呢，要是不打那张“三万”，“清一色”“对对胡”还“门清”，对了，再加上八个“花”。

越是要让她少说，她越是要说，小崔知道范晶晶看不起自己，不仅在牌桌上要斗嘴，回到家见了自己丈夫，还要继续生气。“不就是个大学生吗，真要有能耐，也犯不着和我们在一起打麻将。”小崔和丈夫汪家宝原来都在一家宾馆里打工，小崔是服务员，汪家宝是保安。汪家宝是个极容易吃醋的男人，他因为小崔人长得漂亮，总觉得有人勾引自己老婆。小崔做服务员他一直不太放心，她所在的那个部门经理出奇的好色，有一天趁小崔收拾客房，竟然冲进去非礼。当时吸尘器正开着，小崔吓得哇哇乱叫，幸好有房客路过，感到情况不对，打电话给总台，才将她解救了下来。

有了这件事，小崔的名声大受影响。按照一般说法，苍蝇不叮无缝的鸡蛋，母狗不撅屁股，公狗也上不去。凡事都有因果关系，小崔平时若不和人眉来眼去，部门经理也不至于光天化日之下做出这种不顾廉耻的事情来。汪家宝发了几回疯，拎着刀子去找部门经理，把刀架在人家的脖子上，追究事情究竟到了什么地步，没完没了地问细节。为了细节，夫妻之间也打架，小崔仗着自己年轻漂亮，平时都是汪家宝让着她哄着她，出了这件事，她的高贵身份陡然就跌了下去，汪家宝对她是骂也骂了，打也打了，结果物极必反，小崔觉得自己莫名其妙受委屈，无缘无故遭迫害，比窦娥还冤，明明是清白却成了有嫌疑，干脆破罐子破摔。

小崔轻而易举地就堕落了几回。汪家宝敢打她，她不货真价实地出格，不足以报复。有些事，有第一次，便有第二次第三次。汪家宝成了一条急红眼的疯狗，到处找人打架，到处找人拼命。他仗着自己是保安，动不动就带着电警棍去威胁人。有一天，宾馆遇偷窃，两名歹徒作案时被发现，沿消防楼梯往楼顶上跑，正值班的汪家宝闻讯在后面撵，因为追赶不力，竟然让已走投无路的歹徒活生生地跑了。主管领导大为光火，一定要追究责任，说为私你是个英雄，为公你就成了狗熊，这样的工作态度，怎么能够负责宾馆安全。

于是汪家宝被解聘回家。小崔借口他养活不了自己，越发堕落，越发猖狂。她不至于胆大到去坐台当小姐，无非勾搭几个男人弄点小钱花花，同时也解解闷。刚从乡下出来的时候，她们一帮小姐妹保守得很，经过几年的城市熏陶，听多了，见多了，有些事做起来，比城里人还城里人。刚开始，乱搞男女关系还属于大逆不道，渐渐地，野男人在后面追着，出手阔绰的情人送些什么小礼物，都成了吹牛的本钱。汪家宝越是醋罐子，小崔越是要变着法子撩拨他，打麻将与范晶晶憋了气，回家不说人家有什么不好，只说是为了李斯吃醋。李斯对小崔不怀好意，范晶晶自然要闹。

汪家宝说：“既然这样，还非要去打麻将？”

小崔说：“我是不想打麻将，不打麻将，你说我干什么？”

“姓李的不怀好意，干吗不躲着他。”

“不怀好意的男人多着呢，”小崔没心没肺地说，“我要是都躲着，你干脆把我装在保险箱里算了。”

汪家宝立刻气不打一处出，恶声骂道：“你这样的东西，装保险箱里也保险不了。一把钥匙开一把锁，人家男人是想勾引你，你呢，来得正好，老鼠掉米缸里，小狗掉屎坑里，正好逮一个饱。”

“这哪是人话？”

“怎么不是人话？”

“人话也不是这么说的。”

“姓李的小白脸，恰好对你的心思，别以为我不知道。”

小崔的声音也高了起来：“没见过这样的男人，别人勾引他老婆，不想怎么去保护，只知道拿老婆撒气，算什么男人。”

“你是什么东西，别当我不知道！”

2

小崔依然雄赳赳气昂昂地去朱春丽那里打麻将，依然与范晶晶不时地有些不痛快，依然回到家和汪家宝喋喋不休。小崔说你这种鸟男人有什么可硬气的，我不上班是因为淡季，人家又没有不要我，我在家歇着，多多少少还有几个钱，你呢，是彻底的没活干，那叫什么，叫失业，有能耐你找活去呀。

汪家宝说：“人家大学生现在都找不到活干。”

小崔说："像人家小范，是大学生还有人养，像我倒好，没有人养，还要养男人。"

男人处在汪家宝这地步，不感到窝囊绝不可能，不感到恼火就不是男人。窝囊和恼火也没办法，试着去找工作，到人才市场转悠，只是看，连口都不敢开。人家一张嘴就是学历，就是懂不懂外语，就是受过什么培训。汪家宝好歹也是高中毕业，在乡下算是个身份，在城里狗屁都不是。他试着去一家餐馆打工，第一天就被老板骂得狗血喷头。到晚上，心情不好的汪家宝想在小崔火热的身上找点安慰。小崔嫌他汗多，又嫌他不懂风情太粗鲁，最后嫌他没用，折腾了没几下，已经完事。

女人到了麻将桌上，好像事先商量好的，要么一起说自己男人好，要么一起说自己男人坏。说男人坏的时候，小崔有一大堆话，轮到说男人好，小崔只好编派说汪家宝家过去如何有钱，又说他当年差一点考上大学，没结婚时，当地好多女孩子都看中他。

范晶晶不阴不阳地说："真看不出，你男人还是个宝呢！"

那天小崔赢了些小钱，到李斯出车的时候，便发嗲说让他顺路送她回去。李斯对她没多少好感，心里想拒绝，对朱春丽和范晶晶看看，也不表态说行。小崔自说自话地拉开车门，大大咧咧坐了进去。也不过几分钟的路程，车快到自家门口时，小崔开玩笑地说：

"李斯，想不到你真有本事，愣把一个女大学生弄到手了？"

李斯不说话。

"男人不坏，女人不爱，你肯定是花心得不得了。"

李斯没好气地说："你坐我的车，真还得留神。"

小崔说：“敢，你要敢动坏脑筋，我非告诉小范不可。”

李斯不敢再招惹她。小崔人虽然很漂亮，上钩也不会太难，然而她的那张臭嘴太没遮没挡，他不想引火烧身。车子停稳了，小崔不急着下车，继续跟李斯调情。李斯说你赶快下车，我还急着要去做生意。小崔说，男人能像你这样多好，能赚钱，能吃苦，而且基本上还算正派。她不知道自己男人正在监视着她，开了车门，又搭了好几句话才走。

汪家宝妒火中烧，远远地看见小崔从出租车上下来，等她进了屋子，立刻像审贼一样地仔细盘问。这种审问注定不会有什么好结果，小崔还没从刚刚的情景中出来，说你急成那样子干什么，我们真有什么事，你也未必就能问出来。她的本意是想说自己清白，可是话从她嘴里出来，到了汪家宝的脑子里，已经完全是别的意思。汪家宝说，这么说，你们难道还真有什么事。小崔说，不要硬是找不自在，我要说有事了，你又能怎么样。话不投机，形势顿时紧张起来，汪家宝勃然大怒，一定要脱她的裤子检查。小崔说，检查可以，检查不出什么事，又怎么样。

汪家宝失去了理智，说动手就动手。小崔极力挣扎，因为是大热天，不动都要出汗，两人汗如雨下，衣服顿时就湿透了。汪家宝朝小崔的后脑勺上就是一记，这一下，将她打懵了，也打乖了，知道硬挺下去要吃大苦头。汪家宝将她剥得赤条条地扔在床上，天色将晚，房间灰蒙蒙的，什么也看不清楚，他开了灯仔细研究，既不知道正确答案，也不知道下一步应该怎么样，只能恶狠狠地说：“你要是真不要脸，我宰了你，也宰了那姓李的小白脸。”小崔因为无辜，死命地哭。可是她哭得再伤心，汪家宝也不心软，他警告小崔说："我杀一个够本，杀两个赚一个。我非把你那些鸟男人全宰了。"小崔于是真的有些害怕，知道这时候不能再刺激他，哭着说我骗你干什么，我们真的是没事。

汪家宝说："我说到做到，你信不信？"

小崔非常委屈地哭着。

汪家宝说："别以为我不敢杀人。"

汪家宝说："不让我好好地活，谁也别想过好日子。"

汪家宝说："我去买包炸药，把你们都炸死。我去抢把机关枪，架在大街上，我他妈就扫射，你们谁也别想跑掉。"

汪家宝现在正处于最容易走极端的处境中。或许长期处在失业状态的缘故，他的心情越来越压抑，越来越恶劣。汪家宝现在是一桶汽油，遇上一点火星就会爆燃。他觉得自己像香港警匪片中的人物，一会儿是黑老大，一会儿是独行侠，总想干点惊天动地的事情。他计划着抢银行，计划着洗劫有钱的老总们或者是受贿的高官，计划着将百货公司中最值钱的东西统统都搬回家。汪家宝花了一晚上的时间来想象小崔和李斯的私通。越想越明白，越想越透彻，越想越忍无可忍。他曾在一家夜总会当过保安，上了没几天班，对那里的一切都忍受不了，既憎恨男人，又憎恨女人。憎恨男人是恨他们花钱如流水，越有钱越坏，憎恨女人是恨她们赚钱太容易，越坏越有钱。汪家宝现在钻进了牛角尖再也出不来，他越想越睡不着，越睡不着，就越要胡思乱想。一晚上，他将小崔折腾了无数遍，打了，骂了，甚至用小刀在小崔的胳膊上划了两道伤口，可就是做不成夫妻之事。那男人的玩意怎么也不肯听话，这种尴尬的情况虽然发生过几次，然而没有一次像这么严重。

天亮的时候，汪家宝像小孩子一样号啕大哭起来。他告诉小崔，自己要杀了她，然后去杀李斯。小崔经过一晚上的折磨，脾气也变得十分恶劣，也像汪家宝一样歇斯底里。小崔说，你杀了我吧，你要是不这么做，就不是男人。汪家宝说，你不要逼我，不要以为我真的不敢，以为我只是说着玩玩。小崔说，我没说你不敢，你根本就是个畜生，还有什么不敢的，反正现在搁你面前两条路，要么，你杀了我，要么，我们离婚。汪家宝突然冷笑起来，说都到了这时候，还敢说这样的话，你真是好样的。

小崔说："来呀，用刀子往我身上捅！"

"我先宰了那姓李的小白脸，再回来收拾你。"

"我等着你，我等着，你要是再做缩头乌龟，就不是人日出来的。"

汪家宝想象着自己真的在小崔身上扎了两刀。他想象自己在小崔饱满的胸脯上扎了两个窟窿，血汩汩地流出来。他想象小崔终于后悔，像电影里的悲剧一样，在临咽气前，喘息着结结巴巴地说着什么。他想象小崔请他原谅，说她最爱的男人还是他，说她后悔了，说她早知今日，何必当初，说她希望一切都应该重新开始，说乡下人想变成城里人压根就是个错误，说他们根本就不应该到这该死的地方来。汪家宝揣着刀子出去了，整整一天，满怀悲愤满脑子胡思乱想。他在李斯家附近徘徊，等着他出来算账。小崔睡了一上午，到下午，草草收拾一番，胡乱地吃了些东西，若无其事又去老地方打麻将。她花枝招展地从汪家宝的视线中走过，早把自己男人说过的狠话忘到九霄云外了。

3

汪家宝咬牙切齿，汪家宝怒发冲冠。他终于等到了李斯，他终于伸手将车拦了下来。汪家宝早已记住李斯的脸，这是一张很讨女人喜欢的面孔。汪家宝像乘客一样上了车，心口咚咚乱跳，他的举动并没有什么特别之处，李斯只是觉得他有些面熟，这张脸太普通了，根本不屑于往心上去。

对于一个左撇子来说，汪家宝现在所坐的位置，非常有利于用凶器逼住李斯。他坐稳了以后，毫不犹豫地将匕首掏出来，跟闹着玩似的顶在李斯腰眼里。天气虽然很热，身上汗漉漉的，李斯立刻感觉到了匕首的寒意。几乎所有的出租司机，都想过遇到劫车应该怎么样，都接受过这方面的提醒，可是李斯还是被这个突然出现的情况弄得手足无措。天已接近黄昏，外面滚滚热浪，暮色苍茫，路上的行人一个个都显得很匆忙。在这种高峰时段遇到劫车，真是太不可思议。

“有话好说，”李斯终于镇定下来，觉得自己并不是很害怕，毕竟刚开始做生意，他并不担心抢钱，“兄弟，有什么难处了？”

“你他妈给我放老实一点！”

汪家宝左手用匕首抵住李斯，空着的右手又在身上捣腾，掏出一个电筒似的电警棍，对着李斯挥舞，叫他将车停下来。

李斯继续开着车。

汪家宝勒令他停下来："叫你停车，就赶快停！"

李斯踩了踩刹车，车子停住了，汪家宝对他脸上就是一下。李斯哇得一声惨叫，像青蛙一样蹬腿。

汪家宝说："一下不够，还得再来一下。"

李斯又一次像青蛙一样蹬腿。

接下来很长的一段时间内，李斯都在听汪家宝数落。他被电懵了，只觉得汪家宝的话，像打开的水龙头，正哗哗地往外淌。被劫持的出租车在大街上飞奔，汪家宝忘情地诉说着他的仇恨：

"别以为我不敢杀人，杀一个够本，杀两个赚一个。我他妈杀一个人是杀，杀两个人也是杀。你们一个个都串通好了，就当我是傻瓜，就当我是活乌龟，活王八，就当这世界上没我这个人。我要把你们这些狗日的都杀了，要死大家一起死，要完蛋大家一起完蛋。你以为你勾引了一个大学生，就算有能耐了，就不得了，就可以跟我老婆乱搞——"

正好遇上一个红灯，李斯十分委屈地申辩，说自己与他老婆毫无关系，说他甚至都不明白他老婆是谁。汪家宝怒不可遏，因为他这显然是在装蒜，又用警棍电了他一下。幸好是停在路口，李斯又一次从座位上跳起来，然后十分恐惧地说，要是在行驶的时候，他这么被电一下，非出事情不可。汪家宝说，你还怕出事，现在已经出事了。

李斯将车拐进一条单行道，哀求说："我们能不能好好地谈一谈，兄弟，真是误会了，我告诉你，我是真的冤枉，真的没跟你老婆睡过觉。"

“你没跟我老婆睡觉，是我跟你老婆睡了？”

“没有的事，你不能硬说我有。”

“那好，是我跟你那位女大学生睡过了，是他妈的我对不住你，是我他妈的应该向你道歉，是我让你做了乌龟，做了王八！”

李斯知道处于疯狂中的汪家宝，什么疯狂的事情都可能做出来。他问他能不能找个地方，把车子停稳下来，然后两人好好地谈一次话。汪家宝说，别想跟我玩花样，就这么老老实实给我开车，什么时候车子停下来，就什么时候要你的小命。汪家宝说，我先把你小子电得不能动弹了，再用刀慢慢地划你的脸，划了一道，再划一道，一道又一道，我要让小白脸变成大花脸。你不是觉得自己长得漂亮吗，你有能耐勾引别人老婆，我就先毁掉你这张脸。汪家宝绝不是说着玩玩，说到气头上，他真的用匕首在李斯的大腿上来了一下，裤子顿时破了，血顿时就流了出来。李斯惨叫了一声，出租车像打摆子一样，在路上走了一个S形。幸好车速不快，要不然就出事了。汪家宝幸灾乐祸地说，你撞车呀，大家一起玩蛋，怎么，都到了这会，你还舍不得。他用匕首对着李斯比划，把刀刃抵在李斯的脸上，车突然颠了一下，李斯的脸上也开始往外渗血。

李斯开始感到真的恐惧，遇上这么一个神经质的家伙，不知道还会做出什么进一步的疯狂举动。汪家宝突然想到可以用李斯的手机打电话，他要和小崔通话，要告诉她自己正在干什么。李斯仍然是在开车，满大街无目的地乱转，不敢有一些放松懈怠，因为汪家宝威胁说，只要车子敢停下来，立刻取他的性命。李斯相信这绝不是说着玩玩，他希望有些事电话里能解释清楚。那边的麻将大战刚刚结束，正在各算各的钱，汪家宝吼了半天，也没把话说明白。电话那头的声音很大，李斯听见小崔哇哇地叫着，说什么听不清。

汪家宝说："你赶快报警，让公安局的人来收尸吧。"

李斯十分惊恐地喊着："你问她，问她呀，我真的是冤枉，我要是跟她有什么事，你杀了我，绝对不说一个冤字！"

汪家宝和小崔在电话里仍然是吵。除了吵，没有一点理智。李斯哀求着让他说几句，但是电话那头小崔火上浇油，根本不把汪家宝的威胁当回事。汪家宝打着电话，突然冷笑着对李斯说：

"你听见没有，她怎么说的，说我要是不杀了你，就不是男人！"

这时候，电话那头已经换成了范晶晶。范晶晶说，你这人是不是有神经病，说什么呢，跟你说不清楚，让李斯跟我们说话。汪家宝说，你是谁，这么凶。他把手机塞到李斯身边，李斯像捞到救命稻草一样，大喊：

"我跟小崔什么事都没有，真的，我们什么事都没有。"

范晶晶说："有没有，你用不着跟我说，你跟她男人说清楚就行了。"

李斯带着哭腔说："我说不清楚。"

"你说不清楚，别人更说不清了。"

"你们总不能见死不救吧？"

"谁见死不救了，你说呀，怎么才能救你？"

关键时候，还是朱春丽冷静，她抢过电话，要求与汪家宝对话。汪家宝说，你是谁，我和你又有什么好谈的。朱春丽说，你别管我是谁，我只是想不明白，你为什么一定要认准你家小崔与李斯有一腿，为什么一定要用屎往自家脸上抹。汪家宝说，你把话说清楚了，谁往自家脸上抹屎。朱春丽说，谁认我就是说谁。汪家宝说，算了吧，你现在说什么也没用，我反正不想活了，我要宰了这个小狗日的，老子要把他的鸡巴割下来喂狗。朱春丽也有些光火，说你真要有能耐，你就割，不过不要弄出人命来，弄死人你就不值了，要偿命的。朱春丽又说，对了，你不是让报警吗，我们是不是现在就给110挂电话。

汪家宝垂头丧气地说："你以为我说着玩的？"

"说着玩也没什么，"朱春丽开导他说，"最好你别当真，我跟你说，吓唬吓唬他就行了。"

4

最后的结局有惊无险。由于恐惧和紧张，李斯往日的潇洒都没了，他像小孩一样地哭起来，一边开车，一边抽泣。汪家宝的嚣张气焰，仿佛皮球让人用针戳了一个小孔，随着时间的流逝也越来越弱。110报警台接报以后，通知各路口要道，立刻进行布控。警方最初想通过手机讯号确定位置，但是很快发现李斯的手机已没电了，于是只能借助电台的广播，希望收听交通台的司机，发现李斯的出租车赶快报警。这一招十分管用，很快就有报警电话打过来。

汪家宝和李斯被带到了分局。汪家宝没有做任何形式的抵抗，因为一切都太突然，他甚至都没来得及向李斯发出指令，让他像电影上的枪战片一样，玩一回公路追逐的游戏。警车鸣着警笛突然出现在他们身后的时候，汪家宝整个傻了，不仅是他傻了，被害人李斯也目瞪口呆。他们被勒令下车，老老实实地缴出凶器，然后像一对罪犯那样被押往分局。录完口供以后，汪家宝因为绑架行凶被刑事拘留，李斯被送往附近的一家医院缝针。这时候，张山骂骂咧咧地带着范晶晶和朱春丽也匆匆赶到了。李斯的伤势并不严重，脸上缝了两针，大腿上缝了六针。张山说，人没大事就好，要不然，我非宰了那小子不可。范晶晶看了他也不说什么，忍不住还笑，倒是朱春丽比较细心，向医生询问伤情，又问李斯伤口疼不疼。这一问，问到了李斯的伤心处，他像受了委屈的孩子一样，眼圈一红，开始流起眼泪来。朱春丽上前安慰他，他竟然顺势哭倒在了她怀里。张山在一旁看着有些尴尬，解嘲地对范晶晶说：

“这鸟人真没出息，吓糊涂了！”

接下来一段日子里，李斯垂头丧气。他不愿意再开出租车，和张山也不再合伙，那车现在由张山夫妇合开。朱春丽不明白他为什么态度那么坚决，说这车是你和张山合买的，你说不做就不做，总得把钱退给你，可是我们现在哪里有钱。李斯说，什么时候有了钱再说吧，我现在不缺钱。朱春丽说，谁说不缺钱，没钱你怎么结婚。李斯和范晶晶曾说过，他们准备第二年春天正式结婚。朱春丽一直以为说的是真话，根本不知道他们只是说着玩玩。

到春天的时候，李斯陪范晶晶回了一趟老家，两人有说有笑，恩恩爱爱，然后心平气和地分了手。因为是心平气和，因为早就是这么计划的，大家都觉得对方很好，很值得自己去爱，去怀念。他们带着一些伤感离开了这座城市，范晶晶这一次真的去了南方，在离深圳不远的一个小城镇上，找了一份不好不坏的工作。李斯悄悄地回到老家，他觉得自己已经在外面流浪够了，打定主意不再离乡背井。

李斯的母亲看儿子回来了，怕他在乡下闷得难受，迫不及待地为他张罗找对象。她娘家村上有一位姑娘，在外面做了好几年工，积了不少钱，突然衣锦还乡，说是已腻味城里人的生活，打算回来找个当地的小伙子结婚。这姑娘与李斯原来也有些认识，听说他回来了，很乐意与他见面。两人跟闹着玩似的见了一面。那姑娘洋气十足，很大方，一点也不扭扭捏捏，长得既不像朱春丽那么壮实，也不像范晶晶那么小巧。她抱怨说外面的世界有什么好的，我是一点都不喜欢。李斯仿佛遇到了知音，说你不喜欢，老实说我也不喜欢。两人一见如故，信口开河地大谈城里人的种种事情，谈得非常投机，却只字不提自己的经历。显然都是见过大世面的，姑娘现在看什么都不太入眼，嫌城里人坏，嫌乡下人土，这一点正好与李斯的精神境界相吻合。更难得的是，两人都有了落叶归根的打算，到第二次见面的时候，姑娘感慨地说：

“你很会讨女孩子喜欢。”

李斯说：“讨女孩子喜欢，难道不是好事？”

“是好事，也不是好事。”

当地要拓宽公路，姑娘打算投资，在公路边开一家小饭店。她让李斯帮着拿主意，李斯头头是道地吹嘘了一通，最后说当老板好，这年头谁都想当老板，你当女老板，我来当伙计。姑娘说，我出钱，当然是我当老板，我总不至于傻得让你来当老板吧。我告诉你，要想算计我的钱，不是件容易的事情。李斯说，别跟我说钱，钱这玩意是坏东西，我好歹也曾经见过，没听说男人有钱就学坏，女人学坏就有钱。

姑娘笑着说："什么意思，你还想冒充大款学坏不成。"

一个月后，李斯和那姑娘匆匆地结了婚。他成了家乡一家小饭店的老板，他很爱老板娘，真的很爱。

2002年3月1日　河西

后　记

三十多年前不明白什么叫中篇小说，印象中只有长短之分。有人问高尔基，长篇和短篇哪个更容易，他说长篇是大炮，短篇是手枪，都属于武器，都可以用来杀人，都不容易，无论长短，把它们货真价实地写好，这个才是最重要。

刚开始写小说，我对怎么写，写多长，全无心计。想写就写，无知必胆大，短篇中篇长篇，一口气写很多年，写了一大堆文字，转过头来往前看，总结回顾，发现自己最多的还是中篇。两年前短篇结集，收在一起勉强三本。这次出版中篇小说，轻而易举就是五本。还有一些因为版权，暂时未收入这个系列，如果照单全收，差不多又可以五本。

这套书的责任编辑杜晗来信，问能否将余华和苏童写过的两段文字印在封底，我立刻回信拒绝，理由是不能一而再，没完没了地让人家受累。当年拉大旗做虎皮，已经沾光太多，现在还要人家亮相站台，明显有些欺负老朋友。

然而在最后，我还是忍不住，要把杜晗转来的两段文字写在这里：

兆言的故事总是引人入胜，我想这是来自于他写作时令人尊敬的诚实，正是这样的诚实让他的才华和叙述中的人物故事熔于一炉，让他的故事张开了，让我们的阅读迅速投入进去，并且不能自拔。

——余华

叶兆言近年来的写作彻底放下了架子，越来越多地考虑小说的可读性和耐读性，经过多年的摸索和调整之后，其小说空间更显明朗而宽大，俗中见雅，对人性的探索也抵达了令人满意的深度。 ——苏童

引用这两段文字，已不仅仅是做广告，而是怀念过去的美好时光。按年龄，我比余华苏童略长，文学辈分上却是同一拨人。一起成长，一起度过写作青涩期，我们的名字常放在一起，荣辱与共，既是互相提携的好友，更是良性竞争的对手。坦白说，羡慕他们的才华和成绩，想追上并且超过他们，一直是梦想，是我持续不断写作的动力。

因此，在这个后记中，首先要感谢中篇小说，它丰富了我的写作人生，让文学梦想变得如此充实。其次要感谢一起打拼的文学战友，感谢所有批评过我的人，感谢那些近乎客套的鼓励和督促，感谢我们拥有的共同岁月。

最后，当然更要感谢读者，没有读者阅读，我们曾经的蹉跎，曾经的风风火火，可能什么都不是。

2012年5月2日于南山

三本新的中篇集又要和读者见面了，心里有种说不出的高兴。该说的已都说过，只能再次表示感谢，感谢编辑，感谢那些读到这些文字的读者。

2015年7月29日　河西